卷首语

思想如炬 光耀前行

■ 郭文轩

文学归根到底是思想和情感的载体。随着学习贯彻习近平新时代中国特色社会主义思想主题教育纵深推进，全国税务系统广大党员干部用思想武装头脑，把情感倾注于家国，把身心奉献给事业，在"学思想、强党性、重实践、建新功"中绘就了一幅鲜活生动、多姿多彩的美丽画卷。

画卷中思想如炬，燃烧沸腾，热烈奔涌，闪耀在神州大地，升腾于人民心底。循迹壮阔的世纪长河，每逢历史重大转折、时代重要节点，总有伟大的思想旗帜引领航向，总有伟大的理论火炬照亮前程，指引无数赤子为千秋伟业百折不挠以从之，矢志不渝以信之，孜孜不辍以求之。

怀山之水，本正源清才能涓流不息；参天之木，本固根深方能枝荣叶茂。学思想，既是正本清源之所需，也是固本培根之所要。散文《井冈山上忆初心》，作者以激昂的笔调、饱满的情感描写了他的井冈山行与思，讲述了一次寻根之旅、一次补钙之行、一次不忘来时路的精神洗礼。

学不可以已。小说《吹响冲锋号》，展现了一群朝气蓬勃的税务青年干部，利用工余时间自学主题教育指定书目，在日积月累中让思想如春风化雨般入脑入心。

画卷中党性如钢，这钢是共产党员立身立业、立言立德、修身齐家、干事创业的基石，更是共产党员的精神和灵魂所在。当呼号求索的真理之光终于划破黑暗深渊，当站起来、富起来、强起来的新中国在民族复兴的征途上凯歌向前，我们不能忘记，为什么出发、为什么坚守、为什么接续奋斗。

小说《映山红遍·1950》带领我们走进朝鲜战场上"冰雕连"的残酷往事，一个跨河越山、护国守关的悲壮故事，一段血染山红、气贯云横的传奇史诗呈现眼前。谍战小说《深隐》记录了一群放下爱情亲情之"小我"、满怀家国情怀之"大我"的仁人志士，以及他们用鲜血染红的胜利的旗帜，正如作者所写的"这面旗帜，已成为精神火炬，正散发璀璨光芒"。

初心不忘党旗红，韶光不负税务蓝。革命年代的党性锤炼，往往是血与火的洗礼、生与死的考验；而和平年代的党性锤炼，则更多是坚守平凡中的不平凡。诗歌《税月故事》呈现出新时代税务人对党、对祖国、对人民的无限热爱之情，正如诗人动情的笔墨，"别问我们为什么/崇敬蓝色的理想/坚守金色的税月/只因我们深沉地爱着/同一片高天/同一方厚土"。

画卷中实践如砺，在广袤的大好河山中，脚踏实地的中国税务人，以"学"为根本、改造主观世界，以"用"为目的、改造客观世界，既学思想、又见行动，立足本职岗位实干苦干、磨砺锤炼，锻出一身好筋骨，干出一片新天地。

报告文学《路是一首未尽的歌》，记述了新疆税务人在主题教育调查研究中，深挖急难愁盼问题，给偏僻遥远的乡村办税排忧解难，为适应兵团财政体制改革进一步优化服务,使古丝绸之路在税惠政策的扶持下更加畅通,让税务春风吹遍天山南北。

在这块孕育着生动实践的土地上,也离不开老一辈税务人的辛勤耕耘。散文《霜华为证》通过口述税史的方式,展现了退休干部于晓恩的税收生涯,最后升华到一代又一代税务人,将青葱岁月洒向大江南北,奉献给过去未来,凝结成晶莹纯洁的沃雪白霜。

画卷中新功如光,指引着千千万万的税务人向光而行,凝心聚力、奋发有为,在新征程税收现代化中奋发进取。党的十八大以来,在习近平新时代中国特色社会主义思想的指引下,在以习近平同志为核心的党中央的坚强领导下,税收事业走过了不平凡的十年。正如散文《那一束光》,讲述了一位老税干回首过往,从农村到城市,从手工收税到信息化收税,折射出人民群众在党的带领下实现全面小康,昂首阔步迈入新时代的奋斗历程。

建功新时代,也浸润着税务青年和离退休老同志的担当作为。《一点实事儿》讲述了青年税务干部投身广袤农村,办实事、解难题的逐梦之旅;《第一副税务肩章》也对此抒怀:"我发现那些与税务有关的文字是一座内涵丰富的宝藏,闪耀着五彩斑斓的光芒";还有《从枪林弹雨中走来的脊梁》,礼赞了老红军、离休税务干部彭俊明同志枪林弹雨长征路、隐功拒官铸税魂、红军精神代代传的光辉事迹,读罢掩卷,感人至深。

在推动第二批主题教育走深走实的关键阶段,本辑特别刊发系列围绕主题教育创作的文学作品,在饱含思想与感情的文字里,触摸过去、描绘现在、抒写未来,形成了一幅绵延而悠远、生动且活泼的税收画卷,这画卷里的家国情怀,就是当代税务人应有的"诗和远方"!

税收文学

编委会

主　编：黎伦和　马连庆
编　委：刘　锋　刘雅丽　高永清
　　　　肖　军　张四海　夏孝林
　　　　王静波　文东平　曹杰锋
编辑部主任：崔文苑　刘　菲
编　辑：张路遥　任志茜
主办单位：国家税务总局税收宣传中心
　　　　　中国税务出版社

图书在版编目（CIP）数据

税收文学.2023年.第3辑／《税收文学》编委会编.－－北京：中国税务出版社,2023.11
ISBN 978-7-5678-1390-8

Ⅰ.①税…Ⅱ.①税…Ⅲ.①中国文学－当代文学－作品综合集Ⅳ.①I217.1

中国国家版本馆CIP数据核字(2023)第169207号

书　名：税收文学（2023年第3辑）
作　者：《税收文学》编委会　编
责任编辑：刘　菲　任志茜
助理编辑：刘昌锐
责任校对：姚浩晴
技术设计：林立志
出版发行：中国税务出版社
　　　　　北京市丰台区广安路9号国投财富广场
　　　　　1号楼11层（邮编：100055）
网　址：https://www.taxation.cn/swwx/ckc/
投稿邮箱：shuishouwenxue@taxation.cn
发行电话：（010）83362083/85/86
传　真：（010）83362047/49
设计排版：新艺传媒
印　刷：北京天宇星印刷厂
规　格：787毫米×1092毫米　1/16
印　张：9.5
字　数：191000字
版　次：2023年11月第1版
　　　　2023年11月第1次印刷
书　号：ISBN 978-7-5678-1390-8
定　价：25.00元

目录 2023年第3辑（总第13辑）

■ 小　说

6	深　隐	任珏方
32	映山红遍·1950	张　梁
38	一点实事儿	吴振飞
44	走	李朝辉
55	吹响冲锋号	解　彬

■ 剧　本

64	就是为了你（下）	林喜乐

■ 散　文

87	井冈山上忆初心	李永海
93	那一束光	曹文军
100	高原上的村庄	李祥林
102	荻花舞秋风	宫凤华

■ 诗　歌

104	晒　秋	黄万生
105	人民万岁	吴欣苓
106	你不能说我的身后空无一物	宗　明

107 税月故事　　　　　　　　　　　　　　　　　　　　　　黄昭文

■ 报告文学

108 路是一首未尽的歌　　　　　　　　　　　　　罗　涛　任婷婷　任艳琴
120 从枪林弹雨中走来的脊梁　　　　　　　　　　　　　　　　余晓华

■ 阅　读

125 "品读经典好书　汲取奋进力量"征文评选获奖名单
127 探路者　开路者　择路者　　　　　　　　　　　　　　　　李　淞
130 红军不怕远征难　　　　　　　　　　　　　　　　　　　　王　静
133 新时代下税史文化的继承与发展　　　　　　　　　　　　　蒋月明
138 诗词红楼　　　　　　　　　　　　　　　　　　　　　　　朱毓璐

■ 创作漫谭

140 第一副税务肩章　　　　　　　　　　　　　　　　　　　　赵晓林

■ 口述税史

143 霜华为证　　　　　　　　　　　　　　　　　　　　　　　唐　辉

|小 说|

深 隐

■ 任珏方

一

咔哒，枪上膛。

枪口离后脑两公分，寒意先于子弹击穿眉心。

窦大同在清冷空气中惊醒，伸手拔掉嘴中布头。光亮正从窗帘缝隙透进，带着白青色。他一只手揉着失去知觉的脸颊，下床后拉开窗帘往外看，县警局已被厚雪覆盖。遇上倒春寒，窗户上沿，露着从屋檐挂下的冰凌尖。窦大同选件厚实棉袄披上，来到炉子前，调旺炉火。他右臂受伤，被一条绷带吊于胸前，行动迟缓笨重。手臂半个月前被子弹击中。解放军已在长江北岸驻扎，随时渡江过来。这要变天的消息在县城已盛传许久，一些人胆壮气粗起来,对有血债的仇人进行清除。窦大同知道,自己在被清除名单上。县城无人不知,他是狠角色。作为县国民政府警察局刑侦二队队长,平时总端着凶神恶煞模样。在县城出名,是他在大庭广众之下击毙过一名女性共产党嫌犯。那虽然发生在十来年前的秋天,但至今没人愿为他做媒,也没女人愿嫁他,大家怕受牵连,为此他独身至今。社会上的议论,窦大同早听在耳里,人们说他手上血腥味重,会折寿没好下场,迟早会被共产党消灭。许多事情接二连三发生,在验证此话。在搬进警局宿舍前,他在县城东门大街有住宅,两间平房带一个院子,院墙边立棵枣树,后墙根碰着运河水。从地理环境和隐秘居住来说,那里是安全之地。他在枣树上藏了把枪,在后窗边系了条船,危险无论前来还是后至,都有可斗可逃之法。在一个深夜,审完监室里的犯人,回家走在东门大街时,他遭到枪击。他听到身后某处传来轻微的咔哒之声,立刻朝地上扑,枪声响起,胳膊立刻生起剧痛。他卧倒在一家店铺前,用左手从腰间掏出手枪,注视着幽暗街道。眼前有个弄堂,里面漆黑一片。他感觉到一股浓烈的仇意,在弄堂口升腾。他没再有动静,僵卧着。过了许久,弄堂口那团仇意消散。他迅速卧倒的场景,欺骗了对手,误以为他被一枪毙命。再过一刻钟后,他从地上爬起,手中持着枪,继续沿着东门大街往前走,但没往家那边去,径自转回警局。他意识到,在离家不远处遭伏击,意味住处已暴露。第二天,他派手下去看情况,得到消息是家中两间房在凌晨时分着火,只剩残垣断壁。看来,危险已至,立于眼前。

窦大同将炉火调旺,想做碗面条作早饭,拿起铝锅时,不安的忧虑又在脑中奔涌,便放任自己浮想一阵。想此问题,总得不到解决办法,仍旧觉得当务之急是找到县城里隐藏的共产党。这时,有人在外敲门,开门见是老丁。老丁是刑侦一队队长,平常与窦大同关系,是牙笑皮肉不笑那种。

老丁在门口跺脚,雪从黑皮鞋上抖落,在走廊墨砖上围出两个脚印。老丁用皮鞋尖将脚印擦拭掉,然后带着满身寒气走进来说,窦兄,一早登门,有好消息告知。

窦大同迎着老丁目光问道,什么好消息,能让丁兄冒雪踏寒登门?

老丁说,今天有个立功机会,我让给你。

窦大同疑惑道,美事拱手让我?丁兄不妨明说。

老丁脸上皮糙肉厚,窦大同这点揶揄全当没听出,用忍痛割爱的口吻说,本来也没想着让,奈何家里那位死活要去申城看病。也是,现在往那边去,车票难求,今日如果错过,不知何时再有。

窦大同心里一阵冷笑,暗想老丁是准备逃跑了。南京那边虽将守住长江天堑说得斩钉截铁,但败势已露。三大战役让国民党军队八百万精锐丧尽,谁跟你划江而治呢。老丁狡猾,这点焉能不知,早就准备逃跑。单就警局来说,有背景门路的,已陆续不见身影。瞎子都看得出,他们为保命离开危险之地了。

窦大同指指手臂道,谢丁兄成人之美意,但我这状况,怕是有功也拿不动。

老丁不罢休,压低声说,上司要在云阳楼设个局,将共党一网打尽。咱们的任务是,让进茶店的人有来无回,严加甄别,不放走任何可疑之人。窦兄,在当下要提振士气之际,这事若做得漂亮,真乃立大功机会,说不定李总统亲自嘉奖。

窦大同心动了，但见老丁言语神情中有些不对劲，便说，功是想要，但得想想。

老丁将牙露出，脸部皮肤肌肉没动，这就是老丁的牙笑皮肉不笑。牙露得少是微笑，露得多乃大笑。老丁知道自己笑得虚伪，但不怕别人嘀咕，在他看来，虚伪也是种尊重的态度，不然牙都不露。此刻，老丁露着半排上牙笑道，窦兄所虑，实属多余。不参加这次"剿共"，县城里人就能忘记你杀过共产党？

窦大同怕被共产党增记一笔血债，这犹豫被老丁看出。窦大同暗自佩服老丁，也佩服自己。老丁察言观色之能力绝对上乘，这些年与此人为伍，还明里暗里争斗，没被他搞死，实属幸运，便借坡下驴道，丁兄所言极是，我便试上一试。

老丁再次露出牙笑道，我早知道，窦兄不是浪费良机之人。

老丁走后，窦大同坐在桌前，认真想了阵。他听到脑后咔哒一声，一把手枪已上膛，枪口在他后脑两公分处指着。这幻听，跟着窦大同已经十年，每一次都提醒他，危险已在眼前。

他站起，拿定主意要去，便卸掉身上棉袄，穿上警衣，到刑侦二队带手下六人出门。此刻，雪已将县城覆盖住，白茫茫一片。雪仍未停歇，随风舞动，往人眼里、脖子里钻。天寒地冻，街上行人比店铺里的卖家少，惹眼的是穿军服的兵，三三两两在游荡，这些国民党"雄风"部队军人，是从战场上败退而来。来到云阳楼下，窦大同安排四人守楼四角，二人守楼底门洞，自己往楼上而去。

二

云阳楼离地十六米，楼脚靠着运河以及西门大桥。桥由石块垒起，桥面并排铺五块长条石。桥下设西门码头，有十八阶台阶，客船、货船皆在此停泊。过西门大桥则到乡下，那侧河沟边散落着三三两两农舍，在云阳楼上可见炊烟升起，鸡犬之声也可闻。西门是进出县城要地，古时往京城去，现在自省城来，出入都要穿越云阳楼底下门洞。虽处于热闹之处，但茶店却安静，不仅因为它离地高，有俯瞰尘世之感，还因为茶店北边有一面大湖。从茶楼木格窗看出去，三里路外的湖如水墨画般横呈眼前。

窦大同进入近月茶店时，里面已有九位茶客，老板娘一人忙乎着。在县城这么好一块地方，生意算清淡。近月茶楼四字招牌，有县城人的悲痛在其中，抹拭不掉。就在数年前，因怀疑茶店里有新四军，日本鬼子在云阳楼下架起机枪与迫击炮，疯狂杀戮无辜百姓。霎时间，茶店里血肉横飞，尸首枕藉，鲜血染红了楼下运河水。这一天，被日本鬼子打死戳死的有八十三人，在街道上被打死的有二十五人。惨案是近月茶楼生意不好的原因。

客人中，半仙最引人注目。他穿件青色道袍，头挽发髻，下颏有把长须，一副仙风飘飘模样。此人在县城的成名故事，已神话成传说。七岁那年，其赤脚往田地里去，走着走着，脚底板上产生一种剧痛感，然后剧痛慢慢变成炙热，觉得脚掌在燃烧，后在家昏迷三天三夜，一口气差点没上得来。旁听者问，踩着尖利的砖头瓦片了？他摇头。人家又问，踩到蛇蝎了？他依旧摇头。他说，我爹请郎中来，郎中也看不出所以然。然后我爹用独轮车推着我，到一个个医馆去，有些名医名馆名声响，上海滩、天津卫都有赶过来看病的，但都看不好我的病，也说不出个子丑寅卯。熬过七七四十九天后，可以下床，但人软得像面条。结结实实的身子骨，一下子变得精瘦。人家又问，莫非中邪了？他捻着胡须一笑道，中邪？我上海滩师傅不是这么对我说的。我师傅，在上海滩论麻衣相法，他排名第二没人敢说第一；他的阴阳八卦，也是没人敢挑战。我师傅在外滩向来横着走。有些不可一世的大佬，连出门喝茶都要问我师傅，几时几分出门才能避凶趋吉。我师傅能看到常人看不到的东西，他老人家在药馆看到跑堂的我，两眼一亮，要收我为徒。我以为他老人家开玩笑。师傅就说，跟我学徒，不收费用，还包你衣食住行，每月银元五块。我发蒙，问师傅为何要高看我。师傅说，你身上沾着仙气。我问我身上哪里沾仙气，师傅指指我的脚说，你的脚，踩到过不同寻常的东西。后来我问爹，老家地下有什么不寻常的东西，我爹说，咱家这里是皇帝的出生地和归根处，地下有好几个皇帝皇后埋着呢。听我爹这么一说，我看清我师傅果然不同凡人。半仙总是对人讲这神奇故事，由此来暗喻半仙这个称号，对他来说名副其实。人家又问，上海滩混得好好的，怎么跑回家了？他说，日本鬼子攻打申城，时局不稳，只得回家。这是师傅对我说的，他老人家还对我说过另外两句，一句是上海滩不容二虎。他老人家的意思是我的水平可以跟他相提并论了。另一句是，你老家给了你仙气，你必须再回到那里聚聚气。于是，我回到老家，来到县城。现在，半仙俨然已不是凡夫俗子，那些听他讲故事的人，在县城里都是有头有脸之人。时局动荡，越是有钱有权有势，越是讲究风水吉凶，于是他结交了城里许多显要人物，靠占卜算命看手相面相以及拆字，赚了许多银元，活得颇为安逸。

以往，窦大同见到半仙，便想逗弄一番。因为窦大同是刑侦队长，半仙也常来巴结，做捞人出去之事，弄得窦大同很烦。窦大同不信半仙那一套，或将白手套取下，或将一只脚伸出，让半仙算一天经历。虽次次让半仙窘迫，窦大同惊奇的是，此公脸皮极厚，能快速忘掉所遭羞辱，不消数日又跑来献殷勤。捉弄半仙，倒成为窦大同生活中难得有趣的一部分。但今天有严肃任务，窦大同止住戏弄半仙念头。他注意到，半仙对面那人，即使坐在茶店，还戴着黑色礼帽与墨镜，脖上围条藏青色围巾。窦大同向半仙走过去时，那人只是看着桌上茶杯没抬头。即便包裹得仅露半只眼，窦大同也能认出此人是富记米行老板李立贤。李老板开米行，应该是赚了钱的，为此低调，不示人真面目，免招盗匪。这年头，祸事横飞，不得不防，在这点上窦大同理解李立贤。既然李老板此刻不想暴露身份，窦大同便只朝半仙点下头，径自在临窗选张茶桌坐下。坐下那刻，眼睛余光已看到身后茶桌正坐着鹤鸣书院老板徐珮甫。徐先生毕业于省城师范学院，受父临终之托回到县城接手书院。过完己丑牛年春节，此人到而立之年，为情所困还没成婚。此刻徐先生盯着窗外那面湖水发呆，不知想些什么。窦大同跟徐先生打过交道，没好感，觉得此人太过胆小，每当书院收到共产党书籍或传单，便到警局报案，生怕受牵连，还在书院面前挂出院规，红字书写：本院甚小，不谈时事，不谈政论，只言国学。

窦大同坐下，老板娘拿来一碟瓜子。她在窦大同面前，收敛起媚笑之色，有丝紧张。窦大同自然知道，老板娘不欢迎他到来，特别是自己还穿身警服，有损店里雅气。今天可不是来消遣的，他皱眉板脸，点上一壶雀舌。这绿茶,是县城北门外观音山上所产。嘴里虽与老板娘说着茶,耳朵、眼睛始终高度警觉,暗自注意茶店里动静。徐先生依旧看着窗外发呆,半仙在说着凶吉。斜对角那边,绸布商行萧老板在托人购买去申城的火车票,所托之人是火车站货运场的老周。能找工人老周相托,看来萧老板已山穷水尽,想把自己当作货物混上火车。这不奇怪,县城在沪宁线上,火车从南京出来就差不多满满当当,县城出票甚少,有票还难说能挤进车门。云阳楼下水运码头也如此。人们想坐船到苏州再转往申城,想法甚好,现实却不帮衬,县城东十五里,运河弯道已被大船小船堵三日。都是争先恐后,各不相让。要不,今天云阳楼下会是闹哄哄的。炒货店张老板在与典当行杭老板谈生意,听言语是想把店面盘出去,而杭老板一直将价格压得很低,让张老板很不爽,却又无奈,只能低眉顺眼坐在那。张老板想逃离县城,窦大同知道原因。张老板为做生意,买通警局人员,将另一家炒货店父子抓进去关了仨月。县城要变天之际,他哪敢停留。如今想着逃离的,谁身上都有故事。还有两位坐在屋子深处,看不清面容。

三

有个女子走进茶社,戴一顶米黄色呢帽,穿件深绿冬天旗袍,因是倒大袖款式,手上有副黑色手套。她提着把合拢的黄色油纸伞走进茶店,神情带些拘束,目光也颇慌乱,在店里搜寻后找到徐先生身影,便往那桌去。窦大同认出,她是徐珮甫未婚妻唐诗韵,便将耳朵和余光跟过去。唐诗韵没坐下,站着小声说,都没跟家里说声,就一人过来喝茶,让人急不急?徐先生将头扭转过来看唐诗韵,脸上浮现不满,没言语又别过脸去。唐诗韵轻声道,咱立刻回去,书院有急事处理。徐先生拒绝道,喝口茶工夫,不耽搁事。窦大同侧耳听了一阵,知道这两人正闹别扭,徐先生跑出来躲清静。徐先生不想娶唐姑娘,县城知道的人不少。唐诗韵原在书院做帮佣,被徐先生母亲看中,便替儿子做主定下婚事,她太想徐家添孙子孙女了。但徐先生自命清高,饱读四书五经后,看旁人便是满身俗气。即便唐姑娘如此姣好面容,在徐先生眼里大约也只是臭皮囊。不想听男女间种种琐碎之事,窦大同注意半仙那边。半仙正在责怪李立贤,我早说过,今日有凶兆,你不宜出门,赶紧回家,免得夫人担心。李立贤却说,跟着你,最安全。

这时,卖花卖报小孩黄静进来,提着篮子,篮子里有十多株梅花,还有一卷县报。梅香浮动,在茶店里一点点荡漾开来。黄静与半仙打过招呼,便开始兜售。窦大同招手叫他过来,买了两枝花和一份报纸。以往,在街上碰到黄静,窦大同也会买点花。住进警局宿舍后,窦大同很少上街露面,算起来已有半月没见着这孩子,想不到竟在茶店相遇。

窦大同一边掏钱一边问,怎么到茶店来了?

黄静看着窦大同受伤的右臂,脸上浮现无奈表情说道,外面冰天雪地,人们走得急,没生意。这里暖和,再说能在这种天气来喝茶的,都有钱有趣,做买卖只能来这里。

黄静站在茶桌前解释着,他一米四五的个子,脸部只露出眼睛,其他都被桌子挡着。忽看到黄静浑身哆嗦了下,窦大同醒悟,自己看这孩子,目光带着职业的凌厉冰冷,孩子本就在外挨过冻,此刻再让他挨冰冷注视,算是冷上加冷,便柔起眼光,指着桌上三碟小吃说，愿意吃什么就拿，暖暖身子。桌上，有一碟瓜子、一碟话梅干、一碟芝麻糖。黄静没客气，挽着花篮便坐在窦大同对面，伸手抓块芝麻糖。窦大同注视着黄静，这小孩如同往常，头发乱且脏，身上棉袄露着棉絮，脚上棉鞋前头可见脚趾。这小孩无父无母，在县城街头靠卖花卖报纸为生，好在求生欲强，脑袋也灵活，才摇摇晃晃活着。冬天腊梅、夏日莲花、春日玫瑰、秋日桂花，这些篮中花都是他在夜间亲手摘来。夜间采花，其实是不花钱到人家院里偷。刚开始窦大同奉命管教这小孩，结果放这小孩一马不说，还成为小孩街头客户。每次见到这个孩子，窦大同会怦然心动，这不是怜悯小孩无父无母。第一次盘问黄静时，他总感到这个小孩似曾相识。琢磨三次后，他终于发现，黄静与他女儿长得像。为此他曾起念，黄静是自己女儿生下的孩子，但很快提醒自己，不要痴心妄想。主要是年龄对不上，女儿倘若还活着，今年近二十岁，而这个男孩已是十多岁模样，女儿可生不出来。

面对黄静，窦大同陷进过往。这过往，常聚成利刃，一下下扎心。他曾有一个家庭，妻子漂亮，女儿可爱。十年前，随着妻子死亡，女儿走失，那个家庭便成为记忆。这往事，不堪回想，他不对任何人提。现在窦大同刚准备叹息一声，忽然醒悟过来，任务在身，此时此地容不得萎靡，便打起精神，将眼光再次变成一把利刃。

此时，茶店里共有十三个人。老丁说，共产党今日在此传递情报，既然是传递，那么眼前之人中，至少有两个共产党。到底是谁？在那边指手画脚、唾沫横飞的半仙？共产党可不会如此醒目惹人注意。半仙对面的李立贤？这人看似配合着半仙如疯似癫的表演，但言语中留有分寸，动作间藏着克制，似有秘密之人。鹤鸣书院徐珮甫？这人不仅胆小，格局也小，连儿女情长都处理不干净，倘若是共产党早就暴露身份。窦大同看轻徐珮甫，不是无缘无故。接到鹤鸣书院报警后，窦大同奉命前去处理，他试探徐先生道，这些共党宣传资料，读读也没啥关系，可以了解点人家说法，知己知彼嘛，不用每次出现就报警。徐先生看着他的目光，带着虚散空洞与悯然，嘴里道，我家书院祖传的，可不能出事。徐先生平时国学大师形象，在那表情对比下显得可笑。那么唐诗韵像共产党吗？没有家庭背景的女性，还是从省城来的，颇有些可疑。窦大同继续琢磨茶店老板娘、斜角那边生意人，最后他将眼光落在黄静身上。这小孩是共产党地下交通员？细细想去，有了疑点。自己刚出警局就碰到他，这偶然未必是真。又见这小孩在狼吞虎咽芝麻糖，便哑然失笑。若是共产党的，人家不会如此饿着他。窦大同将茶杯推到黄静面前柔声道，慢点吃，喝口茶。

这时，一阵猛风从楼梯口灌进，茶店卷帘被吹得激荡起来，噼啪作响。有扇窗户被吹开，风旋转着带雪扑进，将茶店柜台上一盏煤油灯吹翻落在地上，一股洋油味立刻弥漫开来。这阵风像头怪兽，粗暴闯入，又迅捷离开。屋里两位谈盘点交易的客人正要起身关窗时，风忽然停歇。气氛诡异，立刻让人想起茶店惨案和那些冤魂。老板娘刚才还嬉笑的脸，也瞬间变色，看着店里人说道，今天好像不适合开门营业。窦大同怔怔看着老板娘，知道这女人见多识广，大约已察觉不同寻常，嗅到了危险气息。

窦大同抓住腰间枪柄，正待站起来阻拦人们离开，只听半仙在那边说，既然凶煞已

| 小 说 |

到，避已来不及，我就来算算。

半仙表演欲澎湃而出，但起了作用，店里慌乱被震住。

窦大同看过去，只见半仙从桌上碟中取把瓜子，扣在茶杯下，然后口中念念有词，伸出右手掐算。有几人被吸引过去围看，黄静看一眼窦大同，也到半仙那桌去瞧热闹。一会儿，半仙大汗淋漓，猛拍桌子，然后揭开茶杯，观察瓜子一番说道，这里已有人被凶煞附体，极难化解，走为上策。老板娘再次紧张起来，连声催道，大家散了吧，今日不收茶费。

众人站起准备离开。窦大同拔出枪高声说，一个也不准走。

店里一阵骚动。

窦大同将枪扬起，一字一顿说道，这里有共党，我得好好查查。

大家不敢动，面面相觑。

这时，有嘈杂声音从西门大街传上来，杀人啦，杀人啦。

茶店里的人涌到窗户前，看向云阳楼下西门大街。街上的人正在往西门大桥这侧跑。雪天，冻地，有几个接连滑倒，狼狈不堪。窦大同看到，部署在楼下的警察，竟也随人群逃了。

窦大同皱眉，看看茶店，看看楼下，一时间茫然。他没想到，事情与他设想背道而驰。他留意茶店里的人脸，老板娘、唐诗韵与黄静脸上显露着惧意，徐珮甫脸上是空洞，李立贤看不出表情，但脑门上正渗着细密汗水。半仙注视着楼下，脸上那神情，显露出算中凶煞到来的得意。萧老板与老周是饶有兴致地看热闹模样，张老板与杭老板侧身站立，两眼紧盯下面状况，在寻找离开机会。刚才没瞧出面目的两人，一个是县城纱厂沈姓副经理，皱着眉；另一个脸生，在县城街道上没出现过。

窦大同暗自叹息一声。如此事态，他已感到不能把控。他这担忧很快得到验证，楼梯上传过来一阵急切脚步声，县国民政府军事科一队特务跑上楼来。

没有解释机会，一个也没能脱身，被军情科特务押往陶家大院。窦大同被缴了枪，也在其中。在被架上卡车时，窦大同听到脑后传来咔哒一声，身上汗毛都竖起。

四

陶家大院，一个特别之地，位于县城内城河路。它原为一木行老板私宅，三进二厢二院，硬山式砖木结构。前后三进逐渐增高，一进和二进为平房，第三进正房厢房皆为楼房，门窗和栏杆雕刻精细。日本鬼子到县城后，城内一些主要大户人家住房均被占领。麻巷门的民国府，被鬼子霸占作为日军指挥部。西门中学附近的一家民居被鬼子当作报社所在。乔家巷的刘家大院成为鬼子俱乐部，有鬼子军官头戴军帽，身佩军刀，脚着高筒靴，骑着马，颐指气使地出没。而陶家大院，被鬼子军官占领作为日常居所。自那以后，此地总散发阴森气息，每到傍晚时刻，周围百姓就会关紧自家大门。在这里，抗日人士落到鬼子手里，经常是从前门走着进，从后门横着出。横着出，是丢掉了生命。在陶家后院，有一方人工挖的池塘。鬼子让抗日人士站在水池边，然后对他们扣动扳机，一池水被染得彤红。鬼子投降后，这块血腥之地被国民政府军情科作为审讯基地，用来对付共产党。

十三人被带进院子，关入监室。

大家脸色凝重，知道只要进入此处，便

是九死一生，生也要脱掉两层皮。

窦大同拍打铁栏，招来看守，指着自己身上警服道，兄弟，自己人，放我出去。

看守摆出无奈表情说道，上头死命令，茶店里人全要甄别。

窦大同板脸道，我奉警局之命到茶店缉拿共党，堂堂正正，怎就成嫌犯？

看守赔上笑脸道，兄弟别急，耐心等着，甄别后就可以脱身。

看这情景脱身无望，窦大同将牙咬得咯吱作响，心里骂老丁十八代祖宗。螳螂捕蝉，黄雀在后，老丁准知道这出戏深浅，才将倒霉事让给他。若在此挨皮肉之苦，或是丢命，老丁后槽牙准会露出。

老丁没将事情说完整，露一藏二，窦大同不知道到底设什么局、西门大街死了什么人，又与看守搭讪，想听些信息。看守认得窦大同，知道他是警察局里的狠人，得罪不起，便隔着栏杆与窦大同低语，让窦大同明白个大概。

设一个局，需要诱饵，半官半匪的丁为修便是这个角色。丁为修深居简出，寻他殊为不易。在西门大街浴室，他被人除掉，死在泡澡池里。此人在县城赫赫有名，有一支地方武装，县城内外耳目多，游走在灰色地带。县城共产党地下组织遭破坏，与他有很大关系。

窦大同皱眉问，为何要除掉丁为修？

看守压低声说，共党正暗中筹钱，为大军到来作准备。

窦大同懂看守意思，这人想说的是，共产党暗中筹钱，而丁为修成为障碍，便一定要除掉。既然丁为修已死，就一定是共产党出手。但丁为修之死与云阳楼上传递情报，这两者有何关系，窦大同依旧没头绪，便说道，我可不关心这个，只想搞清楚，怎么肯定茶店中有共产党？

看守怔怔看着窦大同，然后用更轻微声音说，窦队长，连这个你都不知？听说丁为修在西门浴室这消息，是共产党从茶店传送出去的。

窦大同愣了下道，不可能，我在现场盯着。

他的确惊讶。在近月茶店，他瞪大眼睛竖着耳朵注意室内动静，连柜台上方横梁处，一张蛛网上干瘪的苍蝇都注意到了，按说没什么疏忽遗漏，但情报就在他眼皮底下传送出去。怎么传送的？毫无头绪。窦大同心里感叹，自己身经百战，也自认火眼金睛，没能察觉，说明碰到高人了。

再问，看守已说不出个子丑寅卯。窦大同知道，核心机密这看守哪能掌握，便离开铁栏，到墙角坐下，想清理一下思路。

在县城，共产党有条秘密通道，窦大同早有耳闻。在抗日战争时期，这条秘密通道为新四军服务。那时，新四军先遣支队在县城西北三十公里外的山里，开展游击战争，并发动群众摧毁日伪政权，不断在平原水网地区抗击日寇。此后，县抗敌总会成立，逐步形成敌后抗日根据地。战争需要财力物力支持，有些援助和重要物资从申城那边过来，县城共产党地下交通站蚂蚁搬家般，化整为零运进山里。后来新四军撤离，共产党秘密通道便少有讯息传出。如今，丁为修作诱饵，军情科设陷阱，这些可以推算那条秘密通道已再度活跃。这非同寻常。在国民党加大力度抓捕共产党时，县城共产党任务是深隐，不轻举妄动。是什么让这些深隐者开始行动？唯一解释是解放军快要来了。想到此，窦大同心头一紧，暗问自己该怎么办。念及自身安危,他蓦然想起另一个问题,自己在这个圈套里,到底是局内人还是局外人。

这疑惑关乎安危,窦大同琢磨起这个圈套。他集中精力,回想老丁早晨的讲话。当时,老丁说要在茶店设一个局,而非在茶店设了一个局。这说明自己目睹了设局过程,而且茶店十三人中有设局者隐藏其中。从目前结果看,设局者并非警察,是军情科特务。念及此,他再度整理事情逻辑,最后判断基本如此,唯一疑点是为何设局者要在其中加一个警察角色。他想不通,但不敢轻视,这绝非设计漏洞,是有意为之。窦大同顺着逻辑往深处想,心中忽然大惊。要设这个局,须通过某条渠道有意放出诱饵消息。那么渠道两端是关键,其藏头露尾的关联,是这场暗战的玄妙之处。这玄妙直指事情本质,就是有人已被怀疑是共产党的身份,有人则暴露了自己特务的身份,而且这两人认识,唯如此,这个渠道才存在,这场暗战才能设计。这证明什么?对双方来说,设局、进局皆心知肚明,明知山有虎,偏向虎山行。这场玩命的凶险局,两股暗流正在碰撞。窦大同抬起头,看下室内人。这些人中,谁是谁?都像,都不像。窦大同再度调度视觉、听觉甚至味觉,回想茶店里每一个细节,但特务怎么设局、地下党如何传出情报,依旧看不出端倪。

窦大同想,这是场斗智斗勇的高端局。

五

午时过后,甄别开始。军情科人员来到铁栏前,将人领出。审查就在众人面前,监室铁栏外的半截屋子。那里摆着张桌子,两侧摆两把椅子。茶店老板娘首当其冲。出监室时,她看着大家说,我啥事都没做,不怕盘问。看似轻松,口气却虚弱,出卖了她的恐惧。窦大同与众人挤在铁栏前看着。老板娘的遭遇,迟早会落到他们身上,大家都想听问题难易、遭到如何对待。但大家看出,接受甄别,可不是坐在茶桌前闲聊,一句不慎,便要赔上一条命。窦大同心里生出另一个想法,此机会可助他识别这些人的真实身份。

甄别,是在寻找破绽。待老板娘在审讯桌前坐下,主审的军情科特务开口便问,你知道茶店是共产党的接头地点吗?老板娘连连叫屈道,冤枉,茶店就我一人经营,又忙又累,恨不得生四条腿、八只手来做事,哪里有眼注意这些。主审特务边记录边说,嫌犯否认,写完抬头道,女老板娘,开茶舍,各路通吃,左右逢源,通共、不通共都不意外。我们在近月茶舍放置杂货的房间,搜查出一个布袋,里面有把短枪。特务眼神暗示下,边上特务将枪亮出。那是把土制短枪。老板娘见了,从椅子上跳起,被身边特务摁回。监室看审问的人发出惊讶与恐惧之声。窦大同摇摇头,觉得自己先前把事情想简单了。这把枪此刻出现,证明事情凶险无比。这把枪,原本想对付谁?窦大同把自己排在第一目标上。那次他在东门大街挨的枪击,从手臂上取出的铁弹头证明,由一把土制枪发射。土枪似霰弹枪,飞出的子弹不是一颗,而是一片,扇形一样扑向目标。窦大同仅手臂中弹,实属侥幸,又或是死去妻子的在天之灵保佑。在中弹倒地那一刻,窦大同相信后者,他匍匐在地,嘴里念叨的是亡妻名字。土枪在近月茶店出现,让面前人群更添神秘。这里不仅有共产党地下工作者、国民党军情科秘密特务,还有一直在追杀自己的仇家。仇家是谁?窦大同在脑中过了一下十二张脸,仍旧是谁都像,谁都不像。这把土枪的主人,也难以断定是共产党还是其他人,但肯定是自己平时得罪过的。

窦大同看得出,老板娘经历不了这种场合,内心恐惧翻涌着弥漫,整个身体都在抖,两手在胸前比划不知要表达什么。主审特务问,说说,这把枪是用来到湖里去打野禽的?老板娘哆嗦着否认。主审特务又问,不打野禽,便是射人喽?老板娘又想从椅子上跳起,特务摁住没再松手。老板娘叫道,官爷明鉴,我杀鸡都不敢,哪敢杀人。准是哪个客人趁我不备,藏在那里的。

老板娘慌乱中的一句话,让窦大同想到自己没有捕捉到的动静。那藏枪之人,在众人围在窗前看西门大街杀人事件时,暗自过去藏枪。这人沉着冷静,迅捷灵敏,又极为聪明,提前判断对了事情走向。唉,这样一个人要取自己性命,难对付。窦大同摇头。

主审特务一边在纸上记录一边自语,嫌犯否定。写完,手一挥,老板娘被特务架起送回监室。她的腿已经发软,几乎是被拖回。监室里的人面面相觑,大家看出,特务有备而来,每个问题都是一颗行刑子弹,也看出面对审问,不是讲实话就能过关。

第二个接受甄别的是李立贤。第一个问题是,李先生曾在富记米行与人探讨民族如何强大,为民族、为国家大声呐喊,情绪之激昂,论调之激励,颇有共产党风范。李先生是共产党?李立贤想了片刻,承认自己讲过那些话,但不是共产党。主审特务笑笑道,识时务,认了讲那些话。说着,特务拿起一本日记道,看看,这都是你亲笔写的,想赖可不成。第二个问题是,米行暗中筹粮,是否为共军到来作准备?在这个问题上,李立贤解释了许多,大意是兵荒马乱,囤粮再高价出售,是商业需要。窦大同看出,饶是李立贤沉着冷静,还是被特务逼在绝境里不能脱身。

其他人一一被领过去。特务向唐诗韵展示了一张她的家庭合照后问,唐小姐可记得这张合影?这张照片是唐小姐十多岁时所摄,照片上有你父母、弟弟。经查,唐小姐父亲抗日时期是爱国资本家。这些,唐小姐从没提过,有何用心?唐诗韵低声道,这些都是伤心事,想都不敢想,提就更不敢提。我弟弟十岁那年淹死在河里,父亲经商失踪大概遭到毒手,母亲被人骗去南洋,这些事在街坊邻里、警局中都有据可查、有人可问。唐诗韵声音中,带着悲伤。作为警察,窦大同跟踪、琢磨过许多人,他发觉轻视了唐诗韵,她外表文静,与世无争,身上竟有复杂故事。特务问小孩黄静的问题是,为何经常在夜间大街小巷出没,像共产党地下交通员一样。黄静说,没地方去,也没人玩。这是真话,小孩也说得声音洪亮,窦大同估摸,如果还有人能走出陶家大院,黄静就是那幸运者。为解开黄静与自己女儿酷似的谜团,窦大同曾经跟踪过黄静,他发现这小孩的确是孤儿,平时住在县城戏院里。住,也是偷着住,每晚要等戏院散场熄灯后,他才翻墙进入戏院后面的杂货间睡觉。接下来是徐珮甫接受甄别,特务问,徐先生向来一心只读圣贤书,两耳不闻窗外事。但我们得到了先生一些残信,还可以看到共产党等字样。徐珮甫回道,收到共产党宣传信件、资料,我不会去读,随手扔进火里,怕招惹麻烦。有残信,大概是没烧尽,粗心大意才当垃圾丢出。这些不请自来的共党资料,曾经向警局报过案,希望查一下,杜绝再三寄来。徐珮甫在解释时,窦大同侧脸用余光偷看唐诗韵脸色,只见她脸上涂满了担忧。接着主审特务问半仙,我们在你家中查到两个宋代花瓶,瓶里藏着金条。十根金条,是共产党活动经费?半仙脸上露出

| 小 说 |

羞愧,但嘴里说道,神仙还要香火供,我只算半仙,积攒点钱,保证以后还有好饭吃,这也不算失颜面。

窦大同最后一个接受甄别。待他坐上被审查椅,才看清主审特务那张完整脸。脸型扁圆,鼻下左侧有瘊子,他便问道,这位兄弟看起来面熟,姓张还是姓沈?主审特务看他一眼道,姓沈。窦大同点头道,对,沈兄,咱们合作过案子。以往都是我审别人,今日颠倒,被沈兄审,心里不好受啊。不待沈特务说话又道,都是自家人,都为公务,审我便简单些,日后请你喝顿酒。沈特务说,既是公务,何谈客气。我要请教,窦队长在警局人称铁面无情,但有癖好,不仅喜欢买花,还喜欢将花摆到内城河东岸去。这能否解释清楚?窦大同一瞪眼回道,沈兄,吃饱饭没事干,跟踪我了?沈特务委屈道,每日公务缠身,哪有工夫管警局的事,也不想与窦队长结私人梁子,这事是你们警局人干的。这话让窦大同立刻想到老丁,这事非他莫属。早前两年,县警局内部开展身份甄别,查找潜伏在警察队伍里的共产党。因其中有油水捞,老丁与他有过竞争,没成,局长让窦大同负责这项工作。想不到他在甄别他人,老丁在背后秘密甄别他。窦大同没好口气对沈特务道,这卑劣事做的,可骂可打,回去就找这人,赐顿饱拳。老沈接话道,想出去算账,先把这事讲清楚。窦大同叹口气道,沈兄,咱又不是钢筋水泥做的,肉身凡胎而已。买花实则因家中身边无人,又因我这身份不敢在外撩搭容易招来祸端,只想有个喜好排遣寂寞。关于送花,说来惭愧,那是我第一次击毙共党,后来常做噩梦。沈兄也知,做这行求的是个平安,被鬼缠身,绝非好事。每年到击毙她那天,拿花去只是表态,杀她是任务,非我个人原因,

别怪罪到我头上。沈特务笑笑说,这解释也合理,但讲些鬼啊梦啊,还是虚幻。窦大同反问,言下之意是解释不清?沈特务说,理解你心情,但兹事体大,我做不了主。

窦大同脑后再次传来咔哒一声。

甄别结束,没人被放出陶家大院。沈特务走时,站在铁栏门前皱眉说,你们口风倒是紧,但在这里,这不是办法。上级已经有令,既然你们中间有共党,查不出来,也就不多花时间动用酷刑,抱着宁错杀不放过原则全部枪决。都是乡里乡亲,最好主动坦白,不要连累无辜人枉送一条命。

屋里响起慌乱声,炒货店张老板、典当行杭老板连声高叫冤枉,老周立刻加入喊冤行列,他的嗓门最大,算是声嘶力竭。老板娘本来还勉强挺着,当三个男人喊起来时,她被吓哭。

六

窦大同靠在墙角,迷糊了一阵。妻子出现在梦中,对他说,危急形势,你要冷静,别冲动。窦大同伸手拉妻子,但妻子往后躲闪。窦大同哀求道,留下来陪我,我孤单难过。妻子惊恐瞪大眼睛,连声说,你开口了,嘴巴,你的嘴巴。窦大同赶紧伸手捂嘴,这动作在梦境与现实中同步,他猛睁开眼时,自己一只手正摁在嘴上。但为时已晚,梦中哀求已在现实中响起,眼前已有多人用诧异眼光看他。窦大同赶紧站起身说,做了个娶老婆美梦。此解释虽将梦话搪塞过去,但他对自己生起不满。梦呓是他长久来的坏毛病。白天脑子在复杂事情中高速运转,睡着后还停不下来,嘴巴不时往外蹦梦话。若有关键话出来让别人听去,那还了得,便是真正祸从口出。为此,他会在睡前将一块布头塞进嘴里,

晨起时取出。这天被关在军情科监室，得不到布头，才犯下这个错误。

窦大同将手掌抵在墙面上。不一会儿，手掌变得冰凉。他将手掌搭于自己额头，以便让脑袋冷静。向老沈解释那些花时，他胸中翻涌起巨大哀伤，一波连着一波，久久未能退去。这个时候关乎生死，哀伤只会带来妨碍。

窦大同密切注视屋内人。监室内恐惧仍在荡漾，哭泣喊冤声不断。有两位老板模样的在哀求看守给家人报信，找关系来搭救。李立贤站在半仙跟前，脸上平静，但窦大同看出，这平静下面隐藏着担心。徐珮甫在监室里来回踱步，而唐诗韵眼光始终跟着徐先生。半仙靠墙坐着，闭目养神，沉默不语。窦大同想，此刻他或许在为自己算生死。再有仙味，还是怕死。黄静过去，靠半仙坐着，将头靠在半仙肩上。窦大同暗自叹息一声，这群人中，谁是共产党？谁是军情科秘密特务？谁是要取命的凶手？虽然听完了第一轮甄别，从各人解释中得到信息，仍旧无法判断。他又想，屋里人真要被处决吗？可能性大，到时隐藏的军情科特务会走出监室，别人则是走上刑场。

外面特务换班。屋子里灯熄灭，黑暗猛扑过来侵吞掉他们，监室里再次发出连声惊叫。这环境，已经让他们脑中七荤八素，大家便在地上坐下，聚拢在一起。室内冰冷，黑暗中响着粗重的呼吸声。窦大同将胸口紧贴双腿，仿佛这种坐姿能压制秘密，他决定集中精力想念一下妻子。

与妻子在人世相聚最后一晚，是在警局看押室。那是不能相认的一刻，他作为警察，背着手站在铁窗之外，而妻子作为被抓嫌犯，关在铁窗之内。妻子怀里，还抱着他们的女儿。她刚受过刑，身上血迹斑斑。白天，他目睹妻子受苦受难。警察用特制竹签刑具，夹住她十根手指，先是慢慢夹紧，在她快昏死前松开，然后再慢慢夹紧，如此循环折磨，让妻子不断昏厥，又被警察用凉水泼醒。酷刑折磨，持续许久。最后，警察用一根粗绳将妻子反绑，再把两根大拇指绑上，将绳子悬于梁上，妻子便全身离地，所有重量聚在两根拇指上。他在一边看着，努力控制胸中悲痛与怜爱，不让身体颤抖。妻子眼光偷偷从他脸上扫过。四目相交，短之又短瞬间，她用眼神告诫他，冷静，别冲动。但他没法再忍，离开审讯室，躲进厕所，在挡板掩护下掩面无声抽噎。入夜后，他趁值班到看押室。隔着铁窗，他与妻子四目长久相望。他对着妻子高声说，别再执迷不悟，看看孩子，主动交代。他苦口婆心劝说，声音虽严厉，眼里全是疼爱。这些话，是说给走廊那端看守听的，也用来掩盖另一些轻微声音。他伸出一只手，搭在铁窗上低语道，别急，我救你。妻子看着他，用轻微之声警告他，别轻举妄动。他嘴中大声呵斥道，年纪轻轻，别想不开，接着便低声说，不行，一定要让你脱身。妻子看着他，笑了下说道，我已做好准备，以后你要保护好女儿，陪她一块长大。他怔怔看着妻子，眼圈开始发酸。那时，他多想让妻子抱着孩子走到铁窗前，伸手将她们揽在怀中。妻子好像看透他的心思，轻声说，我爱你，你知道就行。他回道，我也爱你，爱我们的女儿。妻子忽然说，我有一事求你，要答应我。他想都没想道，我答应。妻子说，明天转往军情科途中，找机会干掉我。他一怔问，为什么？妻子回，实在太疼，我有不好预感，担心承受不住酷刑。你要知道，我开口不开口横竖都是死，但一旦开口，会害死你，害死大家，为

| 小　说 |

了安全，你必须这样做。他没再说话，死盯着妻子那张脸，然后严厉叫道，你疯啦，夜梦颠倒，真是疯啦。走廊里的看守过来劝，这个女共党嘴硬得很，反正明天就交军情科，咱犯不着再花精力。他铁青着脸，瞪一眼看守，转身离开。

那一夜没睡，他坐在家中那团又浓又重的黑中，面对屋后一窗河水，呆呆看对岸一盏昏暗灯光在水面的倒影。这条运河，从东入县城，弯成半圆，自西门出城，擦着那面大湖往北而去。千古悠悠一河水，岸边有多少爱恨情仇随着泪水滴落其中。他还记得将妻子娶回家那天，妻子穿一身红嫁衣，坐牛车来到朱家庄。她唇如玫瑰，肤如茉莉，两眼盛着春水，挑开红盖第一眼，他便醉得神魂颠倒。朱家庄，在县城东北五十里外的七峰山里，进出全靠一条山路。村庄穷出一条规矩，年轻后生一旦结婚便要出村挣钱养家。朱家庄男人有门修脚手艺出名，近处南京、申城不说，远如羊城、北平，都有朱家庄修脚师傅的身影。窦大同婚后与村上年轻人一样，告别家中女人出山谋生。只不过他出现了分身，本名朱彦坤的出山到遥远南方澡堂谋生，化名窦大同的出山到县城去当了警察。这身份带来的危险，在警局开展身份甄别时最为凶险。窦大同在与老丁激烈竞争中占得上风。老丁谋的是利益，而他谋的是自己的命，老丁自然不是对手。身份使然，每到过年那几天，警局清闲下来，窦大同才利用到某处与某家过年的理由，与朱彦坤合体回到朱家庄。窦大同的警察俸禄，作为朱彦坤的修脚收入，也大差不差。过完正月初三，朱彦坤依依不舍告别妻女赶回南方澡堂去赚钱，走出群山后他便变身窦大同回到县城。在警局，他的身份是来自山里，单身，祖辈靠打猎为生。为此，他有与生俱来的枪感与枪法。这说法五分真五分假。他祖辈没出山去修脚，靠打猎为生是真。枪感与枪法，其实来自倪山自卫团。倪山是七峰山一个山头，那里一直活跃着共产党地方武装力量，开始是抗日，后来是革命。他是倪山一名英勇骁战的战士。后来，倪山自卫团管团长需要在敌人内部部署耳目，便选中他到警局潜伏。他离开自卫团是以南下修脚挣钱做理由，表面上脱离了组织，只有管团长一人知道他真实身份。他妻子是地下交通员，在倪山、县城以及茅山间进行情报传递。茅山，是新四军第一支队所在地，后来新四军撤离，游击队一直活跃在当地。妻子过县城，有时在街头遇上窦大同。两人隔街相望，但不能相认，许多话都在眼神交汇的刹那完成诉说。而妻子在那次会议途中紧急撤离，因带着女儿做掩护，速度慢落入敌人手中。也许，妻子带着女儿，是想让他这个做父亲的看一眼。女儿出生以来，他一年也就能见到一回。有时敌人在正月有行动，他连家都不能回。

天空泛起鱼肚白时，他双眼布满血丝。到岗后，窦大同加入押送妻子的警察队伍。他们登上吉普车，妻子坐中间位置，戴着脚镣。女儿坐她左侧，挨着左边押送警察。妻子没抱着女儿，这个细节让窦大同不忍往下想。那时，他坐在妻子右侧。当车从县城中山路拐进内城河路时，妻子侧脸看向窦大同。窦大同借机摁住妻子身子，嘴里骂道，坐好，别乱动。他的手摁在妻子手上。妻子那只手冰凉，他的体温与七魂六魄，通过手掌涌进妻子身体里，想送她一条命。他很长时间没抓过这只手。以往，妻子用这只手给过他甜蜜，用这只手完成地下交通员任务，也用这只手辛苦照顾孩子和家中老人。他看见，妻子左手握住了女儿小手。在这特殊境地,一家三口最后一次连接起来。感情涌动起来,窦大同遏制不住手指口弯,想紧紧握住妻子的手,但妻子猛然将手抽出,并将身体倾倒,双手抓住他那侧车门。他眼睁睁看着妻子推开车门跳下。车子猛地刹住,四个警察连忙跳下车。窦大同揪心看到,十多米远处,妻子艰难从街道上爬起,拖着沉重脚镣,向路边树林跑。也许是脚镣太重,也许刚才跳车又受重伤,妻子跑得太缓慢。两个警察已向她快速追赶过去。没办法了,一颗豆大泪珠从窦大同眼中蹦出,冰凉,孤独,顺着鼻梁流淌进嘴唇。窦大同拔出枪,咔哒一声将子弹上膛,举枪瞄准。妻子回头张望,眼光直直看向他。妻子在请求他,也在警告他。他睁大眼睛,瞄准妻子脑袋,告诫自己,手不能抖,气不能乱,这一枪必须打准,不然妻子会更加痛楚。他扣动扳机,一声枪响,瞬间感觉不到自己,身体空洞,没有重量,脑袋空洞,没有想法,眼神空洞,不见前方,仿佛那一枪打在了自己身上。不知呆呆举枪立了多久,稍微有些神智,便看到前方已围着众多看热闹之人。他一步步挪动过去,挤进人群,看到妻子倒在地上,鲜血正从她身上流淌下来。他蹲下,装作检查鼻息、颈动脉状况,将手落在妻子脸上。妻子双眼睁着,望着他,他用尽所有力气将这张脸镌刻在脑中。旁边警察说,检查过了,一枪击毙,这女共党已死。另一个警察说,小窦枪法,百发百中,出神入化。他替妻子合上眼,站起身来道,既然已打死,就近埋掉,围观人多,免得引发骚乱。这么埋葬妻子,他是怕军情科那边特务闻讯赶来,将妻子头颅割下,拿去悬挂在城门口示众。两个警察听他说得在理,便按照他吩咐去做了。他和司机回到车上等。司机看他一眼道,你

脸色不对,嘴唇还抖。窦大同心中一惊,苦笑道,犯人押送途中逃跑,这可是大罪,想想都后怕。司机道,好在你出手及时,没让她跑掉。之后,窦大同闭眼坐在车里,任凭内心悲痛情绪翻涌。过了一阵,两个警察回到车里。后座警察问,车里小孩呢?这一问,让窦大同从巨大悲痛中惊醒,跳下车在街道上找,已不见女儿踪影。九岁女儿,他只记得脸蛋微胖,皮肤雪白,模样没瞧周全,只因注意力全在妻子身上。抱歉,抱歉,我弄丢了女儿。此后,每当妻子在梦中出现,窦大同要连说多遍。

此后一段日子,过得无比艰难。在难以名状的心态下,窦大同有过自残行为,将射杀妻子的手放在滚烫煤炉上,一次在土匪子弹下故意暴露身形,甚至有一次将枪口伸进自己嘴巴,他太想追随妻子而去。但妻子在梦中劝,冷静,别冲动,我最想看到县城解放,也想看到你找回孩子,你要满足我这两个心愿。为了妻子这两个心愿,窦大同走出颓废,专注于工作。由于新四军已撤离,而县城里有国民党内警总队、保安团等地方武装约两个团建制,敌我力量悬殊。县城又紧靠南京,国民党利用特务机构,收集新四军留守人员和共产党组织信息,还利用警察等武装力量,大肆搜捕迫害革命志士和进步群众。险恶环境使革命队伍中叛徒增加,隐蔽和锄奸成为革命者主要任务。窦大同潜伏在警察局,任务是收集敌人动静,让革命同志脱离险境。窦大同所在刑侦二队,隶属县警察局,是国民政府内政部警察总署条线。随着国民党撤销军统局,有一批特务转为警察。窦大同身边就有这种特务警察,其中以老丁为代表,狡猾阴毒,同处不易。窦大同睡觉时口塞布头防止梦呓,这绝非杞人忧天。

| 小 说 |

但风险越大,收获越大。在县城,对共产党组织进行"围剿",由内警总队与保安团实施。每当得到行动部署情报,窦大同便到县城中山路走走。他的接头人是苏大姐,在县城一家商贸行做事,因工作原因平时常在街上走动,与各家老板熟。在街头或店铺里,窦大同伺机将情报交给苏大姐。最为惊心动魄一次,是县武工队因叛徒告密,隐秘于县城东南八亩山位置暴露。那次,他目睹一位乡下农民模样人,从警局总务处出来,神色紧张。感觉诧异,他便过去问,总务处说按局长批条论功行赏,赏了根金条。窦大同暗惊,一根金条,非同凡响。再问总务处,答复说不知为何。窦大同借口上街巡逻,终于在西门找到那人。他打趣道,得一根金条,也该请我喝顿酒。那人大惊,怕被人知告密事,也怕路上露财,见窦大同是警察便答应请酒一顿。在西门大街悦来酒馆,窦大同花一小时将那人灌醉,终于打听出县武工队被出卖。喝完酒,窦大同回到中山路,将这情报交给苏大姐。情况紧急,再转地下交通站会耽搁时间,苏大姐亲自赶往八亩山。敌人这次出动一个团兵力"围剿",好在苏大姐在半夜时分赶到,县武工队八十二人连夜撤退,在八亩山南山麓与敌军遭遇。一阵激战后,武工队自山西面撤离。而苏大姐在战斗中受伤,落入敌人手中。她就义后,头颅被挂在北门示众三日。窦大同在失去妻子后,他又失去了苏大姐。作为重要深隐者,组织一直与他保持单线联系。苏大姐突然牺牲后,窦大同进入静默状态,等待新接头人出现,但地下革命组织遭到敌人严重破坏,他一直没能等到,成为一只孤雁。

当老丁说要在近月茶楼设局时,窦大同嘴上犹豫,内心早生出要参与的想法。这是找到组织的机会,他想找到革命者,同时想提醒危险,因而穿上警服出现在茶店。

窦大同再次注意室内,心里涌起暖流。身边,有他苦苦寻找的革命同志。

七

危在旦夕,加之非普通大众,都有能耐本事,监室里有人爆发出强烈求生欲望。特务换班,走廊里只有刚才与窦大同耳语的看守。萧老板连声轻呼将他招过来,开始利益收买,说也不指望现在放出去,只求给家里报个信,死了也能来收尸。看守没答应,也没拒绝,这下让萧老板看到希望,比划着数字提高筹码。张老板、沈经理看出门道,也上前与萧老板一道,给通风报信报酬加码。看守拿出为难样子答应了,叫来在门外值班的另一看守耳语。

一线生机出现,人们愁眉暂舒。窦大同想,此乃这场暗斗之变数,在设局者预料之外。国民党县政府里,哪个不想乘机多拿点儿,在解放大军到来前逃之夭夭。刚才听这些人收买看守,出价已有十根金条之多。这些人家再去找关系走路子,拿出的金条更多。

半仙忽然冷笑道,我刚才算过,这关极凶,九死一生,别心存侥幸。

此话犹如冷水,泼下来寒心。立刻有人反对道,花钱消灾,自古如此,还是有道理的。

半仙叹息道,这里是军情科,最不讲情面之地。

这话让监室里重新沉默起来。窦大同想,此刻反对花钱买命者,可能就是军情科特务,因为他根本不想给人看到生机,唯想加压,让人崩溃,才能获取想要效果。窦大同琢磨半仙,此人平时接触面甚广,在县城算神通广大，在此关键时刻竟没找看守疏通，这相当可疑。

这时，李立贤站起身说，全部送命，这样不行，必须有人出头承认。

萧老板呼应道，谁是共产党，主动站出来。

半仙说道，站出来承认又如何？现在问题是，你要证明自己不是共产党，并让人家相信。

李立贤叹息道，横竖一死，我就站出来，为你们争取生机。

窦大同的心猛烈跳动一下。难道李立贤与半仙，就是这场暗斗的连接渠道两端，代表共产党与国民党？李立贤知道自己身份已遭怀疑，才站出来承认，避免其他革命同志牺牲？

半仙却阻止道，李先生，你这是干什么？自己不是共产党，偏要假装，夫人同意你这么做吗？家里富贵，好好活命才是，别整出多余枝节。

半仙为李立贤开脱，有何用心？引出李立贤身后另一个革命同志？窦大同飞快思考，觉得能说得通。

李立贤沉默一阵才道，我之情怀，岂是你辈能知晓。

立刻有人身体往后缩，离开李立贤。

窦大同坐在黑暗中没动，借着屋里昏暗作掩护，悄悄伸手捉住李立贤的手握了下，他要给他支持，同时表达敬意。握到的那只手柔软、冰冷，让窦大同脑中跳出与妻诀别时刻。窦大同感到，李立贤的手迟疑了下，想将手掌翻转过来，来一个惺惺相惜的紧握。但有只手不知从何方过来，将窦大同手拉开。窦大同一惊，不知这只手的用意。它属于另一个革命者，提醒李立贤不要上当？又或者是提醒自己不要上当？

窦大同思考许久，没能在两个选择中理出真相，便不再轻举妄动。

天亮了。待军情科特务上班，李立贤站起来，望了下众人，走到铁栏前说道，好汉做事好汉担，我就是你们要找的人。立刻，李立贤被特务架出去。

众人心情复杂，面面相觑，等待事情发展。倘若李立贤被定为共党，自己是否能脱身，没肯定答案。这时看守跑进来，笑着告诉大家一个消息，丁为修之死是他手下人密谋，为钱财害命。这就是说，共产党在茶店传递情报，是误判。众人长舒一口气，窦大同脸上却没浮现喜气。这个消息出现，可能巨额金钱买到生路，也可能只是圈套中的一部分。咔哒，他再次听到脑后枪上膛的声音。这幻听，提醒他暗斗仍没结束。

除李立贤，十二人被放出陶家大院。站在院门口，鬼门关走上一遭，都有恍如隔世之感。头顶忽然一声雷响，暴雨将要倾盆而下。这个季节响雷，不同寻常。大家没再说话，互相看一眼，迅速散开。唐诗韵与徐珮甫跑进一家书店躲雨。半仙用道袍袖口遮住头，上了一辆黄包车。这模样，是怕丢丑。雨很快落下，颇为急猛。窦大同扶了下警帽，慢步走往城河路。此时，河水开始加速流淌，带着一簇簇漂浮物奔腾。黄静冒雨从窦大同身后跑出，在过一座石桥时，回头看了窦大同一眼。窦大同朝他笑笑，想安慰下他，黄静却没看见，已小跑着离开。

一个警察被作为共产党嫌疑人接受拷问，这说明什么？回警局路上，窦大同认真想了下。当他湿漉漉跨进警局大门时，脸色铁青，双眼冒火。没人敢过来问他，见了便远远避开。回到刑侦二队，在云阳楼下埋伏的

| 小　说 |

六个手下正苦眉愁脸。窦大同冷笑道，临阵脱逃，让二队脸面丢尽。六人求饶，窦大同便说，再给你们一次机会，跟我去找老丁。六人哪敢说不。窦大同带着手下进到老丁办公室，准备出口恶气。但老丁不在，桌上茶杯还冒着热气，这是躲起来想避开窦大同怒火。窦大同又转身去闯局长办公室，责问警局为何不出面解释。局长讲了些冠冕堂皇话，窦大同当即用一只手掀翻领导桌子。他自己动手，是因手下那六人没敢跟进局长办公室。他这顿怒气发泄，真假都有。

窦大同被关两日禁闭。

他进了禁闭室，蒙上被子，暗自将枕巾塞住口就沉沉睡去。这种睡法，他早已习惯。即使外出与警察睡一房，他也如此，理由是他的呼噜惊天动地，会让别人彻夜不眠。他人只感谢，不怀疑他是防备梦中吐真话。两天禁闭，是心无旁骛的闲暇时光。军情科特务没法到此处监视，让他放下戒备，加之警局知道他受屈，怕他发狠，送进来的饭食格外美味。从美食上，窦大同推测自己安全，身份没有暴露。一顿美食接着一顿饱睡，窦大同精力与理智恢复过来。两天后出禁闭室，他再度怒气冲天去找老丁。有人告诉他，老丁到申城办事，刚走。窦大同心想，老丁果真是老狐狸，借着自己大闹这事，是寻得了离开机会。

窦大同以手臂伤为由，向警局请假。上司立即准假。

窦大同没回宿舍，径自叫辆黄包车赶到火车站。车站里乱糟糟、闹哄哄，人们携带大包小包和老人小孩，拥挤在检票口处。手中有血债的，横行乡里的，这些人在解放大军到来前急着逃离，到申城坐船往香港、南洋等地去。这慌乱情景，如此陌生，却又如此惊心。窦大同心中隐秘处，也有这种逃离危险境地的不安念头。他潜伏进国民党警察队伍时，为保绝对安全，组织给他化名，并让叫朱彦坤的他脱离组织在南方虚拟活着，这是他能安然潜伏十多年的原因。但能证明他身份的人，一个是自卫团管团长，一个是妻子，另一个是联络人苏大姐，三人都已牺牲。在走出自己射杀妻子后的悲痛中，苏大姐的关怀给了他力量。苏大姐说，管团长让我转告你，党会记得你们的牺牲，人民会致敬你们的选择。管团长在与敌人的遭遇战中，身负重伤牺牲，苏大姐安慰窦大同，组织不会丢下你。但苏大姐牺牲后，组织迟迟没来联系自己，意味遭受极大破坏，自己可能已丢失身份。现在，解放军即将过江，县城解放之时，他能说清身份吗？他在内城河边击毙女共产党员一事，在县城沸沸扬扬过，没有身份，就解释不了这件事，结局是被自己组织清算，这可太不幸了。但放过手沾革命者鲜血的警察，身为组织的一员，自己能答应吗？肯定也不能答应。事情到这个地步，逻辑透露奇异。此刻登上火车往申城去，可能是安全之策，但自己能离开县城吗？在警局，见过太多为解放慷慨赴死的革命者，其中包括自己妻子。解放，是一个革命者的最大任务。自己必须留下来，看着县城解放，对牺牲同志有个交代。至于身份，若回不了组织，只能期待到时顺利离开。

窦大同冷静下来。

脑中想着，眼没闲着，一直在人群中搜寻，他终于找到老丁。老丁没穿警服，已换上一套老旧西装，戴顶呢质礼帽，礼帽原是黑色，时间一长便泛着白。老丁打扮成普通民众，混在人群中的确难找。窦大同心中冷笑，绝不能让此人逃走，他手上有共产党数条人命，得留在这里接受党的清算。目光锁定老丁后，窦大同又寻找另外一批人。果然，他在人群中找到几张熟面孔。这些人长时间在县城做偷摸勾当，栽在窦大同手里好几回。窦大同挤过人群，来到一人身后，拍下那人肩膀。那人生着一张猴脸，人称猴脸许。猴脸许回头见是窦大同，便想溜，被窦大同一把抓住衣领。窦大同问，想发财吗？猴脸许摇头。窦大同皱眉道，真不要？猴脸许是江湖老油条，见窦大同表情迟疑下回道，发财谁不喜欢。窦大同笑笑说道，世道乱了，我也想要走。老丁在这里，他的手提箱里装着些金银，手里车票也值大钱，你带人取来，车票归我，钱财归你。猴脸许为难道，老丁吃人不吐骨头，不敢惹。窦大同瞪眼道，你以为你是县长，人人都认得你？再说，老丁带着全部家当，这架势就是出逃，这在当下可就地正法，被抢只能自认倒霉，连声都不敢出。猴脸许想了阵问道，果真没事？窦大同笑笑道，没事，你看这里，人人只想能上车走，不会管别人死活。说完，他挤往车站大厅门口，在那里等着。一刻钟后，猴脸许带来一张车票。窦大同问，老丁人呢？猴脸许指指地面道，正倒栽在窨井里，知道下污水深浅和味道。

窦大同点点头，接过车票离开。

八

窦大同往警局走，每一步脚底板都传来寒意，他又听到脑后咔哒一声。此时正是国民党搞白色恐怖最疯狂的时候，似乎风中都带有血腥味。窦大同想，李立贤那边情况怎样了？他若是地下革命者，有无挺过军情科酷刑？半仙在干什么？借着仙风飘飘模样在收集情报？想着，窦大同蹲下，将脚下皮鞋绳子重新系下，然后站起身。他站起没迈步，朝街边一家绸布商店里看。这店是萧老板的，店里没萧老板身影。待一个身穿藏青色棉袍的中年男人从身边走过时，窦大同伸手抓住。那人想挣脱，窦大同道，现在是非常时期，上级允许，我这个警察队长有权当场把你当共产党抓了或者毙了。那人连忙摆手道，窦队长别这样，都是任务，我也身不由己。窦大同在车站就看出，那人是跟踪他的军情科特务。窦大同松开手说道，老丁什么下场，你瞧见了？得罪我，没好果子吃。说罢，让那人将工作证件掏出来，拿手里看后扔回。窦大同警告道，近来别再烦我，我心情不好，想让枪再响一次，宰个倒霉蛋去去晦气。那人带着歉意点头后匆匆离开。走过警局时，窦大同没往宿舍去，继续在街上走。他在三板桥又看到了黄静，这次没过去买花买报纸，径自往县城西门走去。还没靠近城门，就看到半仙与徐珮甫，两人一前一后坐两辆黄包车。这不像偶然，所以更显诡异。在茶店与监室，这两人毫无互动，此刻倒是前后黄包车坐着。这两人，一个自命清高，一个江湖骗子，他们在一起让窦大同有些意外，便远远叫辆车跟着。

那两人果然前后脚下车，各自走进了同一座院子。那院子县城里人都叫张家楼，是一位靠做木材生意起家张姓商贾的。早十年前，张家为躲鬼子下了南洋，房子便空置下来。见半仙与徐珮甫进院，窦大同暗自跟过去。沿着三级石板上去，穿过门楼，进门是天井，院里有两棵高杆女贞树。树后是一座两层高青灰砖墙小楼，三间两厢砖木结构明清建筑。旁边是三层楼房以及一个有小桥流水的花园。窦大同发现院子正在修缮中，一扫以前无人打理的荒芜感。窗户也擦拭得很干净，栏杆掉漆处已给补上。

| 小 说 |

在主房二楼,窦大同听到楼上有半仙与徐珮甫的声音。他在楼梯间侧耳细听,那两人正在谈论风水,原来徐珮甫借兵荒马乱之际,低价购买了这座房子,准备改建成书院。窦大同决定与半仙正面交锋,便拔枪踏梯而上。半仙与徐珮甫看到他出现,都是一怔。

窦大同四下张望,室内简单,仅有一老桌一旧椅,便冷脸问,徐先生这么清高,怎么与江湖俗人走动?

徐珮甫解释说,原本对半仙敬而远之。后来觉得,我传授传统文化,半仙领域在《周易》,倒也可以交流。

见徐珮甫隐瞒了看风水之事,窦大同脸上浮现鄙视。徐珮甫只好说道,惭愧惭愧,流年不利,遭遇几件事情后,便开始相信半仙那套。

窦大同朗声一笑道,以为你们俩是共党,在密谋造反。

半仙和徐先生同时叫道,窦队长,这种玩笑可开不得,咱都是在陶家大院一起患难之人,你这样说会让我们脑袋搬家。

窦大同又说道,倒也是,出陶家大院,身后都多了尾巴,共党哪敢这么行动,便寻思两位是军情特务,省城那条线下来的。

半仙反驳道,我可不想卷入打打杀杀。家中金条被收,还没退回,心疼之余,有徐先生邀请,就来赚俩小钱,用作余生糊口。

这时,木楼梯发出吱呀声响。窦大同将枪指向楼梯口。一会儿进来一个年轻女子,是唐诗韵。她手提一只竹篮,篮里装着烧饼油条以及油纸包着的蟹黄小汤包。她送点心来了,见窦大同枪口指着,但没惊慌,脸上露出为难之色对徐珮甫道,在路上碰见的。这没头没尾话,未等唐诗韵说清楚,李立贤已在唐诗韵身后出现。

窦大同心头一怔,脑后响起咔哒之声。他顿时明白三分,便往后退一步,拉开距离,举枪对着李立贤,冷冷说道,你这个共产党嫌犯,跑出来了?

李立贤道,把枪放下,我在外面安排七杆枪,院里还有五把枪。

窦大同靠近后窗向下看,张家楼后弄堂里,果然有些人来回走,这里被包围了。

李立贤问半仙,这几日都没来关心我,跑这里赚钱?

半仙解释道,心神不宁,哪敢出门。只是徐先生一味邀请,才勉强来了。

李立贤又问徐珮甫,扩建私塾,就不担心天下会变?

徐珮甫说,天下变不变,无关我事。这好地方,价格便宜,过这村就没这店。

李立贤点头说,倒也是,趁机发财,可喜可贺。见到诸位,我有种感觉甚是强烈,叫相见时难别亦难,这不咱们又见面了,虽然还缺少点人,但我相信有缘再见到的,才是重要之人。

话音刚落,院子里传来一阵嘈杂声音,接着黄静被五人押上楼来。

李立贤看看屋里人,慢慢脱下礼帽摆在桌上,再摘下围巾说道,冒充共党,可不容易。

窦大同装作不解问道,一个米行老板,要冒充共党作什么?

李立贤颇为得意道,你们这些做警察的,只知直来直去,简单粗暴。共党暗中筹粮,我不开米行开什么?

窦大同晃动手中枪说道,仅凭这几句话,你就不是共产党了?我可不信,现在都跟我回警局,我得严查。

李立贤不耐烦道,行了行了,就你那查

案水平，实在不敢恭维。我已查清，这里有要取你脑袋的仇人，你可知是哪位？

说着，李立贤让手下缴窦大同的枪。窦大同没阻拦，看着那把枪来到李立贤手上。那时他震惊，是为李立贤所言。自己仇人在场，是谁？李立贤先于自己找到此人，他下了功夫，获得了多少信息？

李立贤手一挥，黄静被推到面前。李立贤伸手往黄静挎着的篮子摸去，在篮子底下，他摸出一把土枪和一张纸。李立贤将土枪展示给窦大同看，说道，这小孩穿得破烂不堪，你道为何？他将街上卖花卖报纸所得，全用在买枪上了。不待窦大同回应，李立贤又笑道，你是他老顾客，他能有射你的枪与弹，你也作出很大贡献，算是自作自受。窦大同惊道，这点年纪就能使枪？李立贤说，你不用怀疑，他在街头混这么多年，认识丁为修手下人。这枪便是这么买来的，先后买过两把，一把藏在近月茶楼里被缴，一把就在你眼前。他出了陶家大院就去买枪，这消息又被卖他枪的人报给我们换赏金。窦大同看着黄静，缓缓说道，县城土枪颇多，凭着这把枪还不能证明这小孩要害我。李立贤摇摇头，将从黄静篮下搜出的那张折叠纸打开。纸已发黄，皱巴巴的，上面画着一位男人，头顶正插着一把刀子。这画中人一看便是窦大同。

李立贤嘴里说道，残暴啊，血腥，若我没发现，窦队长要埋进黄土了。

这下窦大同相信了。住宅被焚烧，夜半遭枪击，街头吃馄饨中毒，在桥上被人撞落河中……许多事情在窦大同脑中闪现。这些都是这小孩干的？难怪在街头总遇上他，这是跟踪自己伺机下手，而且县城即将解放，这小孩怕自己逃走，下手频率增高，有点不计后果了。窦大同打量黄静，他还是以往那样，头发乱作一团，身上棉袄露着棉絮，脚上棉鞋前头可见脚趾。窦大同问道，我平时照顾他生意，为何如此恨我？

李立贤说，我派人查出两件稀奇事，这小孩不是男的是女的，另一件是看似小孩，其实是大人。

窦大同脑中轰隆一响，脸色顿时苍白，后退两步，坐在凳上高声说道，不可能，这世上哪有这种离奇。

李立贤笑道，很震惊是不？在县孤儿院找不到相关资料信息，但在省孤儿院找到了。照片一拿出来，就被里面人认出。她在那里挺有名。九岁入院，精神恍惚，不知家在何处、父母是谁，自己姓什么叫什么也不知，黄静这名还是院里所取。更加有趣的是，此后六年没长身体，一直保持小孩模样。

窦大同苦笑，没说话，但心里已经明白，他每天在街头寻找女儿，经常见面竟然没识破，而且女儿还将自己当仇人在追杀。窦大同站起来，过去抓住黄静身子拎起。女儿很瘦很轻，那张脸原先以为只是与女儿像，现在仔细端详，发现就是女儿的脸。十年时光过去，女儿怎会如此模样？窦大同的心剧烈地疼。

被窦大同拎着，黄静猛地往他脸上吐口水。

窦大同只好将黄静放下，边擦拭脸边对李立贤说，这个仇人归我，我要弄清楚。说着他做了个杀掉的动作。

李立贤说，行，你的仇人，不跟你抢，但我对世上的稀奇古怪也感兴趣。

黄静怒睁双眼骂道，窦大同你这个禽兽，我杀不了你，共产党会替我和我妈报仇。

李立贤让手下人将黄静捆绑起来看押住，然后说，现在要揭开第二个人的真实面目。他慢慢抬起手，指着半仙问道，在监室里，有人对我做了一个隐秘动作，大仙你算一下，是什么动作？

窦大同脑后再次响起咔哒之声。凶险来临，毒蛇般在眼前仰着脖子，他顿感空气变得黏稠，猛用力呼吸几下。他知道，自己犯下严重错误。他注视半仙，等待他说不知道三字。哪知半仙说，这不难算，听你自称是共产党，便握了一下你的手。

窦大同一怔，赫然明白两件事。在监室，半仙拉开了他的手。那是极为凶险一刻，若是被李立贤握住不放，就是暴露之时。这么推算，半仙早知李立贤身份，为此才在茶店竭力赶李立贤回家，也在监室里暗示李立贤不是共产党。但半仙那时不知人群中的同志是谁，无法明确告知，只能在李立贤身边防备。半仙救过自己一次，现在讲出隐秘之事，等于承认身份，是救自己第二回。他竟然是革命同志，自己的眼睛怎么啦？

李立贤哈哈笑着说，惺惺惜惺惺是吗？别替你同伙打掩护了。你是共产党，我早有疑心。在云阳楼上设局，就是为证实这点。本来可以耐心一点，网撒大点，但形势不等人，没时间了，今天就收网。你要不要给自己算一卦，下面会发生什么。

半仙摇头说道，不用算，要发生什么已明摆着。在你家，你用丁为修的情报试探，我已心中有数。当你出现在茶店，来到我面前，我更加确认无误。你派特务跟踪我，得知我来到茶楼，你就出现在那里，还叫来警察。我知道你刚愎自用，存心与我分高低，我焉能不知。用丁为修真人设局，不用假目标，甚至没派特务在浴室里，你是想看结果。没真人在，浴室就不会发生事情。浴室那边不发生事情，你就无法证明什么。你一直很痛苦，因为我利用你迷信，几年来从你口中得到许多情报，你不想被别人知道。还有你自以为聪明绝顶，但被我玩弄于股掌，为此耿耿于怀。设下这个局，带着你私人不可告人目的。但我坐在你面前，被你死死盯着，还是将情报顺利传出去，你毫无察觉，让自己看起来又愚又笨，在智商上我再一次玩弄了你。你叫来警察，是明着想吓住我，让我胆小到不敢传递情报。只不过你抛出的诱饵太贵重，我怎能放过，明知你唱戏还是陪着你登场，在茶楼选择传递情报，我就没考虑生死。这结果注定让你失望。在勇气上你又败给了我，你在陶家大院假冒共产党，唱捉放曹这戏，想展现足智多谋，真相也挺可笑，就是你胆小了，怕我遭受不住酷刑，将你多年来泄露情报说出来，让你项上人头不保。而我，明知你起杀心，但没偷偷离开县城，被你当场捉住，这一定让你气愤不已，在胆识上你再输一阵。你一败涂地，恨我到发狂，只想我赶紧死，这点我是清楚的。在这最后时刻，我有句话要说。

李立贤笑笑说，从我这里获取情报？我嫉妒你？被上级追责？满口胡言，居心叵测！即便如此，我这人向来讲情谊，重感情，看在相识一场分上，可以让你把话说完。

半仙走到窗边，看着县城说道，有句话，我一直没机会大声说，现在我可以说出来了。半仙举起右手，握拳放在耳边，对着窗外大声高喊，我是一名可以抛头颅、洒热血的共产党员！

李立贤生起怒意，高叫道，就地正法。

特务扑上去抓住半仙，将半仙拖到院中。窦大同血液在身躯里奔涌，觉得自己要做些什么，但楼下很快传来一声枪响。

李立贤从桌上拿起礼帽戴正，对窦大同

道,走吧,此地不宜久留。窦大同看出,李立贤准备将黄静带走,便问道,徐先生和唐姑娘不处理?李立贤说,我心里有数。窦大同本想再拖延下,寻找救女儿的机会,但见李立贤放过徐唐二人,便说,既然这两位跟半仙交往,我得带回去查查。见窦大同执拗,李立贤撇嘴,要查就请便,但这黄静我得带走。又是男又是女,又是小孩又是大人,颇有玩味,得找个地方细细审审。窦大同无法,只能点头道,行,先审黄静。

李立贤下令让手下收队离开,只带上两人,与窦大同押着黄静下楼。李立贤手上拿着枪,那是窦大同的,却没有归还。窦大同暗想,李立贤阴险狡猾,防备心极重,找机会需要耐心。

走过院子时,暮色下院子已昏暗,地上看不到半仙尸体,也没血迹,想来已处理干净。李立贤在前面走,窦大同跟在后面,不时推搡黄静,嘴里骂骂咧咧,快走,别耍滑头。

他们上了一辆吉普车。车子出了弄堂,拐上内城河路。一个特务开车,李立贤坐副驾座,窦大同押着黄静坐后面,黄静另一侧坐着另一个特务。这情景,与十年前押送妻子何其相似,让窦大同百感交集。窦大同心里便发狠,这一趟绝不能让女儿有事,便问道,要到哪里去审?李立贤在前面说,我想到一个合适地方。李立贤没说陶家大院,窦大同安心不少,只要不去那里,总可以找到机会。但心里冷笑,暗想这李立贤果然是畜生,满脑子在想肮脏事,嘴里却问,什么合适地方?李立贤说,河边码头有条船。窦大同迟疑道,船上是好,但是否安全?这么问,他担忧船上有李立贤手下。果然,李立贤回道,没事,船上有兄弟在。窦大同暗皱眉头。不一会儿,汽车停在路边。李立贤让两名手下守在车边,注意来往动静。窦大同推搡着黄静,跟着李立贤走进路边林中小道。从县城往码头去,要穿过河坡上一片林地,那里有条狭长下坡路,两边挤着茂盛杂树,只有十多米长。路上有特务,船上也有特务,只有在此条路上有动手机会。窦大同快速判断着,决定离水近点,离街道远些,河上风浪之声可遮盖下动静。快要见到水面时,李立贤却停住脚步说,你说的也有道理,刚处决半仙,共党会报复,倘若在河中被几条船包围,难以脱身。窦大同环顾四周,不便用枪,就没向李立贤讨要手枪,便暗自扯开吊着胳膊的一截绷带对折起来,快走几步到李立贤身后说,危险无处不在,你防不胜防。李立贤刚想回头,窦大同举起绷带就套在他脖子上。李立贤扔掉枪,双手抓住紧箍脖上的绷带反抗。一个在挣脱中发出喊声,一个想悄无声息达到效果。这是使出浑身解数的决斗。在以往,李立贤不是窦大同对手,但此刻,由于左手受伤,窦大同不能使出全力。李立贤竭力反抗,窦大同一时不能制服,便忍着疼痛坚持,他知道自己一旦松手,让李立贤发出喊声,父女俩都会命丧此处。两人纠缠着,摔倒在地翻滚。窦大同紧紧勒着绷带,李立贤扭动身体寻找吸气机会。沉默着的争斗,让准备夜宿树林的一群鸟飞起,啪啦啦冲进暗夜。忽抬眼见黄静呆呆站着,窦大同低声说,赶紧走,不要再回头。与李立贤你死我活地搏斗,结果如何,窦大同心里没底。他希望女儿能脱离险境,安然活在即将解放的县城。黄静双手被反绑在身后,听窦大同提醒,立刻沿着河流方向奔跑。窦大同感到欣慰,知道女儿聪明,没往坡上跑,那样会让车边特务察觉。他没想到黄静又返回,抬脚便往窦大同脑袋上踹。窦大同心中叫苦,自己与妻子的事,一

| 小　说 |

言两语难讲明白，也没多余手去挡，只得头往一边侧，勉强避过第一脚，但结结实实挨上第二脚。他听到自己鼻梁断裂声，鼻里、嘴里血顿时流淌出来。黄静脚上，依旧穿着那双露着脚趾的破棉鞋，想不到这双鞋坚硬如石，再挨上一脚，怕是要昏死过去，窦大同连忙低声道，这人要杀你，我在救你。这话没起作用，黄静的脚又踩下来。窦大同心疼了下，又觉得女儿选择没错，自己应该为她的勇敢自豪。但事情处在奇怪逻辑中，这样下去结果可想而知。能对女儿动手吗？女儿已饱尝苦难，不忍心给她再添加一丝痛苦。但没更好选择，于是在黄静居高临下朝下踩时，倒在地上的窦大同抬脚朝她头上踢去。那一脚劲道猛，窦大同踢出时，心中的血也开始往外流淌。不猛不行，只有将女儿踢昏迷过去，父女俩才能安全。果然，黄静被踢中，身体斜飞出去，倒地不再动弹。女儿，对不住。窦大同心里默念，眼泪与鲜血一起在脸颊上流淌，悲愤中双手更加用力。终于，李立贤停住挣扎，失去动静。窦大同松一口气，过去将女儿手上绳子解开，取来将李立贤双手反绑起来。又恐李立贤醒来会叫喊，便在林地里拔来枯草，全部塞进他口中。做完这些，窦大同抹把血泪蹲下，摇晃女儿身子，女儿依旧昏死着。等她醒来，自己该如何讲述过往？窦大同叹口气，弯腰抱起女儿。

就在此时，窦大同听到脑后响起咔哒一声。他慢慢转回身看，发现这次不是幻听，徐珮甫正举枪指着他眉心。

九

一片寂静，风在轻晃树梢，潮湿冰冷气息弥漫，窦大同深吸一口气。被枪口指着，一般只有两秒钟存活时间，窦大同做好牺牲准备。徐珮甫忽然开口道，大漠孤烟直。他的声音很低，但冲击巨大，让窦大同浑身一震，低声回道，风劲角弓鸣。徐珮甫放下枪，撩开棉袍，插在腰间，将一只手伸向窦大同。林子里闪出另一个身影，他从窦大同臂弯里抱过黄静走开。徐珮甫双手终于与窦大同的手握在一起。

四只手紧握，摇晃。

徐珮甫轻声道，同志，终于找到你了。

窦大同也低声回道，同志，终于等到你。

徐珮甫又道，你隐藏得逼真，我都把你列进清算名单了。

两人在以往虚虚实实的试探场景于脑中飞快浮现，窦大同道，彼此彼此，我一直没看出你是革命同志。

徐珮甫松开手说道，此地不宜详谈。徐珮甫弯腰将李立贤往路边拖出十多米远，绑在树上后对窦大同说，待夜黑来取，问点信息出来。说完，在树林里沿着河道方向走，步幅很大，不顾脚底枯草牵绊，踩出一路细微的嚓嚓声。窦大同快步跟上，眼里只盯着前面的徐珮甫，跟随他的方向转动。此刻，他的大脑停止高速运转，不再考虑提防与安危。刚才徐珮甫那句诗出来，喜悦感顿时注满胸膛，压制住胳膊、鼻子和嘴里牙被踢松动的痛楚。那是他跟上线接头用语之一，表示处境安全，没被盯梢，这说明他已被组织找到。

在树林里走一阵，他们来到河岸边登上木船。

在船舱煤油灯下，窦大同与徐珮甫互相打量对方，都是用全新视角。窦大同说，我还记得你报警场景。

徐珮甫回道，书院是县城地下工作的重要地方，不能引起敌人注意。

窦大同问，既然这样，有谁会给书院寄

这些资料?

徐珮甫回道,是半仙,我一直是他争取的对象。由于是单线单向联系,我知道他是革命同志,而他不知我就是他的联络人。从陶家大院出来后,因考虑县城即将解放,组织让他归队,我才联系上他,讲明身份。为此,他还傻笑许久。多好的一个同志。

徐珮甫叹息一声,找来湿毛巾让窦大同擦拭脸上血迹。窦大同接过毛巾,看身边女儿一眼。此刻,黄静被安放在一张小床上,依旧处于昏迷状态。窦大同伸手摸下女儿头发,嘴里再问,我有一点不解,在近月茶楼,我在现场没看出情报传递的端倪,怎么做到的?

徐珮甫解释,半仙光荣就义,这条线已完成使命,我可以揭秘。你平时观察过半仙,会注意到他掐指算命的模样。情报都在他手语里。

然后呢?窦大同问。

徐珮甫答,他利用靠窗机会,手托腮帮,用手语将情报转发给楼下运河船中的同志。

原来是这样。窦大同回味茶店那个场景,脸上浮现敬意说道,敬佩你们的勇敢,但明知敌人布下圈套,为何要进局?

徐珮甫说,这与当前任务有关。解放大军即将渡江南下,而且会在这里休整,为攻打申城作最后准备。部队在此,需要粮食、财力与场地。我们正在发动,筹集资金,修缮场所,而丁为修成为最大破坏者。同时,此人不除,县城解放后我军重要人物集聚县城,他就是最大安全隐患。半仙不惜牺牲自己,为解放大业扫除障碍。

窦大同问,他知道自己遭到怀疑吗?

知道。徐珮甫说,丁为修情报一经传出,他就知道自己身份将被证实。为摆脱大家身后的特务跟踪,他与我出现在张家楼,是为了让李立贤的追踪画句号,早已作好慷慨赴死准备。

窦大同脑中浮现半仙那仙风道骨模样,痛心说道,以前我见到他就戏弄他,太对不起他,也遗憾没与他进行革命交流。

徐珮甫说道,你们斗争能力都卓越优秀,我为有你们这样的同志自豪。

窦大同叹息一声说,还活着的要倍加努力,如今我找到组织,便服从安排,请下达任务。

徐珮甫道,能找到你,实属不易。你与苏大姐属于武装力量条线的,我与半仙是县城地下党组织这条线,出于安全需要,平时我们不接触。为迎接县城解放,组织才将两线合并。但管团长、苏大姐牺牲后,关于你的信息太少。如果找不到你,解放后恐怕会让你受委屈,这是组织最不想看到的。是你的勇敢,对党的坚信,创造出回归组织的机会。大同同志,革命进入关键时候,你归队后要立刻肩负重任。

听徐珮甫这么说,窦大同心头暖起来,抬头望着徐珮甫道,我一定完成任务。

徐珮甫点头道,县城解放,需要你发挥特长,对军情科、警察局、县国民政府以及社会上的反动分子进行收网,以防亡命之徒鱼死网破搞破坏。

窦大同脑中跳出老丁、猴脸许等人的脸,便点头说道,行,我熟悉县城环境,也熟悉这里的人,能完成组织任务。

这时,黄静在床上动了下。见状,徐珮甫对窦大同说,别担心,给她讲你们夫妻的革命故事,这事我来做。你暂且跟小周走,住进安全地方,等待县城解放,这一天很快来临。

小周就是抱着黄静登船之人。他领着窦大同上另一条船,船在运河中向县城深处

| 小 说 |

驶去。

  三天后的夜里，县城人听到东边传来隆隆炮声，渡江战役开始。县城也立刻响起枪声，敌人要将县城纱厂炸毁。窦大同与解放社同志一起进入纱厂，将护厂队工人组织起来，封守厂门，与敌人展开枪战。战场，阵地，堡垒，窦大同渴望的真刀真枪明干一场的场景来到眼前。伏在沙袋后，借着厂门口灯光，他看到对手是内警总队那些人。但预料中的激烈战斗没有到来，长江南岸国民党军队一击即溃，消息传到县城，纱厂门口警察也立即开溜。胜利不可阻挡，夜里十一点，在县城解放社接应下，人民解放军二十军先头部队踏着苍茫夜色由北门进城。县城里国民党仓皇出逃，为求得黑暗掩护，他们切断电源，城里一片漆黑。解放社当即兵分两路，一路发动城内救火会，将火炬点上。点点火光，汇聚成灿烂之火，照亮县城大街小巷。另一路接管治安，组织一批精壮商民，在大街小巷巡逻，以维持治安，防止流氓和暗藏特务捣乱破坏。窦大同带领缉拿队，守住四个出城口，拦截出逃敌人，形成关门打狗之势后，窦大同带领同志上门缉拿。

  在云阳楼下，窦大同与老丁再次见面。老丁穿着城里老年人服饰，腰弯着，拄拐。面对检查人员，他露出两排白牙。窦大同走到老丁面前，老丁吃惊不小，腰一下挺直，指着窦大同解放社红色臂章低声问，窦兄，你用何良方，混进他们里面？窦大同笑道，我不是混，是正儿八经的共产党员。老丁不信，仍央求道，窦兄，此时不说笑话，赶紧指条路。窦大同说，一言两语，说不清，你也不信，待日后审判你时，你会明白的。窦大同叫来小周，将老丁捆绑起来。在被押走之际，老丁叫道，老窦你别得意，我会检举揭发你，戴罪立功。

  黎明时分，待一批主要敌人落网，窦大同才有空停下站在街头欣赏胜利场景，许多教师、学生、职工和居民夹道欢迎解放军。他们有的手持小旗，欢呼中国共产党万岁等口号，有的高唱《跟着共产党》《解放区的天》等革命歌曲，有的张贴标语，燃放鞭炮。歌声、口号声、鞭炮声连成一片。窦大同将内心喜悦与妻子一道分享。他感到，妻子正在通过他的眼睛，目睹新社会到来。热泪盈眶之际，徐珮甫带着唐诗韵、黄静向窦大同走过来。徐珮甫与窦大同四目相望，本来都有千言万语，但都被激动的心情堵在嗓子眼，两人都只是笑着相望。

  徐珮甫忽然道，你已到张家楼去过，那里是县城解放后的人民政府税务机关。现在有一批同志掌握了党的税收政策，已随大军渡江到来，以后就将留在这里工作。县城解放,但商家中间还是鱼龙混杂状态,需要有镇场人物,这个人物由谁担当,我向组织推荐了你。

税收工作?窦大同叫起来,我憋屈久了,想随解放大军攻打申城。

徐珮甫脸上浮现出严肃神态,说道,大同同志,税收工作在此时非常重要。解放大军已进入县城,我们自己的税务机关当天就要运作,提供好财力支撑,这事关解放申城,解放全中国,千万不可小觑。现在有两项任务,一项是接管县城税收,另一项是学习解放区财税政策。你有很多东西要学,很多工作要做。税收战场虽不见硝烟,但同样任务艰巨、使命光荣。大同同志,你要保持斗争精神,完成好任务。

说着,徐珮甫伸出手。窦大同伸手握住道,我服从组织安排。

唐诗韵将黄静的手交到窦大同手里,然后与徐珮甫走进庆祝人群。窦大同看着他们走远,心想他们本来是恩爱的,只是深隐需要,徐珮甫才表现出凡人常有的弱点,掩饰高尚与伟大的人品。自己呢?也该换掉平时总在脸上装出的狰狞面目了。念及此,他蹲下身,努力笑着对黄静轻声说,我们有新家,要过新生活了。你一定会重新生长,变成一个身材高挑、美丽漂亮的女孩。窦大同笑起来虽不熟练,但真诚。黄静张嘴,没声音出来,眼泪却夺眶而出。

一批批重要人物接踵而至,有来自上海战役总前委、中共中央华东局机关、华东军区机关的干部,还有各路南下干部纵队。他们齐聚县城,是为解放和接收申城作准备。原本只有三万多人的县城周围,驻扎了二十万解放军。陆续到来的还有党政军各路精英三万多人。战士一直期盼着快点开赴前线,早一点解放申城。然而部队在县城集训,一直持续了二十多天。《入城守则》和《约法八章》等内容,逐条理解,全文背诵,为解放申城打下了扎实基础。

这么多人的后勤财力保障支撑住,自己也作出了微薄贡献。作为解放后县城人民政府第一任税收工作负责人,窦大同每每回忆解放那一幕,脸上总浮现自豪之色。每次出入张家楼,这个忙碌的新政府税务机关,看着院内在天空中迎风飘扬的旗帜,窦大同总想起自己的妻子,想起慷慨赴死的半仙,想起苏大姐,还有无数革命先烈,他们的鲜血染成了如今胜利的旗帜。而这面旗帜,已成为精神火炬,正散发璀璨光芒。

任珏方,中国作家协会会员,现工作于国家税务总局丹阳市税务局。

[小说]

映山红遍·1950

谨以此篇小说献给抗美援朝战争胜利70周年

■ 张 梁

一

何平安没有想到,家乡被永远定格在满是映山红的梦里了。

十一月下旬的北纬四十度,山高林密,早已是冰雪厚盖,滴水立冻。战士们行军时,需要闯过齐腰的雪障,双脚尽可能抬高再落下,双手配合着,刨开一条雪路,如同破冰船压碎着冰面前进,白浪飞溅。

呵出来的热气迎面凝成了雪花,扑到额头,扑到脸颊,在睫毛上堆起厚厚的一层霜,眼睛眨巴眨巴,就掉了下来。战士们大口喘息着,冰雪中最冷的不是温度,是风,像刀片飞针,直溜溜戳进嗓子里。含一口雪,好久才焐化,吞到肚里,又像掉进去一颗小铁球,艰难地通过狭仄的咽喉,到胃里,再到肠子。一种由内到外的冰冷席卷着每一个入朝的战士。

在这个冰雪世界,除了枯树上的冰花,什么草木都不能生存;除了风声,再没有其他声音。偶尔有冻僵的野狍狸从树上掉下来,像一颗哑了火的迫击炮弹,深深地砸进雪堆。

对这些，战士们已经习惯了。但生在大别山的何平安以前却根本没经历过。

家乡的冬天，门口的大河静静地淌着，从没有结过冰，山上的竹叶不会全落，总有大片的常青树直挺挺地立着。农村里吃食少，腊月就是些老红薯、腌萝卜、咸韭菜。但何平安父亲是个逮猎的好手，旁人家在米缸边转悠发愁的时候，父亲已带他上山了。

山就在屋后，很高很大。薄薄的一层雪还没化，能看到不少野鸡、野兔的爪印，循着这些印子，来到小草窠小土洞边等着，只要它们一冒头，就是"嗖"的一箭。不一定每次都能满载而归，但早上蒙蒙亮时候出发，响午回去，就能看见平安妈支好的炭火锅了。倒是小平安拿着父亲给他削成的弹弓，这一下那一下地打石子，惊走了不少的"美味"。

寒风像冰湖中的一条大鲤鱼，贴着何平安的身体钻来钻去。这种冷和小时候上山逮兔子，手冻得通红不一样；和敲下屋檐的冰溜子，偷偷含在嘴里的麻木不一样。

为了躲过敌机的鹰眼，战士们把外衣反穿，将里面白色的那层露在外面，借冰雪作掩体。何平安觉得自己是一张老旧的渔网，透着很大很大的洞，又像是一块被风随意打磨的老冰疙瘩。手是冰疙瘩，脚是冰疙瘩，脑袋也是冰疙瘩。

二

"全体都有，趴下！"傍晚，连长下了命令，就地埋伏，阻击前线溃逃的敌人。

伏击点的选择很有讲究，地方选得好，部队牺牲少，胜算也更大。一般来说，经验丰富的指战员都会考虑到地形、地势、水源、植被情况，包括预想到一旦阻击不利，是否便于后撤，保存实力。

连长与何平安都是安徽人，解放战争时跟着刘邓打过不少漂亮仗，这些诀窍他都明白。可来到冰天雪地里，就没那么复杂了，只要挑个稍微高一点的地方，死盯着交通线就行。前方被打败的美国佬必然要经过，不怕等不来，除非他们丢掉卡车坦克，一个个偷摸回去——但这对他们来说更加危险，因为若论起打游击，入朝的每一名战士，都能当他们的教员。

在强风的搬运下，周遭的雪片慢慢覆盖了战士们的身体，他们很快就与雪地融在一起，没什么分别了。

何平安刚开始趴下时，还会因为冷而忍不住颤抖，之后就不会了。是身体要减少热量的消耗，自觉停止了吧。但谁知道呢，或许只是感觉不到了。

"班长！……"

通讯员匍匐过来。不待他说完，何平安便扯起手扇在他的后脑勺上，压着嗓子道："莫作声！"

通讯员的外号叫"大喉咙"，大名是什么不知道，也就十六七岁，他爸爸是参加过长征的老红军。"大喉咙"左右看了看，缩着脑袋，眼睛直盯盯地对着何平安，慢慢打开紧攥着的拳头，露出两根干红的辣椒来。

这次他学乖了，凑到何平安的耳边，悄声道："老班长，连长让我给你的。"

寒冷，是趴在这最大的感受，也是最大的无感。溃逃的敌人肯定会来，但不知道还有多久会来。连日的行军让他们的身体已经接近极限，身上带着的干粮省了又省，也只剩下了小半块比铁还硬的土豆。

何平安接过干辣椒，塞一根到了通讯员的嘴里。"去！回你自己的场子去！"

| 小　说 |

何平安回过头，仍死死盯着远方公路，缓缓地把另一根辣椒摸进怀里。

这一根火红，让何平安分了神。他想起了每年春天，四月里那漫山遍野的映山红。站在屋前的院子往山上看，会发现它们不是这里一簇、那里一丛，而是联结成片的，从山脚到山腰，从这座山到旁边一座山，从这个村子再到下一个村，如同山火一样蔓延耀眼，映红了山野的脸颊。

不知道是从哪里来的爆发点，映山红不爱出头，从不会孤芳自赏，总是在一夜之间就占领群山。红彤彤粉嘟嘟，盛放在青绿之中，红得直扎人眼，粉得沁人心脾。

兰草花会躲在山沟沟里看不见，低低矮矮，不像映山红那样虬着老枝，拼命往天空上窜。它小小白白的朵儿，不走近低下身是发现不了的，但能够闻到它独有的气味儿。云雾弥漫里，除了傍晚烟囱里的柴火气，全世界都是它的甜香。

在何平安的记忆里，山的样子就是映山红的样子，山的味道就是兰草花的香气。山里的姑娘，同样是这样。

那年春天，何平安和母亲到田里翻土，遇到了一个脸红得像映山红一样的姑娘，只管低着头。两家的地挨在一起，何平安也不敢说话，兀自把她家那块一道干了。母亲笑吟吟地看着："以后，你就自己来了！"

辣椒不同于其他吃的，在这样冰冷的境地，啃一点尖尖，再塞一口雪，混合的辣椒水能让人暂时找回嘴巴的存在。

如果运气好，还能多感受几分来自舌头的暖意。何平安一直有一个幻想，他希望一直把辣椒水含在嘴里，就能有不间断的热量冒出来，像锅炉房里的大蒸气，"腾腾"地往外冲，压都压不住。

三

何平安所在的这个连，是最早跨过鸭绿江的部队之一。这些刚刚经历了解放战争的英雄们，一个月前被紧急调到了山东一带拉练，每人发了一套棉衣、棉裤，胸章标志都要卸下来。说是拉练，但主要的任务就是爬山，一天要上上下下很多趟。这对于大山里长大的孩子来说，根本不是事儿。但去哪里不知道，也不能说。

砍柴、放牛、捉鱼、攀山，是山里男娃娃必须有的本事，就像海边的孩子，先学会游泳，再学会爬。何平安父亲就曾给八路军送过鸡毛信，白天不能走，大路不能走，全靠晚上穿山而行。皖南的山与山东丘陵不一样，动不动就是大几百米乃至上千米的海拔，陡峭连绵，树高林密。可平安爸一夜就能走四五十里，总能在天亮前把情报递到交通站。

何平安也有这个本事。去年秋天，回家探亲，那个脸红得像映山红一样的姑娘正等在家门口。她不敢到村口迎，也不敢到路口接，遇到有人来，就装作给稻场上的鸡撒点糠皮，或者是背过身，把晾好的衣服从竹竿上反反复复取下来，又挂上去。

一连好几天，她远远地望着山路的转角，渴望不经意间出现那一身军装。是什么颜色呢？帽檐上应该有一颗正正的红五星，可他会戴帽子吗？会不会还挎着枪？

"蓉妹！你在这！"

"啊！"谁叫我？是这个声音！忍不住的惊诧让她回过头来，这个朝思夜想的冤家竟活脱脱出现在身后。

何平安几个箭步，从屋后的土坡上冲下来，高大了，又黑了，黄绿色的军装，厚重的背包，跟她梦里的一样。

走镇上的路太慢，不如翻几座山，三天变一天，两天变一夜，何平安就像个穿山甲，在林子里一溜烟钻了回来。她不敢多看他的眼睛，但又瞥到他额头上新添的一道黑紫色的疤，忍不住眼睛一红，哭到他的怀里。

这次他们接到的任务是坚守湖畔的无名岭，等前线战败的"联合国军"后撤时，给予他们痛击，随后跟增援部队一起，最大程度消灭敌人的有生力量。说简单一点，就是守株待兔，多杀敌人。

参加伏击的队伍大约有两个团，他们化整为零，以连、排为建制分布在各处。对于敌人来说，他们就像楔子，像隐伏在冰层中的定时炸弹；对于我们来说，他们是一柄柄尖刀，是夺取大胜利的先遣军。

伏击虽然不需要翻山越岭，只是趴着不动，但却是一项最消耗体力的任务——尤其是在极端条件下。

谁也不知道会不会与流窜的小部队遭遇，谁也不知道前线的战局会不会已经发生了变化，谁也不知道先前预判第二天早上会出现的敌军还会不会来，谁也不知道他们的身体到底能够坚持多久。

在这样的情况下，战士们一秒钟都不敢放松，紧紧地盯着前方、盯着路面，他们每个人都要有鹰的眼力，审视着白茫茫的一片。

何平安趴在雪地上，这片早已冻得结实的大地正在快速、贪婪地吸收他身体的热量，他感觉自己在不断下沉，沉入土地，扎入土地。不久前还能给"大喉咙"的后脑勺抽上一手，现在挪动、抬起都觉得十分困难，他有些慌神，时不时动一下，微微扭一扭身体。

他要向自己证明，他还活着。

连队是傍晚左右到的这里，马上就要入夜，真正难熬的时候，才刚刚开始。

巨大的困意袭来，何平安几次都已经眯上了眼睛，尽管已经感受不到眼睛的存在，但他还是用最大的力量支撑着。他颤抖地扯下一根根睫毛，可这种无感的疼痛无法让眼睛打起精神。他多么希望眼皮能够在睁开的时候被冻住，这样就能战胜睡魔，不打瞌盹了。

四

月亮高高地挂着，给整个雪地都刷上了亮银色的光。

大约夜里两三点钟，他班的战士出现了一些躁动，开始窃窃私语，甚至有的想爬起来，何平安压低声音，呵斥他们："想死吗！"

这一下果然有用，不仅何平安的整个班，整个排，整个连好像都因为他的这句话而重归了寂静，与这个雪夜一起肖然不动。

"班长，热。"身边的战士说。

何平安没有搭理，头也没有偏："忍着！"

何平安意识到，小战士所说的"热"是真的，因为他的身体也出现了强烈的反应。他觉得一团火就要从心窝子里烧起来了，就要从藏在棉衣里的胸膛散发开来了，就要灼烧他的每一寸皮肤，就要烤熟他的每一块骨骼，甚至他扯下来落在面前的睫毛，也都在雪地撞起了火星。

他慢慢缩回拳头，在胸前细细摸索，好一会儿，终于揣进了怀里，捏到了那颗干辣椒，再找了好久，才让手碰到了嘴唇，僵僵地塞了好多遍，那颗红黑的、干瘪的辣椒壳，顺利闯入了牙关。

他颤抖地吸吮着辣椒汁，用劲嗫出口水，麻木的感觉从舌尖扩散，他不知道是不是辣味，不过很舒服，此时虽然全身都在发热，可唯独舌头这一小块儿是何平安能控制的。

这点滋味，让他想到了山沟沟里的菜，

总是那样的又咸、又辣。

接蓉妹过门的那天,母亲和家里的婶子们把能拿出来的都拿出来了。房梁上用麻索吊着的几块老腊肉,刮去表面的盐霜,在冷水中浸一个晚上,再切成如玻璃一般晶亮的小片,铺在海碗里,围上一圈,底下是一层厚厚的梅干菜。大勺的辣椒粉和盐巴盖在肉面上,送进大蒸笼里。

蒸笼架在屋外,是村里的篾匠新编好的,顶头的盖上有大大的"合"字,圆圆的蒸笼里还放着几大碗圆滚滚的红枣、圆溜溜的莲子。柴火烧起来,在孩子们的簇拥下,蓉妹的脸也跟着又红了起来。

何平安的二伯头天就撑着竹排在河里下网。秋天的河鱼肥呀,都是一拃长的,胖墩墩的,它们的尾巴跟泥鳅一样有劲,它们的身子像肥皂一样滑溜。二伯把网收束成一把长条,在手臂上缠了两圈,弓着步子,让网垂在背后,朝着太阳的方向,一声"诶嘿",像是给自己下了口令,二伯手中的网像榴弹一般在空中炸开,坠下,铺盖在河面上。就这样连下了十几张,快下快上,排上的五六只大篓子,就全被活动的鱼儿装满了。

河鱼处理后,连夜在炭火上炙干,再用地里新摘的辣椒泡炒,刚一下锅,辣味就会直冲出来,呛得灶房的人满头是汗,呛得屋外的人喷嚏不断。席间,乡亲们夹满满的一筷子往嘴里送,瞬间,如同嚼了一口火,烫、辣、麻,口里一边吸着气,一边赞叹:"平安娃的宴,烧得好,日子也辣火火!"

山里人爱这口,何平安也爱。但渐渐地,舌尖上的那一点麻木感,也快要消失,阻断了他的回想。眼皮上堆积的霜雪已经压得何平安无力反抗,他只能将所有的力量都聚集在能够扣动扳机的右手食指上,以保证黎明过后,给第一个冲上来的美国佬致命一枪!

"雄赳赳,气昂昂,跨过鸭绿江,保和平,保祖国,就是保家乡……"何平安在心里默唱着。在这个异国的雪夜,他多么想回家看一看,看看夏天屋前树上,刚刚发黄的枇杷;看看秋天田里刚刚抽芽,随风扭动的稻穗;看看虎头虎脑的娃娃们,闹哄哄地挖竹林里的冬笋;看看锅里正在咕噜咕噜,滚着白泡的小米汤;看看阳春四月,大别山深处那千株万株,随处可见的映山红……

天也不知道还有多久才能亮。

何平安睡着了。

五

"砰!砰!砰!"

"敌人上来啦!"何平安吼道。

看到美军运送辎重的部队出现在公路上,顿时,他的身体恢复了全部的力量,朝着敌军扣动了扳机。战友们也一齐开枪,子弹带着火星子飞出去,瞬间就织造出密集的火力网,向着敌人的头上、胸口上、肚子上、大腿上扑去!

重机枪架起来了,子弹条"吭哧吭哧"往枪膛里送,装填手就位,立起大拇指,摇好高度,"蹭蹭"两声,迫击炮弹就在敌人坦克车的履带旁炸开了,爆破兵死死地盯住公路上的埋雷点,只要敌人靠近,一秒钟,不,半秒钟,就能让他们和雪花一起,成为漫天的碎片!

…………

"欸!怎么打不死他们?"

"为什么我看不到弹头!"

"敌人要冲过来啦!"

"班长,你下命令吧!"

"是鬼魂!是鬼魂呐!"

"连长——"……

何平安看到敌人缓缓走到他的身边，厚重的雪地靴一踩一个坑，像踏在泡沫板子上，发出"咯咯"声。可自己竟然还是躺在那里一动不动，排长也是一动不动，连长也是一动不动，所有人都是一动不动。

他心急如焚，直挥着拳头向敌人的头上猛捶，他用牙咬向敌人的脖颈，他插上刺刀攮进敌人的胸膛！可这一切，却没有丝毫的作用，敌人走近他们的阵地，两个美国兵把何平安抬起来，与其他队友堆放在一起。

还有美国兵在数这堆的人数，何平安和他们一起数。

"129！"

加上自己，整整一百二十九人，也就是说，整个连队，都在这儿了。

何平安看到美国兵开始列队，就站在这个一天一夜、始终保持匍匐姿势的连队的面前。有个士兵想扯下"大喉咙"手里的枪，几番用力，硬是把他的手指头掰下了三根，掌心的皮粘下了一大块。何平安一看，他的嘴里还叼着那根没吃完的干辣椒。

阳光出来了，把雪地照得无比透亮。1950年11月的地球上，找不到比这更强烈的光线了。半小时后，增援的同志赶到。何平安们，被深藏在铁一般坚硬的这片土地里了。

六

时间来到新世纪，山河无恙，魂兮归来。一批批牺牲在朝鲜的志愿军战士，陆续搭乘祖国的军机，回到他们的故乡，安息在烈士陵园里。陵园大多依山而建，在大别山，每一年的春天，他们的身旁都会盛放着数不尽的映山红。

这天清明公祭，一排排鲜艳的红领巾整齐地列在纪念碑下，少年们高高地举起右手，齐声诵念：

巍巍群山，悠悠大河；唯我英魂，长佑民多；
七十三载，越江跨川；身披肝胆，护国守关；
冰冻九尺，雪被三寒；未彰正义，誓不回还；
血染山红，气贯云横；驱尽仇寇，力戮敌氓；
吾辈吾民，以世以代；感慨先烈，承志永在；
丹青书史，苍天有鉴；呜呼尚飨，克继坤乾！

"这大概就是我父亲的故事，也是他多年来经常托付给我的梦。"何山对我说，"真就是一场梦啊，一场梦。"

"父亲牺牲的时候，我还只有两三个月。母亲说曾写过信给部队，但没收到回复，抗美援朝爆发后，得到的，是父亲牺牲的消息。"何山顿了顿，继续说，"也不知道那封信他收到没有，他应该知道，有我这么一个儿子吧。"

"那您家里有什么关于他的物件么？"我有些好奇，问道。

"他留给我的，连相片都没有。只有几件旧衣服。"何山顿了顿，说，"还有个小弹弓，我小时候，也去屋后的山上，打过雪地里的鸟。"

后记：我是去年入职的税务"新兵"，我的老家在革命老区，建有一座大别山烈士陵园。那次回家瞻仰，在一棵老银杏树下听人说起了这个故事。讲述者的年龄很大了，我不知道我是他的第多少个听众，但一定不能是最后一个！"冰雕连"的英雄们和那些倒在冲锋路上的战士一样，他们在朝鲜牺牲得很壮烈，很伟大，他们都是最可爱的人。他们的故事，值得我们代代传颂。

张梁，现工作于国家税务总局五河县税务局。

|小　说|

一点实事儿

■ 吴振飞

大河西来决昆仑，咆哮万里触龙门。吹沙走浪贯中州，直入沧海洗寰尘！

滚滚长河在共和国版图上勾勒出一个巨大的"几"字直入渤海，在鲁北之滨造就一片广阔的冲积平原。

入海之地名唤东营，因大河携高原土壤不断填海造陆，东营的土地不断"生长"，每日新，又日新，由此亦被称为共和国最年轻的土地……

1

"一百五日寒食雨，二十四番花信风"，正是人间四月天，海棠花开正艳的时节。

午后三点，天的远方擂过来一阵隐约的雷声。

| 小　说 |

有经验的农人知道，这是一片欲雨的天空，再过一刻钟左右，从渤海湾飘来的雨云就会以绵绵之姿轻掩住这座不足千户人家的村落。

早归的燕子当然也知道，它们纷纷从电线上剪着尾巴，飞进筑在人家屋檐下的土巢……

"阿赫，我是真没想到你当时会干这个……还一干三年！"

屋檐下，吴越与张赫一人捧着一大杯茶水，蹲在墙根看着连绵的流苏花树聊着闲篇儿。支部联学共建，税务局党支部和帮扶村支部一起举行读书会。会后，吴越没有随队离开，而是借机和驻村书记张赫谈一谈落实村办企业税费优惠政策的问题。

上个月，党中央把在全党大兴调查研究作为在全党开展主题教育的主要内容。月中，省局下发大兴调查研究的实施方案，从基层征集纳税人缴费人关注的堵点、热点问题，一直在前夹村驻村帮扶的张赫将村办企业减税降费政策落实难的问题提报了上去。

问题提上去的第三天，区局便决定利用支部联学共建的契机，派遣减税办的同志来对问题做进一步的了解……

茶水温热，在这乍暖还寒的日子里最是暖手暖心，一缕缕的白色雾气升腾起来，萦绕在鼻翼间有一种润润的舒畅。

"我自个儿也没想到啊……"张赫熟练地将杯底残茶泼在一旁的水泥沟里，又自顾自地抄起那把瓿了嘴的茶壶给自己续上一杯。

水泥沟还新得很，是张赫去年驻村帮扶、乡村振兴建设的工作成绩之一。工程受疫情的影响一度停滞，直到半月前才彻底竣工。

一场不大不小的村工程忙完，他养成了和村口大爷们一样的习惯——马扎、暖瓶、沫子茶，蹲在墙根谈事儿——谈正事儿。

"今年地里的光景不好，小半年儿没沾一丝水汽，地里麦子都半枯了。村里老人说，今年这麦子就算结籽估计也无浆，放老辈子可就是灾年！"

"有这么严重？"吴越来的路上也曾路过不少农田，但他可没有"叶落知秋"的本事，没法从巴掌高的麦苗来判断它几个月后的模样。

"村里老人厉害得很……上年白露天气不好，有个老大爷说接下来半年都很难下雨，你看看……这不就半年过去了。术业有专攻，咱懂收税，但要说种地看气候，没人比他们更专业……"

吴越闻言眉头微蹙，从税这些年东奔西跑，他也不是不接地气的人，于是谨慎地提到："说起雨水……今年冬天一片雪花没见，开春后的虫子也会是个大麻烦吧？"

张赫诧异地瞥了他一眼："我还以为你连麦苗和韭菜都分不清呢！"

"呵，咱祖辈上也是种地的好不……"

"那你就多上上心，地里收成万一指望不上，村办企业可就是大家伙儿的命根子了！"

张赫很认真地看着自己的同事兼好友："所以局里征集调研问题的时候，我第一时间便把村里情况反映了上去。大兴调查研究啊，接地气，干实事，挺好！"

"嗯！"吴越扭头望了望村东，也就是注册地址中厂房的所在，然后很认真地点了点头，"你把情况传回局里后，党组对此很重视……董局说，咱前夹村的企业刚步入正轨，村民们以前对咱税务部门缺乏了解，对进城办税这事儿有些怵头，咱就把税惠政策送上门，无论如何也要在这月把咱村企业的税惠政策给落实到位……"

"就盼着这话儿呢……来来来，兄弟给领导实地汇报一下驻村工作成果！"

"贫吧你就……"

2

张赫与吴越同一年考入单位，都是从基层大厅开始干，熟悉完大厅的基础工作后，被分去不同的分局——都是农村分局，前缀还可以加上偏远两字。

分局工作两年，遇上第一书记驻村帮扶的政策，张赫第一时间报名去驻村。不久后，落实减税降费政策，区局成立工作专班，吴越成了减税降费优惠政策落实专班的一分子。

同年之谊使得两人私交不错，但平心而论，因为工作空间上的不便，两人近年来还是第一次面对面交流。

"我以前只知道有些村生活还不富裕，但直到去分局，我才有了直观感受。脱贫攻坚帮村里摘了穷帽子，但村里人的生活离富裕还差着一大段路……"

去往村办企业的路上，张赫很自然地抄起手。风中还带着暮冬的寒意，但他这套行云流水的动作显然不是为了避寒，而是在过去一段时间内养成的习惯。

"村里一共354户，953个在籍人口，但常住人口只有600出头儿。全村3700多亩地，大多数盐碱化很重，老百姓靠种小麦、玉米为生，一年的收入也就够个劳力钱。国家集中力量支持贫困地区脱贫攻坚，村里建了200亩的蔬菜大棚，又和盛大超市签了配送协议，这才帮村里摘了贫困的帽子……但村民的生活，和城里还有不小的差距！"

吴越很认真地听张赫如数家珍地说着村里的情况，一个个数字似乎烙在他脑子里。他在说这些的时候，就像他查账做报表时一样，整个人处于一种极为特殊的专注中。

"大棚蔬菜主要是西红柿，一年两季，一季差不多能产3万多斤，一年7万斤左右。按照今年西红柿3块左右的批发价，只能说是薄有收益。"

"不能扩大规模么？"吴越看向路旁那覆盖着透明薄膜的蔬菜大棚，下意识地问。

"知道这么一个玩意儿造价多少不？"

"3万……5万……10万……"

吴越看着张赫那满是调侃的眼神儿，数字慢慢增加到一个他不敢相信的程度。

"20万一座……还是实打实的价，要上规模经营怎么也要一次投建个十座二十座吧，村里可拿不出这笔钱来！"

"那你们的村办厂是……"

"无纺布厂啊，你也知道前些年社会上一窝蜂地投资皮棉和无纺布加工，结果不出三年就倒了一大批。村东本来是一家黄了的厂子，原厂主破产后扔下这么一个烂摊子就跑了，剩下一堆半新不旧的机器搁那儿生锈……上年董局带我跑了几个部门，也是党的政策好，这才以村委名义贷下笔专项款让厂子重新转起来……"

"照理说，无纺布可是口罩主料，厂子的收益应该很可观才对，可我看申报表怎么……"

"惨不忍睹是吧……"张赫有些无奈地叹了口气，"村办企业刚起步，没专业人才，没熟练工人，运转大半年这才磕磕绊绊有了点儿厂子的模样。"

"税务报表做得倒是还行……"

"厂会计李大爷都小七十了,记账还是用老辈子的方法,进进出出全是手写,那电子报表最后是我折腾出来的……"

吴越闻言先是一愣,然后才讷讷开口道:"总归是要请一个专业会计。"

"何不食肉糜了吧……一来厂子刚起步,村里舍不得那份工资钱;二来村委也不放心把村子的身家性命托给外人。"张赫苦笑着摇了摇头,"村子有村子的特点和生态,让村里老百姓信任可不是件容易的事儿……"

吴越忽然有些理解,为何张赫会养成如此多"接地气"的生活习惯。

"不光前夹村这样,所有村办企业几乎都是如此,所以纳税服务进乡村,哪怕是落实税惠政策,也从来不是一件容易的事。"说话间,两人已经走到村东头,那间外表粗犷的简陋厂房赫然在望,"要稳得住心态,耐得住性子,真真正正让老百姓看到实惠,他们才会信你。"

3

说是厂房,不过是一个大院儿,内里用蔚蓝色铁皮搭起简单的车间。

车间简陋,员工白发,最年轻的只怕也要小五十岁。

听张赫说,这是大多数村落的常态,也是城市化发展的常态,所以推进新型村镇建设,助力村企发展才显得那么迫在眉睫。以前夹村为例,还留在村里种田的农民平均年龄都已经到六十岁以上,怎么想办法让村里外出打工的年轻人回来,这是一个很迫切的现实问题。

老人们当然也希望他们的孩子们能在离家近一些的地方找到工作,所以多少有几分"顽固"的村里老人们,最终还是同意拿下这座工厂。除了挣钱,厂子还承载着一份期盼——年轻人可以在家门口赚钱,不要走得太远……

"增值税、企业所得税、个人所得税、土地增值税……所有申报表都在这儿了……"在厂子角落一间像杂物间的房间里,张赫指着一张充满岁月痕迹的办公桌说,"说来不怕你笑话,这电脑还是我从家里搬来的。"

"防盗网、保险柜、安全门……你还别说,麻雀虽小五脏俱全啊!"吴越环顾着这间简陋的"财务室",轻声调侃。

企业存放发票需要满足一定的硬件要求,吴越所说的便是财务室的基本标准。这间小屋虽然简陋,但要件还都是合规的。

"那可是,咱好歹也是干税务的不是!"

"你啊……"

吴越随手翻开桌子上的账簿,待看清上面的文字后,不由得有些错愕。

来之前他是全面了解过这家工厂财务情况的,经营结构极为简单,申报表上的数字他也熟悉得很。但平心而论,工作这几年他还是第一次见眼前这种手工账簿。

复式记账法从上世纪六十年代就开始推广,桌上这账本,让他想起自己在整理税史档案时见到的那种老古董。

不是正负借贷,而是没有科目区分的纯流水账。

"你能把这玩意儿整理成电子表,我是真……佩服!"吴越边翻边笑着看向张赫。

"别说风凉话了,李大爷这是在拿上世纪记工分的法子管账呢,怎么劝也劝不通……"张赫无奈地将整个账簿重新规整回本来的模样,显然是怕管账老人回来埋怨他。

| 小 说 |

"厂子运转起来了,盈利了,大家都高兴,纳税也积极。村里的路灯是咱帮扶安装的,村里的路,村里的水渠,哪怕是这座厂子都是在咱帮助下重新运转起来的……村里记着咱一份情,但老人们一辈子小心惯了,这厂子可是全村的心肝儿,就不肯让外人管账……"

"那也不能不雇专业会计呀……现在是你帮扶,还能帮他们汇汇电子表,以后呢?"

"慢慢来吧,总要让大家有个适应的过程。如今厂子运营逐渐稳定,等村里年轻人回来就好了。事情是发展的嘛,一切向好,大家心里都有盼头,挺好的!"

"成吧,你自个儿不怕累就行……"

"累点儿没啥……"张赫无所谓地笑了笑,"驻村帮扶一趟,我就想给村里办点儿实事儿。不求做出多大成绩,只希望最后别让乡亲们戳咱脊梁骨。税务局的帮扶干部,连村办企业的税费优惠政策都弄不明白,落实不了……咱可丢不起这人!"

"放心吧,厂子的账我帮你一起规整比对。现在国家政策好,像未达起征点的小规模企业,增值税全免,小微企业所得税减免,'六税两费'减半,再加上这又是村集体土地……国家可是在全力助力中小企业发展,该让乡亲们享受到的实惠,咱一定妥妥地让大家感受到!"

4

不知何时,2023年的第一场春雨已纷纷扬扬飘落下来,干枯了许久的土地蒙上了一层氤氲的水汽,瞬间变得鲜活了许多。空气中弥漫着一股土地萌发的青草滋味,萦绕在鼻翼间,仿佛细嗒了一口当春的新茶……

离开厂房,张赫要带吴越去村委办公地和村里老人们好好聊一聊。

两人都没撑伞,任轻扬的雨丝洒落在身上,洗去一冬的浮尘。

"说起来,我一直都没问你,当年怎么就选择报名驻村了?"

"这个啊……"张赫又不自觉地抄起了手,"其实也简单,就想接接地气儿!"

"接地气儿?"

"我从小在市里长大,对农村了解得少。去分局后,说实话我还是第一次切身感受到咱农村人的不容易……"

"那年回家,家里老人问我工作有啥感受,说着说着就聊起农村分局的困难。正巧局里把派遣驻村干部的通知发了下来,和家里长辈聊天,爷爷说年轻人该到村里去接接地气,踏踏实实稳下心来,给老百姓干点儿实事儿,也算是一次历练。我们是不谋而合。"

"给老百姓干点儿实事儿……"

吴越走在上年新修的水泥路上,两侧是这两年加装的路灯和排水渠,再想到方才那座外观简陋但却透着精气神的厂房,若有所思。

"瞧见这家没……"路过一所宅院的时候,张赫笑着调侃道,"老张家院子低,生怕水泥路修起来会往他家灌水,我做了他小一周的工作才终于谈妥,然后又引申出了排水渠的事儿……"

"修路这样的好事儿也这么难推动?"

"谁说不是呢,群众工作要讲技巧,耐下性子,工作格局打开后就都好了。当时闹得最凶的时候,老张家那口子大半夜打电话嚷嚷着要去区里投诉我欺负老百姓。但等这一件件事办下来,每次遇上,反而要拉我去家里吃饭……"

"我刚来村里的时候,乡亲们觉得我就是来走个过场,只给安排了一间连炉子都没有的杂物间。我就带着一床电热毯,在那个不到九平米的小屋里住了下来。大冬天的,窗户合不拢,白天还好,晚上我蜷在被窝里冷得打哆嗦。这样硬生生住了小半个月,又帮着村委会把盛大超市的农产品采购合同谈妥,乡亲们这才相信咱不是来做样子的,然后才给安排了一间像样的卧室,也终于愿意跟你掏心窝子谈事儿……"

"向村办企业落实税惠政策也是,在村里做事儿一定要耐住性子,千万别急躁!"

聊着聊着,张赫复又不放心地提醒道。分局人手不充足,吴越也养成了做事风风火火的习惯,张赫生怕乡亲们会因此产生误解。

"一定!"

吴越闻言认真点点头,在大厅的时候他就知道纳税服务不好做,因为服务讲的是将心比心、互相体谅,其中千头万绪,讲求一个因时制宜、因地制宜。显然,张赫经过这番历练,明显更有经验。

"也别那么紧张,将心比心,乡亲们其实很好交流的!"

临近村委,张赫一脸爽朗地在前面引路,热情地和村民们打着招呼。

吴越看着他的背影,越发明白张赫口中"做点实事儿"的分量。

此时此刻,他心里只有一种感悟——自己也要把落实税费优惠这件实事儿给做踏实了。

青春正当时,做点"实事儿",挺好!

吴振飞,山东省网络作家协会会员,现工作于国家税务总局东营市河口区税务局。

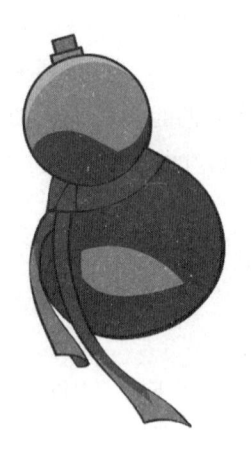

走

■ 李朝辉

一

涩。江勇使劲眨了眨眼皮,将目光从门口缓缓收回,又沉重地将头转向身边的玻璃窗。说是窗,却只开着一拃宽的缝隙。他想看看外面的街景,此时,一股夹杂着喧嚣余韵的浊风吹了进来,空余满身的凄凉与酸涩。

江勇缓步走出房门,靠在墙上。有白大褂推着发出"嗡嗡"闷响的诊疗车,一直走到走廊尽头。响声息了,那里的窗口处,几个高大的汉子很快便懦懦地把烟卷熄了,在比自己矮一头的女人犀利眼神注视下,低下了明显理亏的脑袋。

"唉!"江勇不觉间发出了一声叹息,习惯性地转身进门,回到窗前。一看到窗外艳阳下的风景,刚刚舒开的眉头又渐渐皱了起来。

"笃笃!"敲门声清晰而突兀,划过江勇的耳膜。

"啊?!"思绪被打断,江勇晃了晃神,去开门。见到门口的两人,他更是惊讶:"哎?麦山!你怎么来了?!快进!"边说着,边将二人迎了进来。

"江哥！对不起呀，下午来看病人不礼貌啊！"这个叫麦山的一脸歉意，两只手揉搓着，"听张科长说老人家住院了，我心里老觉得不踏实，就赶紧从上海赶回来了。这不，把张科长也拉来了。"

"没事，啥上午下午的？咱不讲究这个，来了就好啊。"江勇一脸过意不去的样子，热络地看向麦山，又向麦山身边的张科长伸手握去，对方的手很是温暖，"您好！您工作挺忙的，让您受累跑一趟……"

"您别客气，早该来看看老人家。"寒暄中，张科长将一本红色封面的书递给了江勇，"这是我们局的党建作品集，刚印出来，还热乎着呢。里面有老爷子的故事。正好麦山回来，我们就一同来了。"

江勇双手捧住："这可是及时雨，老人家知道了准高兴。"说完，他将书郑重地还给了张科长："一会儿，您给他念叨念叨。"

"老人家咋样了？我们进去看看？"麦山试探着问，又看向里间。这是一个套房，里面的门掩着。

"还那样，呼吸很慢可也不停。"江勇说着，看向身后那扇门，声音渐渐变小，"十几天了，一直这样。医生说九十多岁的人就像台老机器，整个身体虽没病，但各个部件都已经老化了，随时——都可能走。"

"唉！"麦山叹了口气，又带着安慰，"只要身体没啥病，应该能好起来的。"

江勇勉强笑了笑，又摇了摇头，低低的话音里听不出情绪："爷爷，会好起来的。"

三人说着话，已蹑手蹑脚地走近了病床。老人戴着氧气罩，安详地睡着，面色苍白。看起来，他就像是睡着了一样。

"爷爷，江爷爷？"麦山轻轻走到病床前，轻轻地唤着老人，又握了握老人的手，"我是麦山啊，我来看您来了！我这几年一直在上海忙，没来看过您几回，我，我……"余下的话，被眼泪哽着，竟说不出来。

"江爷爷，我是党建科的张新建啊，您听得见吗？"张科长慢慢凑到病床前，将崭新的散发着墨香的书放到老人身侧，"您给我们讲的红色税史故事，都在这本书里呢！就等着您起来，好好翻一翻。"

病房门口忽然传来一阵压抑的咳嗽声。

江勇几步走到门口，问："爸，您咋这么早来了？"边问边搀住来人，并轻声说了句："麦山来了。"

"麦山？"

"江叔，是我，我是麦山啊！每个月，都是您给我打的生活费。"麦山话没说完，赶紧向前走了一步，泪盈盈的眼睛望向他江叔，"我来看爷爷来了。爷爷供我读了书，是我的恩人，这会子了，我得来见见他。"

"噢，是你呀！那都是老爷子交代给我的任务，每个月必须在15号前完成的！"江勇父亲慢慢直了直疲惫的腰，眨眨仍有些惺忪的眼睛，"你不是在外地？咋来了？"

"听说爷爷住院了，我紧赶慢赶就回来了。"

"你说你，工作很忙的，还回来干啥？"

"那不行，"麦山把头向后一梗，一字一板地说起来，"爷爷是我的恩人，我就是再忙也得回来看看他老人家。"

"那可要谢谢你了！"江勇父亲嘴角微微一翘，随即又渐渐沉了下来，"唉！你看看，老爷子躺在这里十几天了，一直就这样耗着！"

"爸，"江勇扶着父亲坐在方凳上，转身从衣架上抓过一件衣服披在父亲身上，"您也六十好几了，最近一直咳嗽，要注意身体啊！"

| 小 说 |

"嗯。"江勇父亲轻轻应了一句,看向老人,若有所思地点了点头,"看你爷爷这样,像是在等家里人都来了再走啊!"

"等家里人?"江勇心领神会地眨眨眼,看看后面的麦山,又把目光转向父亲,"咱家除了小姑以外都到了,难不成……在等小姑?"

"江家正,你爷俩胡说啥呢?"一声有意压制但仍很高的话音传进屋来,并带着咚咚的脚步声和急匆匆的喘息声,"她爷俩几十年不认了,还能等她?"

"妈,您小声点!"江勇回头看了看来人,连忙摆手示意母亲,"爷爷睡着觉呢!"

"嗨!睡啥觉呀?你爷爷要真让我吵醒了,那还真不孬呢!"江勇母亲满不在乎地回了句,当看到面沉似水的江家正时,嗓门一下降了好几度,但仍絮絮叨叨地说着,"当年江玲自己谈的对象在邻县税务局,求老爷子给调回来,也好结婚。还不是老爷子怕人家说他当领导以权谋私,还说啥一家人不能在一个单位,叫啥回?噢,回避!好好的一对就这么散了,这才伤了闺女的心。这不,三十多年不相认,不认老爹了。"

"快别叨叨了!那小子本来就居心不良,小妹她识人不清。"江家正烦躁地白了老伴一眼,眉头一皱压低了声音,"无论如何,这是老爷子心里的伤疤,你就别揭了行吧?让他听见了心里不好受。"

"我,我是想老爷子辛辛苦苦一辈子,还没离休就没了老伴,临走想看看自己闺女都看不到,怪可怜的。"

"唉!爷爷一辈子不容易。他跟我说过,虽然我小姑怨恨他,觉得他不讲人情,但他入党时宣过誓,要严守党的纪律。"江勇叹了口气,伸手抹了下眼角没能噙住的泪水,"上周我就告诉小姑了,不知道她能不能来。"

"悬!"江勇妈毫不迟疑地说了句,随即又看了看低头不语的江家正,"江玲那脾气随咱爸,认准的事谁也拽不回来!江玲逢年过节还给你打打电话,但啥时候问候过老爷子?都三十多年不认了,她早就把心伤透了。婆婆走得也早,她对这个老家更没有牵挂了。"

麦山来了就没坐下,见江勇妈来了说家事,便拿起水壶说去水房打水。此刻,麦山拎着水壶推门进屋,说:"江叔,有人来了。"但后面磕磕巴巴地接了一句:"我,我不认识呢。"

"不认识?"江家正率先反应过来,一边气定神闲地起身,一边低声嘟囔着,"这时候来的,恐怕不是外人。"

麦山往旁边躲了躲,身后闪现出一个五十多岁且衣着得体的女人,正用惊讶且激动的眼神快速打量着病床上的老人,以及病房里站着或正起身的几个人。

"啊?!"江家正皱着眉头看了看对面的女人,惊讶得站在原地一动不动,嘴里的话连连打磕巴,"小妹,是你?你,你终于回来了!"

"嫂子,大哥!"江玲的话音由于激动而变得哽咽,一双泪眼望向江家正夫妻后,又移到病床上,短暂停顿之后,人已几步冲上前,眼泪带着哽咽一齐下来,"爸!"

"小妹,你别哭了,"江勇妈也向前走了一步,伸手挽了挽江玲的胳膊,"咱爸他听不见,他这样十几天了,一定是挂念你,见不着你他不会走的。"

"爸,我是江玲啊!"江玲并没理会江勇妈的话,双膝慢慢跪倒在床前,双手紧紧握着老人的胳膊,并不住地摇晃起来,"我是您闺女江玲啊!您闺女回来了,您别睡了,您睁开眼看看我吧！"

"是啊，老爷子，您最心疼最挂念的闺女回来了！您该放心了吧？"江勇妈恰到好处地赶在江玲哭声的间隙，及时插上一句同样频率的哭腔，"您要是心疼儿女们啊——就睁开眼看看吧——要不，您哼一声也行啊！"

"哭啥呀？"江家正突然断喝一声，随即向两个惊讶地望着自己的女人瞪了瞪眼，"老爷子还没咽气呢，你俩哭个啥劲？"

"他小姑回来了，他老人家该见的人都见了……"江勇妈闻声慢慢抬起带着哭腔但干巴巴的脸，振振有词地说了几句后，忽然感觉有些不妥，便一下噎住高高的话音，只剩下微弱的嘟囔声，"难道，还，还有啥挂心事？"

二

第二天。

早晨的阳光很快从暗曙红换成明亮的光芒，无声无息地照耀在病房的铝合金窗上，并将熠熠的光线映满整个房间，尤其那个挂得高高的输液管，经过医生的抚摸后，保持着微微晃动的优雅姿态，似乎在努力调节着四周沉寂的空气。

"大夫，怎么样？"江家正看向做各种检查的"白大褂"，试试探探地问了句，"您照实说吧，都这么大岁数了，还能不能……"

医生没说话，目光异常严肃地回过去，看了看面露难色的江家正。

"病人家属……"将近十几秒后，医生伸手扶了扶沉重的眼镜片，低低的声音经过口罩过滤出来，虽然模糊，却显得更加坚定，"病人呼吸、心跳都非常微弱，对外界反应没有应答，瞳孔对光的反射也很弱……恕我直言，你们还是随时做好准备。"

"那，这么长时间，怎么还……不……"江勇妈在一旁低声问。

"是啊，这是生命的最后力量。"医生慢慢说着，但走到门口时又忽然停住，有些迟疑地看了看江家正，"顺便问一下，老人家是不是还有什么重要的事，或者重要的人没见到？"

"重要的人？事？"江家正不禁一愣，两道眉毛慢慢皱在一起，沉沉地思考起来。

"噢，这是我想到的，或许老人家有挂着的心事呢。"医生说着，看了看正在努力思考的江家正，有些歉意地眯了眯眼，"当然，这是医疗技术之外的，只是我一个偶然的想法而已。"

"这……"江家正陷入了思考。但身边的老伴立即搭上了话茬："是啊，俺听邻居徐老太太说过，人到了这时候都这样，挂心的事不了，他就不走。"

"嫂子，爸有啥挂心事？"江玲一把拉住江勇妈的手，又把目光转到江家正脸上，"哥，您好好想想，我都回来了，爸还有什么挂心事？"

送走医生，江家正刚转过身子，老伴的絮叨又开始了："人家医生说的对，老爷子准有挂心事，要不咋十几天了还不走？"

江家正没说话，慢慢坐在病床边的方凳上，泪汪汪的眼睛注视着口眼紧闭、鼻子里接着氧气管的父亲。

此时，房间里齐聚了江家的男女老少，全都沉默不语，只有床头挂着的输液瓶中不时冒出的气泡，证明着那个老人还有生命的迹象。也许，他只是睡着了。

"江老爷子是住这里吧？"随着两声"笃笃"的敲门声，一位花白头发的老人推门而入，身后跟着几位手提竹篮和水果的年轻人。

"是，是啊，"江勇首先回身看了看进门的人，一脸不解地打量着为首的老人，

| 小 说 |

"您是？"

"江青山老叔是住这里？"老人红润且焦急的脸上带着一层薄薄的汗珠，再次询问并确认后，他径直走到病床前，俯身望着只有简单且微弱呼吸的老爷子，带着喘息的话音微微颤抖，"老江叔，您老人家能听见吗？"

"呼……哧……"病床上的江青山没有任何反应，只是发出单调且缓慢的呼吸声。

"我是毛三儿呀！"老人稍稍提高了些声调，看江青山毫无反应，又看了看旁边的江家正，"我是毛旺村的毛三强，老江叔知道。"

"哦，您——就是竹炭厂的毛总？"

"是啊，嗨，啥总呀啥的？"毛三强不以为然地摆了摆手，目光又转向病床上的老人，话音里带着浓浓的深情，"三十多年前，俺的厂子倒闭了，都是老江叔帮着俺找症结抓整改，到处找市场，又操心费力跑贷款，这才救活了厂子，让原来百十人的小厂发展成现在全省最大的竹炭厂。今年俺再借减税降费的劲儿，产品就能出口了！要不是他，哪有俺们毛旺村的今天？"

"哦，我听老爷子说过，税务局不光是收税，帮扶纳税人，扶持税源也是税务局应该做的。"

"是啊，老江叔那可是用真心、真用心啊！"毛三强深有感触地点点头，直直腰喘口气后伸出手指慢慢摆扯着，话音渐渐哽咽起来，"上县城跑贷款，他都是自己骑车子去，自己花钱为俺们办事，俺想请他吃顿饭表表心意，可一直到今天他也没吃俺一口饭啊！这不，听说老江叔又住院了，俺来看看他，可，可他老人家竟这样了……"

"毛总，谢谢您来看望老爷子！"江家正感动地握住毛三强的手，忽然想起什么似的一下停住，忐忐忑忑地悄声问了句，"哎，您在农村经历得多，您给说说——老爷子躺着昏睡了十几天了……医生说他病危，但已经睡了十几天了……"

周围的人显然听到了江家正的话，全都沉默不语且目光都集中到毛三强脸上。

"为啥？十几天了？"毛三强有些茫然地问了句，转身看了看众人眼神里正在增加的期待意味，边寻思着边眨了眨松懈的眼皮，"老爷子最喜欢啥？他，他最看重啥？"

"看重啥？"江勇妈一脸愁云地接了话，当看到江家正脸上的愠怒之色后，话音立刻降下来并指了指床边的江玲，"他最挂念的小闺女，这不，也千里迢迢地回来了，他还能有啥看重的？"

"看重啥？"毛三强看看欲言又止的江勇妈，又问了一句，"这么说吧，老爷子平日里说得多的是啥？"

"我记得他好像说过一句话，"江勇妈嘟嘟囔囔地说着，又看了看有些急不可耐的江家正，"当时你爷俩喝了酒，你可能忘了吧。"

"喝酒？"毛三强有些莫名其妙看着江家正和他老伴，急不可耐地眨了眨眼皮，"都说啥了？"

"噢，老爷子的话挺瘆人的，所以我才记得。"江勇妈心有余悸地看了看江家正，目光转向同样期待答案的毛三强，"他说等走的时候，要，要穿着制服走。"

"啊？！"江家正先是一愣，随后恍然大悟般直了直腰，眉毛向上快速一挑，"对！是有这回事，是说过。"

"噢，啥时候说的？"毛三强缓缓点了点头，熠熠发光的眼睛注视着江家正。

"这是两年前的事。"江家正看了看毛三强，眼神里释放出一层淡淡的释然，"你嫂子要不说，我还真给忘了呢！"

"噢,那就快去拿吧?"江勇妈赶紧接上了话茬。

"不能拿!"一直在床前没说话的江玲听到嫂子的话,忍不住把眼一瞪,"你是想让咱爸快点走?"

"江玲,你冷静点。"江家正郑重地朝江玲看了看,又把目光转向毛三强和众人,"老爷子说的没错,穿着制服走是他的愿望,是他老人家对一生从事的税务事业的感情。"

"可是,他穿上就,就……"江玲断断续续地小声说着,不时朝病床上的父亲看上一眼。

三

阳光照进宽大的窗子,已是正午,病房内的温度明显上升了不少,四周的空气也仿佛凝固起来。此时,所有人都屏住呼吸,似乎在等待着可能出现但他们并不愿看到的一幕。

时间一点点流逝,眼看太阳的光线暗淡了不少,输液管的液体还在不断滴下,氧气瓶还在缓慢地冒着气泡……江家正抬了抬沉重的眼皮,望着依旧保持着微弱呼吸的老爷子,缓缓回过沉重的头,看了看东倒西歪在沙发、椅子以及陪护床边的几个人:"你们先回去吧,用不着都在这里耗着。"

"爸,我在这守着,您回家歇歇吧。"江勇揉揉有些惺忪的眼皮,看了看两眼红肿的江玲,"小姑,您和我爸妈回家吧。"

"对,都回家,看这样还没事。"江家正咳了一下,试探着站起身子,朝众人摆了摆手,"江勇留下,其他人都回去。"

"这衣服穿上了,又是一天,咋还……"江勇妈看了看一身深蓝色制服的老爷子,低声嘟囔起来,但一看到江家正注视着自己的眼神时又马上改口,"行了,都听他爸的,咱们先回家。"

"哥,我留下。"江玲拨开往外走的众人,几步走到江家正跟前,不由分说地拉过凳子坐了下去。

江家正轻轻拽了拽江玲的袖子,带着兄长不容商量的权威:"你和你嫂子回家休息,这几天赶了几千里路能不累?回来一直守着。"

江玲不舍地看看老爷子,又看看严肃的大哥,只好随着众人走出了房门。

江家正目送着众人出去,刚想坐下,忽然一阵眩晕袭来,身体不由得晃了几下。江勇慌忙冲进来一把扶住,看向父亲疲倦的脸,说:"爸,您太累了,赶紧躺下歇会儿吧。"

江家正顺从地在江勇搀扶下躺在陪护床上,刚一合眼就发出了隐隐约约的呼噜声。

江勇轻轻松了口气,拿起一件衣服给父亲盖上,又看了看病床上的爷爷,刚想转身坐下歇歇,忽然发现父亲的呼噜声停了,便慢慢回头看了看。

"江勇,歇会儿吧,别溜达了。"江家正睁开迷迷瞪瞪的眼,看了看病床上的父亲,又回头叹了口气,"唉!看样子一时半会儿还没事。"

"爸,您枕头高了吧,一躺下就打呼噜。"江勇说着起身要挪动江家正的枕头。

"年龄大了,这呼噜也……"江家正低声嘟噜着抬了抬头,可儿子挪动枕头的手还没收回去,便忽然瞪起眼直勾勾地盯着江勇,"葫芦,对,葫芦!"

"爸,枕头矮了,不会打呼噜了。"

"不对!"江家正执拗地拧着脖子,接连说着梦呓般的话语,一骨碌爬起来看着江勇,"我说的是葫芦!你爷爷床头上挂的那只葫芦!"

| 小　说 |

"噢……"江勇望着父亲，似懂非懂地应了一声。

"那是你爷爷的心爱之物。"江家正的话音渐渐高了起来，"快，给家里打电话，让他们把葫芦拿来！"

四

一只深褐色的葫芦稳稳地蹲在病人的枕边，油亮的表面反射着太阳的光芒，使腰间系着的暗红色线绳也显得熠熠生辉，与旁边老爷子苍白的面容形成了很大的反差。

"咋样了？"江玲的声音又一次在安静的房间里响起来。

江家正没回头，只是两条眉毛使劲皱了皱，然后继续注视着一动不动的父亲，还有那只油光光的葫芦。

"唉！"江勇妈的一声叹息，似乎使周围的人多少松了口气，渐渐出现了一些悄悄的说话声，"不是拿来了？这东西有用吗？"

江家正没说话，慢慢回过头看了看，众人的话音立刻停了下来。

"这葫芦是老人家心爱的东西。"江家正的话音不高，甚至有些微微颤抖，"先别说有用没用，至少我们该做的做了。"

众人都沉默不语，或清醒或疲惫地注视着那只同样沉默的葫芦。

太阳渐渐偏西了，由于没了阳光照射，葫芦上的光泽暗淡了不少，但仍然忠实地守候在已处弥留之际的主人身边。

"老爷子，葫芦也给您拿来了，您满意了吧？您还有啥挂念的事啊？"江勇妈的话音渐渐响起来，似乎给周围的人提了个醒似的，几个人不约而同地凑过来，忐忐忑忑地注视着病床上的老爷子。

江家正也使劲睁了睁眼，紧紧注视着一动不动的父亲。

又是一阵长时间的等待后，多数人的耐心又一次松懈下来，并在江家正的催促下回了家。

病房的吸顶灯又亮了起来，一直熬到深夜，渐渐开始以似有似无的微微颤动表现出自己的疲乏。

江家正把目光从病床上收回来，慢慢打了个哈欠，回头看了看身边的老伴："都半夜了，你睡会儿吧。"

"唉！"江勇妈疲惫地直了直身子，目不转睛地看着病床上的老人，念念有词地絮叨起来，"老爷子您说说，您的儿子、闺女、孙子，还有不少您帮过的人都来看过您了，俺们按您说的给您换上衣裳，您心爱的物件也给您拿来了，您还有啥挂心事啊？您要有啥挂心事，您就吭一声，托个梦也行啊！"

话说到最后，江勇妈念经似的声音渐渐低了下去，直到被氧气瓶轻微的气泡声逐渐淹没。

江勇疲乏地打了个无声的哈欠，抬起手腕揾了揾酸胀的鼻子，悄悄走了出去。

随着房门轻轻关上，病房里只剩下微微眯着眼的江家正和趴在一边的老伴，氧气瓶的气泡声使本来就沉寂的气氛更加浓郁，浓郁得甚至令人感到一种神秘。

忽然，老爷子枕边的葫芦似乎动了一下，而下面一直保持着近乎僵硬状态的老爷子的眉毛，也在恍惚间极其微弱地颤了一下。

一个遥远且恍若隔世的声音在他耳边渐渐响了起来："青山，青山！"

五

"咣！咣！"连续几声剧烈炸响，纷纷上

升的石块、泥土和浓烟由半空中覆盖下来,埋住了江青山大半个身子。

江青山从地上颤颤巍巍地爬起来,使劲晃了晃脑袋,刚从泥土中把步枪扒拉出来,身后一个影子猛然扑上来,把他压倒在地。

"嗖!嗖!"几声尖叫从头上掠过,打在后面的柿子树上,发出沉重且清脆的"梆梆"声。

"不要命了?!"身后的人不容分说地把江青山往旁边一推,两颗牙连同雾状的唾液一起,朝半卧在地上的江青山滋了过去,"杵在那里当靶子?!"

"班长!"江青山一看班长腮帮子出现了黑红色的血流,大喊着靠过去,"你挂彩了!"

班长茫然地看了看江青山,眼皮一耷拉趴在了地上。江青山赶紧抱起班长沾满泥土与血迹的头,惊怵地喊着:"班长,你别吓唬我,快醒醒啊!"

"咳咳!"几声干涩的咳嗽后,班长慢慢睁开迷迷茫茫的眼睛,朝一脸惊恐的江青山大声喊着,"啥?听不见!"

"班长,你挂彩了!"

班长没再出声,两只手在地上来回摸索起来。江青山赶紧扒拉几下杂乱的枯叶和碎石块,把沾满泥土的眼镜拿起来递给班长。

班长接过眼镜"呼呼"吹了吹赶紧戴上,朝几十米外的山沟看了看,头也不回地大声问:"票款都带着了?"

"带着呢!"

"好!"班长回过头,正看到江青山拍腰间的包袱,这才放心地点点头,大喊,"都出来了?"

"都上山了!"

看到江青山朝山上指的手势,班长会意地点着头:"你快撤,找朱班副去!"

"班长,你先撤!"

"快!带好票款!"班长朝江青山大喊。之后,他拿起步枪趴在一块石头上,随着一声枪响,不远处的一个黄色身影缓缓倒了下去。

江青山见状,也把手里的"汉阳造"拿起来搭在前面的石头上,瞄准正移动过来的日军士兵,稳稳地扣动了扳机。

班长并没说话,身子往下缩的同时,瞥了眼江青山。待拉开枪栓重新上膛后,朝江青山龇牙一笑:"好样的!快撤!"

话音刚落,西边岩石后面突然跳出个矮矮的日军士兵,尖尖的刺刀在"叽里呱啦"的叫声中朝前面的江青山扎过来。

"小鬼子!"眼看江青山就要被刺中,班长情急之下大喊一声并冲敌人扣动了扳机,但手里的枪并没响,他只能不顾一切冲上去把江青山往边上一推。江青山倒地时,那支刺刀大半已扎进班长的腹部。日本兵狞叫着抽出刺刀的一瞬间,班长迅速抓起江青山丢在地上的枪,挣扎着开了一枪,子弹击穿日本兵,又在岩石上飞溅起一道火星。

江青山一个轱辘爬起来,将尚未倒地的日本兵一脚踹开,赶紧扶住踉踉跄跄的班长:"班长!"

"别管我,快跑!"班长一只手扶着岩石,另一只手捂住血如泉涌的腹部,头上汗殷殷的青筋快速蠕动了几下,身子"唿"地瘫软下去。

六

江青山默默地蹲在土炕边,如同炕头上那只敦实实的葫芦一样,许久后才吐出一句沉甸甸的话:"班长,咋样?"

| 小 说 |

"哦……"只有一个镜片的黑框眼镜从昏暗的灯影中艰难地转过来,班长有气无力地看了看眼含热泪的江青山,"来了?"

"班长,疼吗?"江青山喃喃地问。

"我恐怕不行了,你……"班长艰难且凄惨地笑了笑,又朝炕头上的葫芦瞥了瞥,"你,拿过来。"

"酒葫芦?"江青山扭头看了看带着崭新划痕的葫芦,起身拿给班长,递到他胸前,"班长,你老说酒葫芦酒葫芦的,可没见你喝过一回酒啊?"

"青山啊,这真是盛酒的葫芦,可咱税卡饭都吃不上,哪来钱买酒喝?"

"班长,你想喝吗?"江青山"嗯"地起身拿过葫芦,抬起胳膊拭了把脸颊上的泪痕,"我给你买酒去。"

"不行!"班长的话音明显颤抖起来。

"班长,我有钱。"

"哪来的钱?可千万别打税款的主意啊!"班长的话低沉但异常严厉。

"班长,我用自己的伙食换,不动一分一毫税款。"

看到泪汪汪的江青山,班长脸上慢慢平添了些淡淡笑容:"臭小子!有你这么对我,我知足了。可……可我不能喝酒了!"

"那,"江青山略一寻思,慢慢垂下了手里的葫芦,"那就等你好了,咱一起喝。"

"行!真是个孩子!"班长疲惫地合了合眼,艰难地喘了口气,"日伪封锁得紧,咱无医无药,我这伤好不了了。"

"班长!"江青山无助地点着头,单薄的肩膀痛苦地颤抖起来。

"青山,别哭。"班长缓缓睁开暗淡的眼睛,明显僵硬的目光注视着手捧葫芦的江青山,"你的心意班长知道,这个葫芦你带着吧,算是以后的念想。"

江青山没吱声,低垂着的头无助地点了点。

"等革命成功就有酒喝了,到那时候用它盛酒。"班长微弱的声音伴着急促喘息,看向他的目光渐渐变得僵硬,渐渐放空,"它跟着我一直没有酒装,怪委屈的,要装得满满的,也让它尝尝酒的滋味。你……你要想班长了就喝上一口,算是替我喝的,我……我走了以后……"

"班长,我……我记住了!"江青山话音未落,泪水已扑簌簌落在颤颤巍巍的葫芦上。他绝望地盯着班长苍白的脸,声音嘶哑:"班长,求你……你别走啊!"

但任凭他如何呼喊,班长都再没发出任何声音。江青山呜呜地哭着,直到再也哭不出声。又不知过了多久,他轻轻地站起身,将班长的眼睑合上。拂过班长脸庞的手攥成拳头,握了又握。

七

清晨,辉煌的朝阳洒满静悄悄的病房,但今天的这个清晨却似乎和平日里有点不同。

江家正一直沉默不语,忐忑不安地守在病床前,注视着面容安详微微呼吸的父亲。

时间一分一秒地慢慢流逝,阳光也渐渐明亮起来。江家正慢慢站起身,疲惫的目光朝房间里所有人看了一圈,然后清清嗓子慢慢开了口:"大家对老人的心意和情感,老人家都看见了。大家都有各自的工作,现在,上班的上班去,该回家歇歇的回家,有事会通知你们的。"

"爸,我不走。"江勇仰起头眨着疲乏的眼睛,并提高话音解释着,"我向公司请假了,没事。"

"我不回去,我要守着爸爸。"江玲的话音里带着哽咽,直把江家正说得再次沉默下来。

"唉!"一声长长的叹息忽然响起来,江家正侧目一看,是老伴抹着眼泪开始了絮叨,"老爷子,难道您还有啥挂心事?"

"噢!"江家正闻听这话猛然一惊,在江勇搀扶下跟跟跄跄地站起身来,将那只发出幽幽光泽的葫芦在江青山枕边摆正,"爸,这是您的葫芦,我们给您带上。"

江青山还是没有任何反应,但是,那只葫芦在枕边蹲了一会儿后,"嗯"地歪倒了下去。

江家正拿起葫芦,掂了掂,又摇了摇,拔开塞子看了看又闻了闻,"嗯"地抬头,望着紧张兮兮的老伴:"里面有酒!快拿个条匙来。"

一把不锈钢条匙映着太阳的光泽递过来,江家正接过来并把目光慢慢转向老父亲:"爸,您想喝点?"

江家正说完,病床上那张沉寂了十几天,如同木雕般的面孔仍然没有一点儿反应。

"唉!"老伴的叹息立刻引来几声隐隐约约的唏嘘与渐渐清晰起来的哭声。

忽然,江青山那片干涩许久的下嘴唇,竟在众目睽睽之下缓缓动了一下,并用相同的再次蠕动,迅速制止了众人的声音。

江家正也被惊住,一只手拿着葫芦,一只手捏着条匙,一动不动地站在那里发起了愣。

"发啥愣呀?"老伴的一声催促让江家正打了个哆嗦。

"啊?!"江家正下意识地应了一声,赶紧把葫芦里的酒倒进条匙,慢慢凑到父亲嘴上,在微微张开的嘴唇间缓缓灌了进去。

江青山干瑟瑟的嘴唇微微蠕动着,似乎对嘴里的酒没什么反应,但紧紧闭着的眼皮下面,竟有淡淡的液体溢出来,在眼角重重地坠着。

一勺,两勺,三勺,江家正停住手并轻轻叫了声:"爸……"

病床上的江青山没有反应,那张被酒浸湿的嘴唇似乎带着一丝心满意足,微微动了动并缓缓张开吸了一大口气,盖着薄薄被子的胸部在连续几次起伏后,闭了十几天且略微浮肿的眼皮慢慢睁开一条缝,有些迷茫的眼神朝周围环顾了几下。

"爸!"

"爷爷!"

"老爷子,您可醒了!"连续不断的话音立时响起来。

"爸,您可吓死我了!"江玲喜极而泣,一把握住江青山的胳膊。

"快!快去叫医生!"江家正忽然反应过来,一扭头朝身后说了句。

不一会儿,在一阵零碎的脚步声中,医生带着几个护士匆匆来到病床前。

"老人家,看得见我吗?"在酒瓶底似的镜片后面,医生的眼睛瞪得圆溜溜,眼神中显示出浓厚的惊奇,并在清晰地看到江青山朝自己眨眼并微微点了点头后,对旁边的护士一摆手,"快,血压,心电图!"

两个护士立刻围到床边,匆忙而有序地忙碌起来,而医生也没闲着,伸手拨开江青山已经睁着的眼皮,厚厚的镜片凑上去仔细看了看,随即抬起了缓缓点着的头。

"大夫,怎么样?"没等医生开口,江玲便急不可耐地问了句。

医生并没回答,而是在护士忙碌一阵后,颇为惊奇地对江家正说:"老人家的血压还有点低,但主要指标基本在正常范围。当然,还要再继续观察。"

"是吗?谢天谢地呀!"江玲深深地松了一口气,两只手紧紧地攥起来,激动地踱了几步。

"谢谢大夫!"江家正感激地送医生和护士出了门,并继续向他们的背影招了招手,"谢谢啊!"

"家正。"江青山不算高但还算清晰的话音忽然响起来,江家正赶紧回身走到床前,欣喜地看着老父亲:"爸,您可醒了,您知道您睡了多长时间?"

"哦,"江青山闭上眼并合了合嘴唇,似乎津津有味地品着酒香的余味,随后慢慢睁开看了看病房里的人,"我梦见班长了,他让我替他喝口酒,他说税警班要集合了,还嘱咐我别忘了带上酒葫芦。"

"爷爷,您的宝贝葫芦。"江勇赶紧将那只油光发亮的葫芦递到江青山面前。

"嗯,放这儿。"江青山的手动了一下,目光朝枕头边扫了扫。

"哎,给您放这儿了。"江勇立刻会意地把葫芦蹾在了枕边。

"嗯。"江青山心满意足地瞥了瞥葫芦,对沉浸在欣喜氛围中的家人们笑了笑,"都回家吧,我睡了一觉,全好了。"

"是啊,"江家正的目光从老父亲转向旁边的家人们,"这十几天大家都累坏了,赶快回家歇歇吧。"

"我不走,我要陪着爸爸说话。"江玲攥着父亲的手固执地一晃,身子又往前凑了凑。

"你呀,你跟以前一样,呵呵!"江青山慈祥地望着女儿,"你愿意来看我,很好。咱们有多久没见了?……你能来,说明你心里还有我这个爹。我很欣慰。你也回去吧,等我,等我出院回家了,咱父女俩好好说话。"

"行了,大家都回家歇歇吧,这里有我就行。"江勇笑呵呵地说着,并看向江家正,"爸,您也回家休息吧,这阵子把您累坏了。"

江家正眉头微微一皱,但还是轻轻舒了口气,起身对人们说:"今天就由江勇值班,我们都回家休息。"待人们都往外走了,他拉住江勇,悄悄说:"我把他们送回去,安顿好,很快就来。"江勇迟疑地看着父亲,江家正叹口气:"希望一切都好,但就怕……"

八

一觉醒来,江勇慢慢眨了眨惺忪的眼皮,习惯地看了看病床上爷爷慈祥的脸,抬头瞥了瞥墙上的石英钟,自言自语似的嘟囔了句:"这一觉只睡了半小时……"

"呵……"江勇将两只胳膊举起来,使劲打了个长长的哈欠。忽然,一种莫名的不祥之感渐渐袭来,令他打了个凉凉的寒噤。

"爷爷,"江勇下意识地叫了一声,将靠在病床前的身子向床头那边探了探,并又叫了一句,"爷爷!"

"啊?!"江勇紧紧盯着江青山皱纹全部消失,甚至有些发亮的脸部,心里"咯噔"一下,跪倒在地,但他还是立刻反应过来,"腾"地跳起来跑出门去,"医生!护士!"

一阵紧张有序的忙碌之后,医生向江勇摇了摇头。

江勇缓缓点了点头,默默地走到门口,扶着门框的胳膊瑟瑟抖了几下后,掏出手机,片刻之后发出一句颤颤的声音:"爸,爷爷他,走了……"

李朝辉,山东省作家协会会员,现工作于国家税务总局新泰市税务局。

吹响冲锋号

■ 解 彬

　　四五月份的天气,和小孩子的脾气一样,很让人捉摸不定。尤其京州这种处于南北分界线上的城市,春天就更是有多变的脸色,是个乱穿衣的季节。今年的春天比往年都长,气温起伏频繁,恨不得脱下棉服直接换上短袖。可紧接着的大幅降温,又硬生生把京州赶回了冬天。江南区税务局第一税务所的青年干部李青,在这一波春季"乱穿衣"导致的感冒里"中枪"了,头疼发热,直冒虚汗。李青带病上岗,结果忍不住猛打喷嚏、咳嗽不止,主持工作的副所长冯华把他拉进办公室,让他抓紧请假去医院看看,情况严重就多休息两天。

　　比感冒更让冯华惦记的,是李青那颗激动的心。前不久,李青被京州团市委评为市级"优秀共青团员",受到市局领导的亲切接见。他正干劲十足,自然不肯因为感冒这点小病就跟所里请假。李青刚要张口辩驳,就见冯华用纸杯接了一杯热水,让他坐下慢慢喝。冯华一边细细打量李青,

| 小 说 |

一边半开玩笑:"怎么,'优秀'了就百毒不侵了?我看你也不是铁打的呀。有句话怎么说来着,休息是为了更好地工作。一味逞能不值得提倡啊。你带病来上班,再传染给纳税人缴费人和同事就不好了。"

李青对冯华一向是又敬又怕的,干笑了两声,没话说了,只能老老实实听冯华的安排,请病假去看医生。

这个小插曲很快结束了,可对冯华来说,忙碌的一天才刚刚开始。三月份,所长刘勤正式办理了退休手续,为了保证工作的连续性,区局领导班子研究决定,由副所长冯华主持第一税务所工作。冯华扎根纳税服务一线多年,对国家政策、税费业务、基层事务了然于心;担任副所长的几年来,勤勤恳恳,作风正派,服务意识强,还注重培养新人,群众基础很不错。由他主持第一税务所的工作,局领导放心,群众也能满意。

肩上的担子重了,冯华也比过去更忙了。冯华原来只要盯住自己分管的那一块儿业务工作,不出纰漏和问题,在这个基础上改进工作方法,进一步提升纳税人缴费人满意度,配合好所长开展各项工作,就可以称得上是位好副所长。尤其带出得力的团队以后,工作更平稳顺利,时间就一天天、一年年过得飞快。可是如今不同了,作为主持全所工作的副所长,沉甸甸的责任就像一个秤砣,拴在他的心尖上,让他觉得每一天时间都过得很慢。

上周五,局里宣布从机关科室里给第一税务所选派四名年轻干部,补充到纳税服务一线岗位上轮岗学习历练。会后,相关部门就急着把人送了过来。其实哪个部门都是缺人的,可这四个新同事却让组织人事部门的领导有些发愁,冯华虽没有提出反对意见,但对他们几个人的"事迹"也略有耳闻。去年八月入职的新招录干部共有十二个人,尚在试用期,还没有转正定岗,但在经历过两三个部门以后也基本确定了方向。这四位情况有些特殊,轮岗的几个部门虽然希望把他们留下,但就目前的表现看,离完全融入集体还有一定的距离,需要再加强历练。由于冯所长带队伍的本领强、名气大,局里就把他们几个安排到冯华这里"打磨""充电"。

说来,他们在同批人里很是显眼:年龄最大的赵惠文,年纪最小的王森,学历最高、毕业学校也最好的汪华一,还有性子最慢的李漫,各有各的本事,可也各有各的脾气,哪一个都不是好相处的。往夸张了说,这些人都是"烫手山芋",只能先放在冯华这里。冯华作为"80后"副所长,待人接物老成,和年轻人也更能打成一片,人交给冯华,局里放心。

冯华在第一税务所多年如一日,始终以很高的标准要求自己,心思都在工作上,是真正从一线成长起来的基层领导干部,各方面经验非常丰富。而另一边,冯华的名字,新人们在入职之初就都听过,先不用说别的,单单是那份对税收的热爱、对工作的细心、对纳税人缴费人沉甸甸的责任感,就不能不让人佩服、赞叹,这几位在冯华面前也没有底气叫板。

新人陆续到了,冯华召集所里的干部开了一个简短而亲切的欢迎会,一边也看看几人的表现。冯华没有点名,年龄最大的赵惠文抢先开口说:"我是赵惠文,1989年生人,和冯所长一般大。家在本市,在新疆伊犁当过三年西部志愿者,在泥地里滚打历练过。我们这一批里,我岁数最大,和刚毕业的年轻人比不了,学业务难免慢,希望大家多包涵。有需要我帮忙的事情，也尽管开口就好。我听说冯所挺厉害，以后工作中大家互相学习吧，谢谢。"

所里的老同志笑了，赵惠文话说得很客气，但隐含的意味也很明显，"刺头"名不虚传啊。

在局里，赵惠文姿态一向摆得很高。据说，他曾在伊犁深度参与当地的扶贫开发工作，能说一口流利的哈萨克语，和少数民族群众的关系非常好，工作成绩很突出，年年被评为"先进"。当地县政府有意人才引进并委以重任，但他为了照顾生病的母亲才不得已回到京州，通过国家公务员考试进入基层税务机关工作。他的经历、阅历都超出同龄人，自然自命不凡。区局办公室组织演讲比赛，动员他参加，结果他听了前边选手讲的，觉得有待改进，干脆在上台以后点评了起来，弄得主办方和其他选手都很尴尬，但偏偏他讲的并不是没有道理，也不好把他赶下台去。这种事发生过不止一回。有一次工会组织去社区慰问，安排了一个比他早入局两年但比他年纪小的同事和他结伴。中间因为物品发放问题，两个人有了不同意见，同事就和赵惠文说："你这刚刚入局，很多情况不了解，这个事就听我的吧，我去年就这么做的。"赵惠文就急了，和对方理论起来："去年这么做，不等于去年做得就好啊。"这事最后闹到了主管工会的局领导那里，听了两个人的汇报，经过斟酌，领导同意了赵惠文的意见，并让他具体负责慰问品的发放和统计，他确实也适合做这项工作。可这么一波折，暗暗地，他"情商低""刺头"的名声便传开了。

接着，汪华一开口了。这位"学霸"本科和硕士都是在北京大学就读，又在英国伦敦政治经济学院拿了一个经济学硕士学位，这份教育经历在全京州税务系统都是数一数二的。人无完人，他眼光很高，在旁人看来不太接地气，喜欢我行我素，不太与同事交流。

他很认真地说道："大家好，我叫汪华一，本硕毕业于北京大学，在英国交流的时候，又读了一个硕士。日常除了读书，我还喜欢做一些经济学理论研究。学术研究是我的爱好和专长，希望在工作中，能继续提高研究能力。"汪华一的话，有些过于正式，而且隐含着把这份工作当成科研手段的意思，反而拉开了和大家的距离。实际上，他在哪一个科室介绍自己时都是这一番说辞，这样的人有本事，可也难留住他的心，所以很多科室都有顾虑。

汪华一说完了，顿时有些冷场，大家都看向剩下的两人。见李漫完全不为所动，王淼也怯怯地不开口。冯华在心底叹了口气，不得已点名："李漫，女士优先，你先说吧。"

李漫果然人如其名，声音很轻、很慢："我是李漫，大学是学计算机的，嗯……专业是调剂的，我是学计算机，但我真的不会修电脑，千万不要来找我修电脑。我本来大学想学会计学，班主任说女孩子学财会好就业。我能考到咱们局很巧合，也很幸运。嗯……"

李漫前阶段在局办公室轮岗，协助做一些宣传类的工作。其实她做得还不错，能沉下心，又细致，文章写得也很好。可因为她是学计算机的，加上又年轻、刚参加工作，很多领导和同事在电脑、打印机或者各类软件出状况的时候都会找她。虽然她学计算机，但她并不太懂硬件，也修不了电脑，在硬着头皮帮忙修理了几次之后，看到对方失望的神情，她觉得很畏惧，也很委屈，谁找她她都不去了。主任见她闷闷不乐，为此找她谈心，她先是一言不发，后来眼泪汪汪的，让人哭笑不得。

见李漫停顿了一下，冯华见缝插针地叫停，说："欢迎李漫。最后我们让王森作自我介绍。"

王森开口了，他的声音并不比李漫大多少，甚至有一点点磕巴，腿在会议桌下微微发抖，只说出了两三句："大家好，我是王森，1999年出生的，我……我说完了。"

王森在同一批新入职干部中年龄最小，性格也最内向。起初被安排在法制科，他很能钻研，很快就熟悉和上手了相关业务。可是一到和其他部门打交道的时候，他就发怵，话也说不利索，很影响正常工作，法制科的领导只能忍痛将他送走。

尽管冯华有心理准备，可这几位的表现确实是离大伙儿的期待差得有些远。一个摆老资格，江湖气重；一个清高不凡，书生气重；一个思维跳脱，孩子气重；还有一个扭扭捏捏，气场薄弱。也不怪各部门都急着把人送出来。

冯华简单讲了几句，表示了对新同事的欢迎，要求大家多支持，帮助他们尽快融入集体、进入角色。最后，临时指派了四位老同志做新人的师傅，先熟悉办税服务厅的日常工作。

接着，冯华召集几位副所长开了个碰头会。副所长杨丹打趣说："冯所长，你这次的军令状怕是不好完成了。这几个人进来，他们自己能干成什么样谁也说不好。可就一条，不能把咱们所现有的氛围破坏了，咱们有现在的成绩可不容易。"

杨丹是位女所长，资历深、心思细，她的意见足以代表所里绝大多数老同志，冯华不能不重视。

"杨所，你说的我也在考虑。但我相信，办法总比困难多。你想想，李青、王雷这几个业务能手、优秀干部，哪一个刚来的时候是完美的？不一样被咱们手把手带出来、独当一面了。他们几个特点很突出，可以加以引导、用人所长。趁这几天，咱们先好好观察观察，多熟悉和了解他们的经历、性格、特长，再商量怎么发挥和利用。大家说呢？"

闻言，其他两位副所长也表示同意，这件事的调子就定下来了。

第二天中午，冯华在食堂里就餐，听附近有干部在议论。有一个说："听说那个岁数大点儿的，就是那个高个儿，叫什么来着？对，赵惠文，他一早被人看见和位老大爷蹲在办税服务厅门口抽烟，简直是败坏单位形象，第一税务所是怎么管人的？"

旁边一个上岁数的同事闻言开起了玩笑："就小冯所长，和人家同岁，怎么管？我看难啊。"

几个人没有注意到坐在角落里的冯华，还在继续议论。李青听到，变了脸色，想过去和他们争辩，被冯华拉住了。冯华觉得他们没有恶意，无非是觉得自己资历浅，怕自己带不好队伍，没什么值得辩解的，还是要从事儿上见真章，事情办得好，别人自然不会再说什么。

吃完饭，冯华回到所里第一时间调取了当日办税服务厅门前的视频监控记录。查看后，发现根本就不是他们说的那回事。

从监控上看，那是在正式上班时间之前，有一位大爷在办税服务厅外边儿转了一圈又一圈，显得很焦急。这时候，赵惠文出现了，和大爷聊了起来，不知道说了什么，那位大爷看起来不着急了。赵惠文打开办税服务厅的大门请大爷进来，大爷看四下没人，掏出了一根烟点上，应该是知道室内禁烟的规定，随即就蹲在门外抽了起来。很快，赵惠文又出来了，看到大爷蹲在地上，就把大爷扶了起来，还返回去拿了一把折叠椅让大爷坐下，两人说了一小会儿话。大爷熄了烟，就一起进门了。

冯华又找到今天一早在导税台值班的干部，详细问了情况，得知大爷的儿子在乡下开了家农机维修站，他儿子这几天感冒了不在店里，都是他给照应。今天有个客户说开增值税专用发票才能结清费用，大爷给儿子打电话，儿子在挂吊针，便说让大爷去税务局办。大爷从没有接触过这类事情，立马搭车进城，来税务局咨询。经过查询，大爷儿子的农机维修站是小规模纳税人，可以在税务机关代开增值税专用发票。但大爷今天出门急，写有开票信息的纸条忘了带。赵惠文告诉大爷，可以在电子税务局提交申请表，税务机关代为开具后，可以邮寄，也可以现场取票。大爷又说自己年龄大了，不会上网，赵惠文便和大爷互留了姓名和电话，方便联系指导。

了解清楚了事情的原委，冯华眼前一亮，觉得这是个能帮助赵惠文融入集体、改变他人偏见的好机会，便立马找来赵惠文，和他认真地说："惠文，咱们第一税务所是区局的窗口、区局的门面，是服务群众的第一线。便民办税是我们的主业，今天早上大爷来代开发票的事情虽然不大，但很有代表性。我想请你负责跟进这件事，并且走访一下这户纳税人。你农村基层工作经验那么丰富，我相信这对你来说是小菜一碟。"

冯华说得很诚恳，言语里也都是肯定和鼓励。赵惠文看了看冯华，想了想便应了下来。

赵惠文没有辜负冯华的期望，当天下班以后就拉着他师傅一起去了大爷店里，详细讲解了相关政策规定和操作步骤，还热心地问大爷有没有其他需要帮忙的地方。赵惠文自掏腰包给大爷买了熟食，接过大爷递来的沾着油污的搪瓷缸子就大口喝水，和大爷大娘拉着家常，很快就跟一家人一样，看得他师傅瞠目结舌。最后，大爷还问赵惠文有没有对象，非得把自家在市区工作的侄女介绍给他。

又过了一天，大爷的儿子来所里取发票。大爷大娘也跟着来了，大爷直夸小赵："税务热心人，群众贴心人。"大娘则喜盈盈地从身后递来拴着的两只活鸡作为谢礼。为了不要这两只鸡，赵惠文着实费了一番口舌，最后还是冯华出面，坚决而客气地让大爷将两只鸡带了回去。

走之前，大爷紧紧握着冯华的手，说："好领导才能带出好干部，真好啊，真是谢谢你们了。"自那以后，全所人看赵惠文的眼神都不太一样了。经过这件事，赵惠文也迅速进入了状态，在工作中踏实、勤勉，并得到分管局领导的表扬。之前的误会自然而然地化解了，开玩笑的同事看到冯华和赵惠文也不好意思地笑笑，从此更加支持第一税务所的工作。

赵惠文的问题解决了。冯华也没有让另外三位闲着。

本着用人所长的原则，冯华安排汪华一梳理各类常见办税业务流程，优化导税、分流各环节举措，科学设置和调整岗位职责，进一步提高服务效率，节约纳税人缴费人的时间。汪华一不愧是高材生，两三天时间不

| 小 说 |

到,就办好了这件事,同时还绘好了流程图、写好了汇报材料,让杨丹副所长和老同志们刮目相看。很快,相关材料得到上级领导批示,市局纳税服务处借调汪华一专门负责经验总结和推广。

对李漫和王森两个人,冯华没有着急,而是根据两个人的特点,让他们和所里的优秀青年干部结成互助小组,有针对性地布置相关工作任务。

李漫虽然思维跳脱、性子偏慢,可她做事认真细致,思虑周全,更难得的是文笔不错,是搞宣传工作的一把好手。杨丹副所长很快就把李漫要了去做自己的徒弟,手把手带她熟悉税费业务、完成角色转变。李漫的进步也非常快,写的几篇反映和谐征纳关系的稿件先后在《汉东税务》杂志和市局网站发表。

各方面工作都在顺利推进着,但很快,一个新的考验来到冯华面前。按照上级的统一要求,四月份起,第一批学习贯彻习近平新时代中国特色社会主义思想主题教育全面启动。虽然江南区税务局是第二批参与主题教育的单位,但为了切实提升学习效果,局党委提前部署并开展了预热和自学。冯华从分管副局长林荫那里领到了尽快落实局党委部署、进行全所学习动员的任务。

冯华在晨会上传达了局党委的指示,按照林副局长的具体要求,结合深化税收征管改革的各项任务和青年理论学习小组计划安排,决定将"青年读书会"列入全所主题教育的预热活动内容。青年干部占全所总人数的三分之二,想要调动起大家的学习热情,营造学习的浓厚氛围,读书会是一个很好的形式。利用每天的工余时间,发动青年干部对主题教育指定书目开展自学,从而在日积月累中让思想如春风化雨般入耳入心。

在冯华的安排和全所青年干部的用心投入下,读书会取得了很好的效果,大家的学习热情空前高涨。趁热打铁,李青提出了利用业余时间组织学习交流会的建议,得到了所里的支持。冯华特意强调,要引导和鼓励几位新同事踊跃参加、带头发言。

大家都跃跃欲试,只有王森有点挠头。

王森找到他的师傅、多年扎根纳税服务一线的老同志李岩,诚恳地说,他是个"社恐",当众发言,他怕自己会紧张,因为他一紧张就容易结巴,实在非常尴尬。他很珍惜这个展示自己的机会,又怕自己的表现和大家的要求有距离。

听着王森的话,李岩心中了然,并报之以肯定的微笑。他一直很关心自己的新徒弟,小心地呵护着他的自尊心。这个小同志并不是不积极上进,他是对自己缺乏信心,也对第一税务所这个集体不够了解和熟悉。看着王森,李岩仿佛穿越到了多年以前冯华他们那一批新人到所里入职的时候。那时,冯华他们也是这样腼腆憨厚、沉默少言,但就是在一天又一天为纳税人缴费人服务、帮助解决困难问题的工作实践中,慢慢成长了起来。不仅独当一面,好几位还走上了领导岗位,肩负起更大的职责。

被王森的目光触及,李岩回过神来,拍了拍王森的手臂,对他说:"别担心,你这都不是事儿。李青刚来那会儿,在汇报工作的时候不小心把刘所长的讲话稿顺手拿走了。所里要开会,所长的稿子怎么也找不到了。正好冯所领着李青去找所长,冯所刚说完工作,刘所长眼尖,看到李青手里的材料好像厚了很多,拿过一看,后边正是他的发言稿。"

李岩停顿了一下,喝了口水,王森急着

问:"师傅,之后怎么处理的呢?"

李岩这才又开口说:"李青完全不知道是什么情况,他也不说话,和所长面面相觑。所长假装生气,批评他说'这桌子上要放的是秘密文件,你小子就是违反工作纪律'。李青嘀咕了一句'秘密文件也不能就这么放在桌子上'。趁所长没话说,冯所抓紧拉着李青跑了。"

"啊,这……这就完了?"王森的兴趣被勾起来了,接着追问。

"怎么会呢,第二天所里开会,刘所长让李青当着全所……"

"检讨啊?多丢人啊!"

"你小子别抢我的话。刘所长不是小心眼的人。李青当初和你一样,内向、紧张,才手忙脚乱。会上,刘所长让李青重新作了一遍自我介绍,并要求他说出现场所有人的名字,说不出来,第二天一早就得给大家读最新的政策文件。"

"那他?"

"李青连读了三天的文件。第一天,那才真是红着脸憋不出来一句话。大伙都笑了。但是第三天就很自然流利了,第四天他准确叫出了全所所有人的名字。借这个事,咱们所的晨会制度就建立起来了,一直持续到现在。"

"李青那么精明干练的人,也有这么窘的时候。"王森听完李岩讲的故事,慢慢释怀了。

眼看这些天唯独王森还没能很好地融入集体,冯华通过李岩了解到王森的具体情况,决定让李青带带他,尽快解决问题。李青很激动,问冯华:"所长,王森也能算我的徒弟吗?"

冯华看着文件,不理会李青热切的眼神,淡淡地说:"那得看你有没有这个本事。"接着郑重地说:"现在有个事,局里支持我们所创建市级'青年文明号',由你具体负责,明天拿出一个初步方案,所里一起碰碰。王森刚毕业,经验少,人也内向,但我看他做事稳重,工作上能设身处地为纳税人缴费人考虑,这是很大的优点。你要注意引导他发挥长处,补齐短板弱项,通过争创'青年文明号'这项工作,尽快成长起来。"

李青点头称是,回去就开始收集资料,形成了一个初步方案。下班后,找来李漫、王森和赵惠文,让他们一起提提意见。赵惠文不再摆"老资格"的架子,结合过去的工作经验,积极建言献策,还鼓励王森大胆说出自己的想法。李漫也提了几条思路,并表示愿意在文字材料方面出一份力。通过热烈的讨论,李青和几个新人很快就打成了一片。

对于创建"青年文明号",李青的想法是用现有的素材尽快搭起申报材料的架子,再结合新的工作要求作进一步完善,这样可操作性更强一些。可用的素材包括:年初第一税务所青年干部积极参与团中央组织的"青年大学习"活动时录制的青年微党课,税收宣传月时青年干部进校园普法宣传的新闻稿,区局与汉东财经大学团委合作开展"大学生税费服务体验官"活动方案等。除此之外,还有青年干部学雷锋、爱心献血、扶贫捐助、购买扶贫产品等活动资料。

李青滔滔不绝地讲着自己的思路,众人不时地点头。王森感觉李青的思路还应该再拓宽,于是等李青喝水的间隙,说:"我觉得,是不是少了点什么?"

王森难得愿意发言,可他的话很直接,让李青感到有点没面子。但转念想到冯华安排给自己的事,又觉得王森既然有一些想法，就应该加以鼓励，至少要给他提供展示的机会，于是李青看着王森，示意他接着说。

王森说："创建'青年文明号'，不应该局限在共青团活动上。我的意思是，是不是应该同青年干部投身税收工作的具体实践更紧密地结合起来？"

"胸怀国之大者、担当税之大任"这个话题有点大，一时间没有人回应，王森的声音越来越小，没再继续展开说。出于写材料的习惯思路，李漫觉得王森说的虽然有一定道理，但太大、太空了，下意识就出言反对，认为听李青的准没错。赵惠文说："王森，你再具体说说，你这么说，我没搞太懂。"王森觉得没有人理解和响应自己，不肯再多说。氛围一下子尴尬起来，最后李青决定还是按既定的想法去组织材料，分派了任务，抓紧时间行动。

第二天下午，李青牵头准备的材料被拿到了所里的会议桌上，冯华还没有开口，场上就已经有人摇头了，表示这样的材料连初审都过不去。冯华也皱起眉头，觉得集思广益之下不应该是这样的结果。下班后，冯华喊住了李青，问他材料的事，以及那几个新人的表现。李青一一据实回答，捎带着说了句批评王森的话。

冯华问："你是这么认为的？"

李青想了想："我觉得至少王森的勇气和热情值得肯定，至于这说得对不对，就另当别论了。"

听李青这样说，冯华急了，批评道："是该另当别论。我看王森的态度比你端正、比你认真，思考问题比你全面。实话和你说，所里讨论的意见，你的材料连初审都无法通过，你还在这儿志得意满，整个人要飘起来了，这对你的成长很不利。"

冯华接着说："创建'青年文明号'，要体现青年的志向、青年的担当、青年的力量，更要体现青年立足本岗、踏实工作的生动实践。对咱们所的青年干部来说，就是要和政治理论学习相结合、同服务纳税人缴费人做好各项税收工作相结合，还应该同税收征管改革的各项使命任务相结合。既充分展示青年形象，又充分体现税务特色，还要起到提振信心、展望未来的作用，这才是江南区税务局第一税务所创建'青年文明号'的初衷。你现在说，王森的提议对不对？"

李青没想到冯华这样严厉，但他的脑筋很快就转过弯来了，冯华交办的两件事他都没办好，挨批评也是应该的。李青主动说："是我自己想当然了，而且没有虚心接受王森的正确意见，是我不对。能不能让王森牵头，我全力辅助？这样也有利于提高工作效率，尽快再出一稿请领导审阅。"

冯华的语气平缓了下来，点点头："三人行，必有我师，虚心一些没坏处。这样，事儿还是你负责，申报材料分工合作，让王森汇总、李漫润色后向所里报告。我相信你们的能力，好好配合，展示出真正的水平来。"

第二天一早，冯华在晨会上公开表扬了王森，说他很有想法，善动脑筋，值得大家学习。会后，李青很快又把之前的团队召集起来，坦诚地做了自我批评，传达了冯华的意见，让王森大胆地提出想法，大家齐心协力一起完善材料。

王森的眼眶湿了，他看到了同伴们热切的目光，也感受到李青发自内心的真诚歉意。那一刻，他内心真正地对第一税务所这个大家庭产生了认同感、归属感。王森站起来，先鞠了一躬，惹得众人善意地发笑。随即，王森系统地讲了自己的思路，还在现场列出了提纲。

"第一，写咱创建'青年文明号'的目的意义；第二，罗列创建'青年文明号'的基础工作，把已经完成的和待补充的都放进来……；第三，主体部分是我们创建'青年文明号'的优势条件，把我们大量具体细致的工作，包括青年大调研、青年大学习、青年微党课，青年学雷锋、访贫问苦献爱心、爱心献血，税收普法、'大学生税费服务体验官'以及志愿服务助老助残等等都写进来；第四，反思当前工作存在的不足，比如创新举措少、活动阵地建设投入不足、青年培养长效机制有待健全等；第五，便是下一步努力方向，要结合不足有针对性地进行补强。"

小团队迅速运转起来，加班加点开展工作。两天后，在李青、李漫和赵惠文鼓励的目光中，王森拿着几经讨论、修改、完善过的稿件，略带紧张地开始了正式汇报。看到所领导欣慰地点头，王森又添了几分自信，声音也越来越洪亮。听完汇报，冯华又问了几个细节问题，王森和同伴们一一作答，所领导一致表示满意，决定让王森再向局领导做一次汇报。

冯华说："你们把申报'青年文明号'的工作过程写成简报，这样局领导可以更全面地了解情况。"

局领导对第一税务所争创"青年文明号"的各项工作表示满意，认为汇报材料内容翔实、逻辑严密、事例生动，很好地展示了全所青年干部积极阳光的精气神和奋进新时代的昂扬姿态。申报材料也通过局办公室递交到了市局团委，前期工作顺利完成了。其实到了这个阶段，评选结果反而不那么重要了，最关键的是，通过这项工作，让王森、李漫、赵惠文都更好地融入了集体并发光发热，这才是创建"青年文明号"的应有之义。

加之近段时间陆续有上级领导到基层调研，作为青年干部代表，李青和王森也参与了同领导面对面的交流。省局办公室副主任刘琳在了解了第一税务所开展主题教育和创建"青年文明号"相关情况后，给出了高度评价，并作了准确概括，叫作"青年心向党 吹响冲锋号"。

冲锋号已经吹响了。冯华想，这是高质量推进税收现代化的冲锋号，是新征程上提高税费服务能力和水平的冲锋号，也是王森、李漫、汪华一、赵惠文乃至李青这些青年干部们在青春赛道上奋力奔跑的冲锋号。时代是出卷人，青年是答卷人，他们未来的路还很长，而冯华自己能做的，就是尽力帮他们扣好税务人生的"第一粒扣子"，勇敢地向未来迈出第一步。

想到扣子，一恍惚，冯华好像又回到了自己刚上班的那一天，他看见自己穿着从师傅那里借的秋季制服。那是件外穿的长袖衬衫，下摆扎进腰里，显得整个人都很干练。那时候他还很清瘦，也没有多少白发。

解彬，天津市河西区作家协会会员，现工作于国家税务总局天津市税务局稽查局。

| 剧 本 |

就是为了你（下）

■ 林喜乐

（接上文）

33. 内景 乔潇潇的卧室/客厅 夜

夜已深。

乔潇潇的房间里还亮着灯。

智能报时（女声，柔软的电子音）：凌晨1点整。灯光都倦了，早点休息，明天才有好精神哟。

乔母从卫生间出来，来到潇潇门前，轻轻地推开一道门缝。

她从门缝里看进去——乔潇潇伏在桌前，对照着资料，已写满了一沓英语稿。

乔母：潇潇，快睡吧！……都熬成猫头鹰啦。

乔潇潇头也没抬：快完了……挤时间弄完，明天才能和你们一块玩。

乔母推门进屋：身体要紧，快睡吧！

乔潇潇：要参加省局评比，绝不能马虎。妈，你快去睡吧！我不打紧。

乔母去而复返，手上多了一杯热牛奶：唉，你从小就要强，我也说不动你，那干完早点睡。

她走出屋，轻轻地带上门。

34. 外景 小广场 晨

小广场一角。

在手撑花伞的伞头带领下，一群大妈手摇彩绸彩扇扭起了陕北大秧歌。

一个帅气的男青年站在最前列，带领着一群大妈在跳广场舞。

小广场的另一角。一个大爷手握一米长的毛笔正在写书法，还有练习吹奏乐器的、打陀螺的、滑旱冰的、放风筝的……

蹦极的青年统一穿洁白的运动装（长裤短袖），围绕着小广场晨跑。

顾昕然在前面领跑。

辛勤奋穿着黑色短裤、背心，从天仙民宿蹦跳着出来。头发蓬着，眼睛眯着，跑两步，就蹲下身子系鞋带。

当顾昕然带着队友跑过来时，辛勤奋急忙跟在队伍的后面跑。

突然，顾昕然向前连续做了七八个空翻，其他队员也跟着翻起来。

他们的举动吸引了不少游客围拢过来看热闹。

辛勤奋快速地跑两步，做了个侧手翻。可他没站稳，蹲坐在地上，引起周围阵阵笑声。

当他爬起来时，其他人已经跑远了。

耿老太太扭着秧歌走过来：勤奋呀，学狗爬哩！

辛勤奋：小心您那水蛇腰，别扭断了。

35. 内景 乔潇潇的卧室/客厅 清晨

乔潇潇伸个懒腰，从书桌前站了起来。

她走出卧室。

乔父和乔母坐在客厅里。

乔父：潇潇呀，都是老爸的错，不该逼着你陪我们玩，害得你休息不好，还要熬夜。

乔潇潇：没事。为了更好地工作，我也想出去放松一下。

乔母：唉，爸妈也想通了，你这工作虽然很辛苦，但我们看你干得起劲儿，你有你的生活，我们不该拖你后腿……我们还是早点回去吧！

乔潇潇：别啊。我很需要你们二老陪我住一阵子呢，你们在我这儿，我这心里啊，就踏实。二位老宝贝，不瞒你们说，我是省局"税说天下"翻译小组成员。有一篇稿子，我承担了翻译任务，最近要报送上级部门评比，需要加班译出来，平日并不经常熬夜……别忘了我大学学的是啥，财税英语专业啊，我还通过了全国高校英语专业八级考试。此时不大显身手，更待何时？……你们说，是不是？

经潇潇一番解释，乔父与乔母总算有点释然了。

乔父：那……千万别太累啦！

乔母：闺女呀，身体最要紧！

乔潇潇笑了：好啦，好啦，做饭！……吃了饭咱们上神仙台。

36. 内景 减税降费办公室 清晨

大家都在专心地工作着。

忽然，余成双的手机开始震动起来……

手机屏幕显示的是：乔潇潇。

余成双连忙接通了电话：喂……今天说全体加班，你怎么还没来？

乔潇潇（画外）：你听我说……今天我想趁着陪父母上山，再去找辛勤奋，一会儿我再在微信上和"大熊"请假，连你的也请，我需要你替我盯住辛勤奋。

| 剧 本 |

余成双压低声音：放心，没问题！……我马上去天仙民宿。

37. 外景 天留区税务局 日

余成双跨上摩托车，戴上头盔。

他启动车子，开出了税务局的大门。

38. 内景 乔潇潇家 晨

乔潇潇与父母背着双肩包出了房门。

39. 内景 天仙民宿——小广场 日

余成双骑着摩托车来到天仙民宿附近的小广场。

他放好摩托车，向天仙民宿走去。

40. 内景 天仙民宿——大堂 日

辛勤奋、顾昕然和蹦友们正在收拾蹦极装备、食品和水。

顾昕然：别忘记药品。

蹦友甲：带上啦！

一行五六个年轻人背着装备准备出发。

辛勤奋叮咛关姐：关姐，我们出去一下，今天你负责登记接待客人。

41. 外景 天仙民宿 日

余成双看到辛勤奋一行背着背包出了民宿大门，连忙跑过去。

余成双：辛勤奋，把你的资料信息留下你再走……要给你退税，配合一下。

辛勤奋：你们周末还上班啊？……等我回来再给你吧，大家都急着上山呢！

余成双：耽误不了你几分钟。

辛勤奋：蹦极要赶最佳窗口期，我们真的着急赶路。

说完，他转身就走。

余成双：那好！我陪着你，无论如何，今天你都要把信息给我。

辛勤奋：你随意。

辛勤奋一行在前面走，余成双跟在他们后面，朝山顶走去。

42. 外景 仙境景区——神仙台 日

天蓝云白，山清水秀，飞瀑直泻，鸟语花艳。

游客中，除了乔潇潇和父母、辛勤奋一行人外，还有余成双。他们夹在游客当中一起朝山顶攀爬。尽管在同一条山道上，乔潇潇并没有看见辛勤奋和余成双。

前方出现蹦极标识，辛勤奋一行人拐了上去。

余成双被游客碰来撞去，失去了跟踪目标，于是站在高处四处寻找。

乔潇潇在行进中突然看到了辛勤奋……

乔潇潇：爸妈，你俩站在原地别乱跑。我看到一个熟人，上去打个招呼，马上回来。

乔潇潇说完，疾步走过去找辛勤奋。

忽然间，余成双看到了乔潇潇的身影，连忙追了过去。

辛勤奋一行并没进入景区的蹦极平台，而是朝着更高处爬去。

蹦极平台上，有人一跃而下。随着一片惊呼声，在浓绿大山的衬托下，蹦极者像一只飞翔的雄鹰，翩翩地降落。

乔潇潇走累了，用手扶住"禁止野外蹦极"的牌子喘息不已。

辛勤奋一行人已爬到神仙台顶。

神仙台下面是一个狭长的山谷，可以看到碧波荡漾的神仙湖。

顾昕然欣喜地：就是这里喽！

蹦友们对着青山翠谷大叫起来……远处传来悠远的回声。

蹦友甲拿出风速风向仪支在一块石头上。

蹦友甲：西南风，2级……吉时已到。

有人在石头缝里砸进去一米多长的铁钎子，开始绑绳子、挂扣环；有人架起了手动卷扬机。

顾昕然抱起一块石头：老公，我先跳。

乔潇潇匆匆赶来，边累得喘气边自言自语：老公？……噢，他们是一对儿？

辛勤奋：你抱着石头干啥？

顾昕然：这叫沙包跳——快到谷底时扔掉石头，反弹起来会高过这个山头呢。

顾昕然大声呼喊：I jump, you jump!

乔潇潇赶忙掏出手机打电话：喂，景区管理处吗？……有人在神仙台搞野外蹦极，非常危险。

此时，顾昕然已纵身跳下，紧接着是一声尖厉的喊叫。

蹦友甲拉了拉辛勤奋：奋哥，该你啦！

辛勤奋哆哆嗦嗦，声音发抖：我……有点紧张……

蹦友们连拉带推，辛勤奋鼓足勇气站在悬崖边。

随着惊叫声，顾昕然从谷底弹了上来。

辛勤奋仰头看着飞在空中的顾昕然，不断地倒吸冷气。

在尖叫声中，顾昕然又急速地坠入谷底。

辛勤奋想打退堂鼓，被蹦友们拦住了。

辛勤奋无奈：豁出去了！

辛勤奋双腿打弯，两臂后张，双腿一蹬跳了下去……

乔潇潇（刚挂了电话）：别跳，危险！

与此同时，余成双出现在乔潇潇身后。

而辛勤奋挂在了悬崖边上。

蹦友甲：咋回事？

乔潇潇与余成双在辛勤奋身后拉住了弹簧绳。

辛勤奋跳下的巨大冲力带倒了乔潇潇，她的胳膊被石头划破，鲜血流了出来。

余成双奋力地拉住了绳子。

余成双：潇潇！潇潇！

乔潇潇趴在地上呼叫：不能跳！

蹦友甲愤怒地：你是谁呀？

乔潇潇：景区管理处的！

余成双：药包！

蹦友甲递过药包，余成双打开药包给乔潇潇包扎，乔潇潇满眼含泪。

余成双：真是一群亡命徒！（柔声地问乔潇潇）疼吗？

乔潇潇咬紧牙关不吭声。

蹦友们将辛勤奋拉了上来。

辛勤奋看到了乔潇潇和余成双：……什么管理处的，他们是税务局的……你们把我拉得差点断气。

蹦友甲：怪事！他们也管这事？

余成双走上前来：你们这么跳多危险。

几个景区管理处的工作人员气喘吁吁地跑上来。

管理人员甲：他们管不了，我们管！

管理人员乙厉声地：全都站着别动！

顾昕然尖叫着在空中上下翻飞……

管理人员甲拿出对讲机：空中还有一个。

乔潇潇：辛勤奋，你的身份证号码和银行账号快告诉我！

景区管理人员互相看看，不知乔潇潇葫芦里卖的什么药。

| 剧　本 |

辛勤奋额角贴着纱布，生气地：都这样了，你还想着这事呢。你这是想谋害我呀！

管理人员乙：别不知好歹！你看你把人家姑娘祸害成啥样啦？

43. 内景　仙境景区管理处　日

辛勤奋、顾昕然与蹦友们坐成一排，正接受管理人员的教育。

管理人员甲与乔潇潇、余成双分别握手。

管理人员甲：感谢你们！幸亏你们及时报警，避免了一场严重事故。

乔潇潇走到辛勤奋的面前：我在外面等你！税必须退，这是我的职责。

辛勤奋看了一眼乔潇潇，没有吭声。

44. 外景　景区管理处　日

乔潇潇与余成双走出管理处大门。

余成双关切地：潇潇，还疼吗？

乔潇潇：这还用问，能不疼吗？

余成双：你真要在这等他？

乔潇潇：一定要等！……哎，我爸妈呢？

两人转过身朝山上疾步跑去。

45. 外景　仙境景区/凉亭/山道上　日

乔父挂着登山拐杖，头戴遮阳帽；乔母疲惫不堪，两人坐在凉亭里休息。

乔父：我给潇潇打了十几个电话，没人接。

乔母：不会出啥事吧？

乔父：别瞎想，没事的。

乔潇潇与余成双从凉亭旁经过，乔父一眼看到他俩。

乔父正在喝水，差点被水呛了嗓子。

乔父：潇……咳咳……潇……

乔母：你慢点喝。

乔父走出凉亭：潇潇——

乔潇潇转过身，看见父亲，连忙止住脚步。

乔潇潇与余成双走向凉亭。

46. 外景　仙境景区—大门　日

乔潇潇扶着乔母，余成双挽着乔父。

四个人走出景区大门。

乔父埋怨：都是那个辛勤奋，害得大家没玩好，还让潇潇受了伤。

乔母：别埋怨啦！潇潇也是见义勇为嘛。

余成双：潇潇实在太善良了。

乔父：嗯，你这话算说对了。

乔潇潇瞪了余成双一眼，余成双连忙闭上了嘴。

乔母凑近乔父低声说：潇潇这同事，人蛮不错的。

乔父点了点头。

47. 外景　仙境景区—山道上　日

辛勤奋扶着顾昕然慢慢地走在山道上。

顾昕然走路一拐一瘸，看上去每走一步都显得很吃力。其他的蹦友像一群战败的残兵。

辛勤奋（画外）：你不是喜欢刺激吗？

顾昕然（画外）：唉，跳下时磕了腿。

乔潇潇几人走得比较快，当与辛勤奋擦肩时——

乔潇潇：你先忙，明天找你。

辛勤奋：我都成这样了，你就别烦我啦。

乔潇潇：不行。

乔潇潇走了过去，与余成双相视一笑。

48. 内景 减税降费办公室 日

工作人员各安其位。

梁主任走进办公室。

梁主任：乔潇潇和余成双呢？

刘立民：潇潇父母来了。余成双……

梁主任：潇潇的父母来我知道……余成双呢？

49. 内景 天仙民宿——大堂 日

耿老太太浓妆艳抹地坐在一把圈椅上。

关姐在一旁拖地。

耿老太太：昕昕，我告诉你，勤奋可老实了……

辛勤奋：耿婶，您今天不去扭秧歌？

耿老太太继续对顾昕然唠叨：我从没见过小媳妇、大姑娘找过勤奋，他绝对是个本分的小伙子。

顾昕然耳朵里插着耳机，在手机上搜寻着蹦极视频，看得不亦乐乎。

耿老太太见顾昕然没反应，于是提高了音量：昕昕，你听见没有？

顾昕然依旧没有反应。

辛勤奋：她正忙着呢！……待会儿我告诉她。

耿老太太：哼，不理我！我走啦。

耿老太太起身时，圈椅套在她的臀部拿不下来。

关姐见状，连忙过来帮她取下来。

耿老太太整了整裙子，摇着手里的彩色手绢，扭着出了大堂。

50. 内景 减税降费办公室 傍晚

办公室里灯光亮了。大家还在加班工作。

乔潇潇与余成双进屋，同事们纷纷围了上来。

同事甲：咋样啦？

乔潇潇：看热闹不嫌事大。

余成双：唉，这顿让"大熊"给批的，差点"咽气"。你不是跟他请假了吗？

乔潇潇：唉！是请了，消息在对话框里一个劲儿地字斟句酌，最后忘了发出去，大概我是用意念请的……

梁主任快步走进来。

梁主任：刚接到仙境景区管理处的电话，事情搞清楚啦！是我武断，缺少调查研究，我向乔潇潇和余成双道歉……

余成双：梁主任，不用客气。

梁主任：但是……

余成双一愣。

梁主任：你俩事先没请假，检查还得写。

51. 内景 山南省税务局——会议室 日

"税说天下"翻译评比会正在进行。

乔潇潇站在台上用英语交流。她身穿制服，飒爽英姿。

乔潇潇：In general, an Australian tax resident is determined by the common law and the written law based on one's specific circumstances. For example, people who have resided in Australia for more than half a tax year may be a tax resident. For further information and help, people who have complex circumstances can consult a tax advisor or contact the Australian Taxation Bureau…

（中文：一般情况下，判定个人是否为澳大利亚税收居民，依据普通法和成文法并结合该人具体情况确定。例如，一个纳税年度内，在澳大利亚居住时间超过一半的个人，很可能构成澳大利亚税收居民。个人如果由于情况复杂等原因,在认定澳大利亚税收居民身份方面需要进一步帮助的话,可以咨询税务顾问或联系澳大利亚税务局……)

台下响起一片掌声。

52. 内景 减税降费办公室 日

乔潇潇将自己写的检讨书(手书体)贴在白板上——

我擅自离岗,目无组织纪律,没有绷紧纪律这根弦,这是严重的错误,是自由主义泛滥的具体表现。其危害甚大,影响极坏……

刘立民站在墙板前:嗯,蛮深刻。

乔潇潇瞪了刘立民一眼。

刘立民:咦,余成双的检查呢?

余成双站在他的身后:这个,就不劳你操心啦。

他走上前,把自己写的(打印稿)也贴了上去。

刘立民:看看,人家潇潇是手写的检查,这叫态度诚恳。

余成双:你就别卖嘴啦!……过来,跟你说个事。

两人凑到一起,低声说了起来。

53. 内景 乔潇潇家—客厅 夜

响起几下轻轻的敲门声……

乔父走过去开门。

门开了,余成双提着礼品盒进屋。

乔父热情地:潇潇妈,小余来啦!……嗨,来就来嘛,带什么东西?

余成双:叔叔,这是当地的茶叶,不成敬意。

余成双将礼品盒放在茶几上。

乔母从房间里走出来:小余,快坐。

她给余成双沏了一杯热茶放在茶几上。

余成双坐到沙发上:我是潇潇的同事。

乔父:我们知道。

余成双:哦……

乔母:我们潇潇平时粗心大意的,多亏了有你们这些同事照顾。

余成双:潇潇很优秀,工作能力非常强……最近她翻译的作品,获得了省局的二等奖。

乔母:是吗!……小余,你喝水。

乔父:你有什么业余爱好?

余成双:……喜欢写诗。

乔父:不错……平日炒股吗?

乔母:哦,你叔就喜欢炒股。

余成双:这个……偶尔炒炒,不精通。

乔父笑:都是小散户嘛。

正在这时,乔潇潇走进客厅。

乔潇潇板着脸,右胳膊缠着白纱布:你怎么来啦?

余成双:来看看叔叔阿姨,顺便看看你的伤恢复得咋样。

乔潇潇:在单位又不是见不着。

乔父出来打圆场:我和小余在谈股票的事。

乔潇潇问余成双:你也炒股?

余成双:我是价值投资者。

乔潇潇调侃:也套牢了吧?

乔母:潇潇,你跟小余聊聊。

乔潇潇:天天在同一个办公室里……

余成双有些尴尬。

乔母连忙出来化解:他难得来家一趟……小余,喝水,喝水!

54. 内景 天仙民宿—大堂 日

耿老太太从门外进来,手里端着一

盆饭。

耿老太太小心翼翼地迈着双腿：昕昕，快来……鱼鱼！

顾昕然坐在前台：鱼？

耿老太太：不是鱼，是鱼鱼……勤奋呐？

辛勤奋从里间走出来，上前接住耿老太太的饭盆。

辛勤奋：哎呀，玉米面鱼鱼……还有韭菜葱花，油泼辣子。

顾昕然从里间拿出碗筷。

耿老太太：我吃过啦！……给你俩的。

顾昕然：谢谢耿婶！

耿老太太：一碗鱼鱼，有啥可谢的。

辛勤奋当即狼吞虎咽地吃了起来。

耿老太太：哎，会吃鱼鱼不？……听着，吃鱼鱼的要领：左手端碗，右手拿筷子，嘴搭在碗沿上。筷子在碗里一划拉，嘴及时轻轻一吸，直接咽下去……千万别用嘴咬，一咬，这口感就全完啦。

顾昕然不解：直接咽下去？

耿老太太：对，一定要直接咽下去……吃鱼鱼就是为了享受吞咽的快感，你俩好好感受一下……

耿老太太的话还没说完，辛勤奋喷出一口鱼鱼来。

耿老太急忙躲开，掏出彩帕在身上掸：你看你看，你不吸鱼鱼，吸辣椒干吗？

她掸着上衣，回转身，离开。

顾昕然用勺子在盆里搅动着：这老太，什么鱼鱼，没看见一条鱼嘛。

辛勤奋呛得咳嗽不已。

55. 外景　人行道上　日

天空中有一群鸽子飞过……

葛曼丽的老公胡子拉碴，满脸倦容，衣衫随意，狼狈不堪。他右手抱着哭泣的孩子（2岁），左手提着一包婴儿用品。

他哄着孩子，从人行道匆匆地走过。

56. 内景　减税降费办公室　黄昏

办公室一片忙碌的景象。

接打电话的声音不绝于耳；键盘的敲击声；同事们拿着文件来回穿梭……

刘立民走近余成双，压低声音：昨天咋样？

余成双（难掩心中窃喜）：挺好。

刘立民：见着潇潇的父母啦？

余成双：都见了……茶叶也收下啦。

乔潇潇：余成双，你过来！

余成双连忙走过去：来啦，来啦！

乔潇潇用下巴示意桌底下：把它拿走。

余成双低头一看，正是他昨晚送的礼品盒。

余成双脸红了，低声道：你这是……

乔潇潇：你不拿回去？

余成双：我拿，我拿。

余成双弯腰拿起礼品盒，转身给刘立民做了个鬼脸。

刘立民坐在自己的工位上没有吭声。

突然，室外传来孩子的啼哭声。

葛曼丽抬起头，语气肯定：是杭杭！

话音未落，一个男人抱着一个抽泣的孩子走进办公室。

葛曼丽连忙冲过去抱起孩子：杭杭，想妈妈啦？……妈妈在，不哭不哭。

葛曼丽说着，眼泪忍不住流了下来。

杭杭搂住妈妈的脖子：妈妈……呜呜……不要杭杭。

葛曼丽：妈妈要杭杭，怎么能不要呢？

葛曼丽丈夫：你这早出晚归的，孩子见不到你，许是太想你了，今天是怎么都哄不住，非吵着要妈妈……

葛曼丽没说话，紧紧地抱着孩子，轻轻地拍着。

乔潇潇跑过去：杭杭不哭，阿姨陪你玩。

带着眼泪的杭杭已经在葛曼丽怀里笑了。

余成双拿出一个电子狗，"汪汪"叫了两声，顿时吸引住了杭杭。

杭杭接过电子狗，葛曼丽把杭杭放在地上，孩子玩了起来。

葛曼丽丈夫拉着葛曼丽边向外走边悄声说：今天来是有个事得跟你说……

葛曼丽丈夫抱着孩子离开了办公室。

葛曼丽丈夫：你们忙吧。

葛曼丽送丈夫出门，临别前亲了孩子一口，不觉眼眶又湿润了。

葛曼丽丈夫轻声地安慰：你放心！最多哭两声……家里倒是有我……唉……你先工作吧。

葛曼丽丈夫走了，葛曼丽回到办公室，看着桌上全家福的照片，抚摸着照片上奶奶的脸，无声地泪流不止……

乔潇潇看见连忙跑过去询问情况——

葛曼丽：我奶奶去世了（哭得稀里哗啦）我……我是奶奶从小带大的……

大家都围过来安慰……

刘立民：要不要告诉"大熊"？

葛曼丽抽泣道：没事……我刚接了新任务，等忙过这阵子，我再回去……

57. 内景　乔潇潇家——客厅　夜

乔父：小余送给我的茶叶呢？

乔母：潇潇拿走了。

乔父：这孩子……

乔母：我看小余好像对潇潇有意思？

乔父：我看挺好……比你拿来的照片上那个好很多。

乔母：可潇潇对人家好像不太友好。

乔父：我给她打个电话问问。

乔母：算了，别弄巧成拙啦。

乔父：这孩子都被你惯坏了……等她回来，你直接了当地问问潇潇的想法。如能促成这对姻缘，也不枉咱们过来一趟。

58. 内景　减税降费办公室　日

梁主任正给大家开会……

梁主任：……新的组合式税费支持政策特别是大规模增值税留抵退税政策要让广大纳税人缴费人应知尽知、应享尽享，企业、商场街道、居民小区、学校、机关、景区都要宣传到位……乔潇潇，你负责整理宣传内容，余成双负责设计宣传海报……

布置完工作，梁主任转身离去，走到门口顿住：曼丽，你跟我来……

59. 内景　梁主任办公室　日

葛曼丽跟着梁主任进入办公室，相互对坐，梁主任沉思良久。

葛曼丽疑惑道：主任，还有什么工作吗？

梁主任看着曼丽布满血丝的眼睛：曼丽，你家里的事我都知道了，你把手头的工作暂时交接给其他人，回西藏和老人家好好告个别。

葛曼丽又要泪涌，强自忍住：谢谢主任，我速去速回。

梁主任听完，拍着葛曼丽的肩膀：逝者安息，节哀顺变……

60. 外景 小广场 日

六名税务工作人员装扮成六个动物人偶在小广场散发宣传册。

其中,动物人偶有熊、兔子、野牛、河马、大象和兔子。兔子的服装比较特殊,身上既写字又挂符号……前胸写的是:增值税留抵退税(字体颜色鲜艳);后背写的是:小规模纳税人,3%直降1%。(直降两字用一个向下的箭头代替,箭头从绿色过渡到红色。从背部一直延续到小腿上。3%是绿色,固定在双肩之间。1%是红色,挂在左小腿上)。

整个动物人偶宣传员中就数"兔子"跑得快,在人群里穿来穿去,做出各种滑稽的造型逗游客发笑,不少游客争相与兔子人偶合影。

61. 外景 天仙民宿/小广场长廊 日

"兔子"跑了过来,拿掉帽子——原来是乔潇潇。

乔潇潇在接听电话:哎哟,爸……我正忙着呢!

乔父:小余送我的茶叶呢?

乔潇潇发脾气:还给他了。

说完,她直接挂了电话。

乔潇潇一回头,看见在长廊边摆造型的银人辛勤奋(这次摆的是石匠錾石头),她笑了。

乔潇潇走过去,作势轻轻比划了一脚,冷笑:哼,装神弄鬼的。

银人顺势一个趔趄:懂什么呀?我这是行为艺术。

乔潇潇:上次说好了的,你倒好,又不接我电话了。资料给我,我给你退税。

辛勤奋走进长廊坐下,摆了个凝神的造型。

乔潇潇坐到辛勤奋的身边:还觉得我是骗子啊?我已经给3700多户纳税人退完税了。快!干脆利索。

余成双手拿着熊的头套走过来坐到辛勤奋另一边:纳税是你的义务,多缴了退税是我们的职责,请你配合一下。

辛勤奋姿势不变:这点钱,值得你们三番五次地上门吗,真不嫌麻烦。

乔潇潇:麻烦?……国家政策必须执行到位。

辛勤奋:小钱不用退啦……捐出来做公益吧!

乔潇潇:多少都得给你退……做公益是好事,但你得自己去捐。

余成双趁机给辛勤奋手里塞了一张宣传海报。

辛勤奋将宣传海报展平,做出一个认真看的造型。

乔潇潇:好好学学!减税降费政策是为了支持复工复产、减轻各类市场主体的负担……今年第一季度你多缴的税退给你,总共是1319.2元。

辛勤奋:为了我?

乔潇潇:就是为了你!当然啦,还有像你一样的小规模纳税人……请配合一下,资料给我!

走过来几个游客要和银人合影,乔潇潇和余成双只得暂时和他告别。

62. 内景 乔潇潇家—客厅 日

笔记本电脑打开,放在茶几上。

乔父围着茶几在转悠。他以各种夸张的动作和表情不断地喊——

乔父:涨!涨!涨!

| 剧　本 |

股价突然跌落，乔父扑倒在贵妃床上，一副痛不欲生的样子。

乔母嘲笑：没有抗跌心理，你就别炒股！……总共也不过1万元股本，值得你又哭又笑，像个神经病一样？

乔父从贵妃床上爬起来在沙发上坐着生气：你不懂……这不仅仅是赔赚的事，是被庄家戏弄的生气……

咚咚咚……传来敲门声。

乔父大声地：谁呀？

乔母起身开门：小声点！吓着人家。

乔母拉开门，门外站着余成双。

他局促不安，手里提着乔潇潇退还给他的礼品盒。

乔母：快进来。（回转身）是小余。

余成双提着礼品盒，站在茶几旁。

乔父生气地靠在沙发上。

余成双：叔叔这是怎么了？

乔母笑了：他与股市的庄家怄气。

乔母接过礼品盒，看了看乔父：这个……

乔父：收着吧！人家小余是送给我的，我看谁再敢拿出去！（降低声音）小余，你坐！

63. 内景/外景　天仙民宿——大堂/小广场　日

辛勤奋将电动三轮车停在门外。

他把蔬菜等食材往屋里搬。

顾昕然挂着拐杖走出来。

顾昕然：勤奋，你慢点！

辛勤奋：我从来就不是个快手。

门外小广场上。秧歌队伍扭着扭着，扭到了天仙民宿门外。

耿老太太从秧歌队伍里走出来。

她腰里缠着红绸，用彩扇指着辛勤奋：勤奋！这季度的房租，还差13000元……我可是第三次提醒你啦。

辛勤奋呆呆地听着。

耿老太太又扭回到队伍之中。

辛勤奋抱起一箱水，低声自语：那也不要公开说嘛！让人多没面子！

64. 内景　山南省税务局——会议室　日

山南省税务局会议室。

余正方：……今年实施的减税降费政策比以往的力度更大、覆盖范围更广。截至目前，我省留抵退税564.35亿元，小规模纳税人征收率减征2个百分点，纳税人得实惠201.26亿元……

参会者身穿税务制服，整齐地坐在会场上。

余正方继续：……这是国家送给纳税人的超级"大礼包"，里面装的不光有钱，还有着一份温暖……

主席台上坐着七八位领导，个个神情严肃。

余正方继续：……时间紧、任务重、要求高，各部门和各专项工作组要挂图作战，对标对表，紧锣密鼓推进各项政策落实落地……

一组闪回镜头——

减税降费办公室里年轻的税务工作者正在紧张地工作……

乔潇潇灯下翻译资料……

梁主任使劲地关上办公室的门，趴在桌上哭泣……

余成双走进某企业财务处……

葛曼丽老公和孩子来办公室……

镜头环视坐在主席台下乔潇潇、余成

双、刘立民、葛曼丽、梁主任和其他同事。

余正方继续：……我们要早退、快退，也要确保退准、退稳。从全省情况来看，留抵退税工作整体开展情况较好。但是，也存在一些问题，比如，小额税款退税进度较慢……

主席台下。乔潇潇耷拉下眼睛，刘立民、葛曼丽显得不自在，余成双满脸笑意。猛然见乔潇潇耷拉着眼皮，他收起笑意。

余正方继续：……同志们，越快送达减税降费政策带来的"真金白银"，就能越快改善市场主体的现金流，促进经济社会稳健发展。我们要始终坚持把纳税人缴费人根本利益放在首位，全力以赴、争分夺秒，确保税费优惠政策"应享尽享"……

65. 内景 乔潇潇家—客厅 日

乔父正在喝茶。

门外响起乔潇潇的声音：爸……妈……

乔父打开家门，乔潇潇手里提着头盔进屋。

乔潇潇看见茶几上打开的茶叶袋子，一愣——

乔潇潇：谁送来的？

乔父喝了一口茶，慢吞吞地：小余。

乔潇潇：这你就敢喝？

乔父：茶叶又没毒，怎么不敢喝？……嗯，茶叶不错，你也来尝尝。

乔潇潇生气地：你就这么爱占便宜？……妈！

她委屈地跑进自己的卧室。

乔母：哟，闺女……别生气！

乔父：怎么啦？人家小余是来看我的，还请了俩小时假跑过来的……不就一罐茶叶嘛！

66. 内景 天仙民宿—大堂 日

顾昕然一瘸一拐地在大堂里练习走路。

——看得出来，她的腿伤已经好多啦。

辛勤奋坐在前台检查自己的"银衣"。

顾昕然：扶我一把！……那"僵尸服"有啥好看的？

辛勤奋：别贬低我追求的艺术……我表达的是我对生活的理解，纯粹是个人爱好，既不追求刺激，也不讨好谁，安然自在。

顾昕然：这次回来，我发现你和那个收税的乔潇潇有点不太对劲……

辛勤奋：瞎说什么？……我总共只见过她两次。

顾昕然：为啥你扮"僵尸"她老围绕着你转？你跳崖，她宁肯受伤也要拼命拉住你。而我的死活却无人关心……你俩是不是盼着我摔死？

辛勤奋：你别胡搅蛮缠，不讲道理。

顾昕然：你以为我没看见？不是游客给你拍照，一对鸳鸯能分开吗？

辛勤奋：你干脆把我冤死蒸了吧！不用撒盐，我眼泪已经够咸了。

忽然，门外传来耿老太太沙哑的声音：勤……奋……

辛勤奋慌忙藏进墙角的纸箱里：就说我不在。

耿老太太描眉画脸，一身红装，手里拿着跳舞用的彩扇，扭着走进门。

耿老太太：昕昕，勤奋呢？……广场上没看见他。

顾昕然：到税务局找小姑娘去啦。

耿老太疑惑地：咦，哪个小姑娘？他不是处处躲着一个吗？

顾昕然：嗯，他想通了……哪个男人经得起美女的纠缠？

耿老太太：哦，那个姑娘啊。我看她挺好的，前些天来宣传政策，那态度叫一个好！还说现在减税降费政策可好了，支持企业发展，你们没听听吗？

忽然，墙角的纸箱有响动，耿老太太回头用脚踢了踢纸箱——

耿老太太：这害人的耗子，你可以用开水烫。

躲在纸箱里的辛勤奋浑身一哆嗦。

顾昕然：我知道啦，你先去忙吧。

耿老太太：我没事，我去拿开水。

顾昕然惊叫一声：不用！不用！

耿老太太一愣。

顾昕然马上变得柔声细气：耿婶，不用你老亲自动手。

耿老太太：我看你腿脚不方便……

顾昕然尴尬地笑了：我怕见到被烫得没毛的老鼠……我有别的招。

耿老太太：莫非你想捉住煎着吃？

顾昕然翻了翻眼睛，无言以答。

67. 内景 减税降费办公室 日

乔潇潇正在给辛勤奋打电话……

余成双给乔潇潇端来一杯水，乔潇潇白了他一眼，转过身去。

余成双知趣地离去。

68. 内景 天仙民宿——前台 日

顾昕然与耿老太太正在"斗嘴"。

忽然，前台墙角的纸箱里传出手机的铃声。

顾昕然和耿老太太吓了一跳。

耿老太太调侃：如今老鼠也有手机啦？

她顺手抄起一个登山拐，朝纸箱里乱戳。

辛勤奋狼狈不堪地从纸箱里跳了出来。

辛勤奋：别戳啦！……有话好好说嘛。

耿老太太：好说？……我让你装耗子！

顾昕然哭笑不得，只好戴上耳机继续刷手机短视频。

辛勤奋：我在纸箱里逮耗子呢。

耿老太太：你给我听好啦……本季度的租金立马交齐。要不然的话……

辛勤奋连忙拱手作揖：耿婶，因为疫情之前亏得厉害，这民宿生意刚有起色……求您再宽限两天。

耿老太太：你就知道在景区门口吓人……有那工夫，还不好好琢磨琢磨民宿的生意，弄个什么网红打卡地聚聚人气。你一天啊，尽不干正事儿！

辛勤奋：您再等等，马上就凑够了。

耿老太太：那好，就给你两天！

门外传来扭秧歌的鼓点声，耿老太太一摇扇子扭了出去。

69. 内景 余正方家——客厅/书房 日

余成双开门进屋。

余成双：二叔，你叫我？

没有回应。余成双直接进了书房。

书桌边正在看书的男人抬起头来——原来是山南省税务局局长余正方。

余正方随意地：哦，坐！……好久不见上门啦。

余成双无拘无束地：在忙减税降费的事呗。

余正方：你再给我说说这事。

余成双：都说过好几次啦！上个月在省局开会，你讲的那些……

余正方：都过去一个月啦，肯定会有新情况。你在税务工作一线，比我了解得多……事无巨细,都说一说。晚饭就在我这吃,让你二婶给你炒两个菜。

余成双:你怎么总在我这打探情况?

余正方笑了:嗨,近水楼台先得月嘛!你在一线看到、听到、想到的都是我要知道的。(调侃)还望不吝赐教。

余成双:减税降费政策好,可在具体执行中还是有一些细节问题。时间紧、任务重,比如大家连轴转十分地缺觉,忙完这阵子要是能大睡几天就好了!……

余正方:你这小子!说正事!

余成双低头看了眼手机,是乔潇潇发来的消息:余成双,你在哪?

余成双:市里。

乔潇潇:那算了。我再去找一趟辛勤奋,我找曼丽姐和我一起去……

70. 外景 山道上 日

天色昏暗,乌云滚滚。

乔潇潇戴着头盔,骑着摩托车在山道上疾速行驶。

忽然,电闪雷鸣,暴雨如注。

71. 外景 山道上 日

一辆网约车在大雨中行驶。

透过车窗,可以看见坐在副驾驶座上的葛曼丽。

葛曼丽:快点!

司机:雨天,快不了。保护乘客安全是我们的首要责任。

葛曼丽抱怨:约了半天,约了你这辆老爷车。

司机无奈地:唉,不是跑不动,而是不敢跑。

72. 外景 天仙民宿 日

天下着大雨。

乔潇潇骑着摩托车来到天仙民宿门前。

她卸下头盔,健步走进大堂。

73. 内景 余正方家—书房 日

屋外下着大雨。窗户上有雨水滑落。

余成双:……跑多次退不出去的税,各有各的原因。不愿意退的十分普遍;身份证、账号多次提供不对的也不少;缴、退账号不一致的,财务人员出差不在单位的,因意外伤亡离世的,各种原因,五花八门……

余正方认真听着。

74. 内景 天仙民宿—大堂 日

屋外雨仍在下着。

顾昕然正在给一名客人办理入住手续。

辛勤奋递给客人一把雨伞:雨伞……免费使用!

乔潇潇浑身湿淋淋地走进大门:给我也登记一间!……辛勤奋,再不提供资料,我就住下不走啦!

顾昕然抬起头来,看见乔潇潇:那好啊,正好给我们增加收入嘛。

这时,葛曼丽撑着伞走进来拍着乔潇潇的肩膀:可算赶到了,你这急性子……

葛曼丽转头对着辛勤奋:请见谅,你为什么不愿意退税呢?是政策不清楚吗?我们可以再给你讲讲,还请支持我们的工作。

辛勤奋看着乔潇潇:不用讲了。宣传册我认真看了,之前是我误会你了。稍等,这就给你们拿资料!不过,我还有点疑问。

75. 内景 余正方家—书房 日

余成双:……二叔,有些事很难说,跑许

多次去找纳税人,办法想尽,对方只说一句话:太麻烦!……在你几乎失去信心时,最后再试一次,还没张嘴,对方却主动把资料给你啦,(笑)你说邪不邪?

余正方放下笔:可能还是方法问题……追着纳税人退税,有些被动,人力成本也高;如果改变一下策略,或许……

余正方站起来,踱到窗前,看着窗外——

外面电闪雷鸣,暴雨如注……

76. 内景 天仙民宿—大堂 日

葛曼丽走到大堂的一角接电话:……孩子发烧了?!我这还有事呢……

乔潇潇走过来:曼丽姐,你赶紧回去照顾孩子。辛勤奋取资料去了,在系统走流程办退税就可以了,我带回去处理。

葛曼丽:车还在外面停着,咱俩一起走。

乔潇潇:孩子的事比较急,你先回去。我骑着摩托车呢,你不用担心……

葛曼丽:哎,那你等雨停了再走……山道不好走,很危险。

乔潇潇:我知道啦。

乔潇潇看着葛曼丽上车走远。

77. 内景 天仙民宿—大堂 日

顾昕然忙着给客人取东西,从侧门出去了。

辛勤奋拿出准备好的资料:给,全在这里啦……

乔潇潇:好咧,今天态度怎么一百八十度大转弯?

辛勤奋:唉,以前是我狭隘,没有站在你们的角度考虑问题,也没有真正理解国家政策的用意。

乔潇潇笑了:嗨!对了,你不是还有疑问吗?

辛勤奋:我的疑问就是,你怎么那么认真呢,我被你感动了。说到底,我连整天扭秧歌的耿老太太都不如。

乔潇潇:耿老太太是谁?

辛勤奋:哦,我的房东。

顾昕然从侧门走进大堂:客人等着洗漱用品呢,你却在这聊天?

乔潇潇收好了辛勤奋的资料:我会尽快给你办。

辛勤奋:雨大,等停了再走吧。

顾昕然:哼,你操的哪门子闲心?

乔潇潇把辛勤奋的资料装进防水包,放进贴身处,然后朝门口走去。

辛勤奋(对乔潇潇):哎,外面还在下雨!

顾昕然:多管闲事!赶快去送洗漱用品!

乔潇潇大步走出民宿大门。

78. 内景 乔潇潇家—客厅 傍晚

乔潇潇手里提着头盔,浑身湿漉漉的,步履蹒跚地走进家门。

刚进门,她就瘫倒在地上。

乔父赶紧走到乔潇潇跟前看了看,惊叫起来:快……快打120!

响起救护车刺耳的声音……

79. 内景 天留区第三人民医院—急诊室 夜

刘立民与刘父走出医生办公室,正好碰见五六名医护人员推着一个病人,疾步进了抢救室。

刘父快步跟了进去。

乔父和乔母跟在推车后面一路小跑：潇潇……

刘立民（自言自语）：潇潇？……是乔潇潇！

乔父与乔母瘫坐在抢救室门外的长椅上。

刘立民走过去，将他们扶进了医生办公室。

他一边安慰一边递上热水。

然后，刘立民掏出手机拨打起来……

80. 内景 余正方家—书房 夜

余成双在接听电话……

余成双大吃一惊：你确定？！

刘立民（画外）：确定，是乔潇潇！——正在急诊抢救！

余正方：出啥事啦？

余成双顾不上回应，匆匆地跑出书房。

余正方：拿上伞！

余成双啥都顾不上了，冲出大门而去。

余正方诧异：这孩子……

81. 内景 急诊部—走廊上 夜

余成双浑身上下水淋淋的，从走廊一头跑到抢救室门口。

刘立民站在抢救室门前。

余成双大叫：人呢？

刘立民：别大喊大叫！

余成双：潇潇她到底怎么啦？

刘立民：我问了，是去天仙民宿拿退税资料，回来的路上遇到暴雨……潇潇母亲说，潇潇正生理期，被冷雨一浇，山风一吹，严重受寒……我爸在里头呢！我家老爷子医术还可以，她应该无大碍。

余成双：又是辛勤奋！（咬牙）我非找他好好说说！

刘立民安慰他：别担心！有医生坐镇，没问题的……唉，下雨天也不知道躲雨，还骑摩托车冒雨往回赶。

余成双：潇潇一贯性子急。

刘立民的手机响了……

他按键接听：哦，曼丽姐。

葛曼丽（画外）：立民，成双电话没人接……潇潇去天仙民宿拿资料，山区路陡，又下雨，她骑摩托车很危险。我想让成双去接一下潇潇……

余成双忙掏出电话查看，见有葛曼丽10余条未接来电。

刘立民：曼丽姐，你放心！……你也是的，都批了你假了，结果你头天去，第二天回！

葛曼丽（画外）：还是放心不下你们嘛！

刘立民：曼丽姐，你放心！……电话里怎么有孩子的哭声？

葛曼丽（画外）：我在儿童医院呢。

刘立民瞥了一眼余成双：嗨！我就和成双、潇潇在一块呢，你安心地陪孩子吧！

葛曼丽（画外）：我刚刚心里还不踏实，那就好。

82. 内景 抢救室外 夜

抢救室的门打开，刘父走了出来。

余成双和刘立民围上前来。

余成双：刘叔，潇潇咋样啦？

刘父：体温降下来了！马上回病房，她需要好好休息。

余成双：谢谢刘叔！

刘父：多亏送来得及时。

一名护士端着托盘出来：谁是病人家

属?……这是病人的东西。

刘立民走过来,拿起托盘的资料:唉,就为这两张表,拿生命冒险……值吗?

余成双:潇潇心气盛,干啥都要最好……

83. 内景 潇潇的病房 日

一抹阳光从窗户透进来,照在乔潇潇的病床上。

乔潇潇还在昏睡。

乔父与乔母守候在她的身边。

84. 内景 潇潇的病房 日

葛曼丽坐在床边给乔潇潇剥柑子。

葛曼丽埋怨:那晚,成双和立民也不告诉我实情。

乔潇潇:他们怕你着急呗。

葛曼丽掰下一瓣柑子塞进乔潇潇的嘴里:命是自己的,也是家庭的,更是父母的……你想过没有?

乔潇潇伸手接住柑子:别说得那么严重,我又不是自杀。哎呀,对不起了,让你们担心了。

葛曼丽:这和自杀有啥区别?……淋着冰冷的暴雨,不顾身体、不顾滑坡、不顾山道弯多……我就纳闷了,你分秒必争地赶回来干什么?

乔潇潇:前天是月底的最后一天,加上辛勤奋这户,按照进度咱们区局正好提前一天完成本月任务……不能因为我拖大家的后腿,今年咱局必须还是优秀。

葛曼丽:等雨停了,再赶回来也来得及。

乔潇潇:谁知道雨下到啥时候?……得分秒必争,赶时间呀!

乔父与乔母提着汤罐进来。

乔母:喝点鸡汤。

85. 内景 天仙民宿—大堂 日

大堂里,耿老太太正在练习走秧歌步。

一位客人走进来。

耿老太太:昕昕,我逼勤奋要钱,是为了激发他的上进心。

顾昕然不理会她,忙着给客人登记住宿。

耿老太太:我会让你看到一个老同志的觉悟,看到宽阔、大海般的胸怀……

关姐在打扫卫生。

顾昕然头也不抬:耿婶,你去广场扭吧,那里宽敞。

耿老太太走出大门。

少顷,辛勤奋进门。

辛勤奋:昕昕,资金收回一些了,加上退税,钱正好够了。

顾昕然:好,千万别耽搁,秒速给耿老太太转过去。

辛勤奋掏出手机操作:好了,转过去啦。

顾昕然:她再来,我非轰她出去不可。

辛勤奋:干什么呀?老太太人挺好的,让我欠账,还端鱼鱼给我们吃……我忙不过来时,她还给我看门户呢!

顾昕然:这种事,一般邻居都会做,何况她是靠你赚钱的房东?

辛勤奋:老太太独自过日子,孤独寂寞是难免的。

顾昕然瞪着眼睛:我可受不了别人总来打搅我,叽叽喳喳……

辛勤奋的手机来了信息,辛勤奋拿起手机瞟了一眼。

辛勤奋:哎呀!耿婶发来的信息。

顾昕然:嗨,至于这么激动嘛!

辛勤奋：我读给你听——勤奋、昕昕，你们好！我知道这两年你俩经济紧张，这都是新冠肺炎疫情惹的祸。这些天税务局的小姑娘前前后后来了这么多趟，我也听了一二，国家的减税降费政策好，给你们减轻负担，我也不能无动于衷，想着要给你们搭把手。这样吧，我免掉你们今年第一季度的房租，刚交给我的13000元也全部退还给你们，感谢你们能接纳我这个老太太。尤其是昕昕，总是耐心地陪我说话，令我感动。好好做下去吧，孩子们，我看好你们哟！

顾昕然听到这里，羞愧地低下了头：我……她说我有耐心？可我总是顶撞她。唉，这个耿婶！……

她说不下去了。

辛勤奋惊叫起来：转账真来了！……咋办？

顾昕然：这老太太把我弄蒙了……

86. 内景 余正方家—客厅 日

余成双：昨天是周日，乔潇潇去天仙民宿要资料，被暴雨浇了一路，受了风寒，差点酿成事故。

余正方认真地听：噢……你这个同事真不简单。

余成双：嗯，她工作太拼命，为给这户民宿退税，她胳膊还受了伤。她一人负责3017户，铁人也受不了啊！……何况还是个女同志。

余正方：好一朵铿锵玫瑰……她在哪家医院？

余成双：第三人民医院。

余正方：走，去看看她。

余成双：你自己去吧！……我不想让她知道我们的关系。

余正方：好吧，那我来安排。

87. 内景 天仙民宿—大堂 日

辛勤奋身穿银装，手里拿着宣传册跑进门来。

顾昕然：今天咋这么早收工回来？

辛勤奋：税务局的来给游客宣传政策，我还稀奇了，那个又轴又倔的收税的，不，退税的咋没来。一问才知道，下雨那天她淋了雨，住进医院了。

顾昕然：病了？

辛勤奋：听说差半口气没命。

顾昕然：这么严重？

辛勤奋：相当严重。

顾昕然：那……我们是不是应该去看看？

辛勤奋点点头。

88. 内景 潇潇的病房 日

梁主任带着余成双、刘立民，还有其他同事一块来看望乔潇潇。

梁主任：你安心休息，工作上的事暂时不用考虑。

乔潇潇：辛勤奋的税款退回去没有？

余正方（画外）：退了，已经到账啦。

随着说话声，市局、区局的局长以及省局和市区局的办公室主任簇拥着余正方走进病房，瞬间挤满了病房……

乔潇潇惊讶地：局长好！各位领导好！

区局局长笑着解释：余局长正好在调研减税降费工作开展情况，听说了你的事情，特意来看望你……

余正方笑了：我是余正方，你可以叫我老余。税费政策的落实离不开每一位基层同

| 剧 本 |

志的辛苦付出，天留区的同志们做得很好，乔潇潇同志更是典型，祝你早日康复。同时表达我个人的一份敬意……我以一个老税务人的身份，向你致敬！给你点赞！

说着，余正方向乔潇潇竖起了大拇指。

乔潇潇诚惶诚恐，意欲下床。

余正方连忙上前扶住乔潇潇：你是病人，要卧床休息！

乔父：谢谢领导和同志们的关怀。

病房里，大家畅快地聊了起来，时不时传出一阵欢笑。

省局办公室主任：乔潇潇同志，办公室准备将你的事迹宣传出去！

乔潇潇：别宣传我了，宣传大家吧，工作是大家一起做的，我只是做了自己分内的事。

省局办公室主任：看看这小同志，有觉悟！

余正方：要宣传，让更多的同志学习先进、激发斗志、焕发精神，也是税务工作的一个重要组成部分。

89. 一组蒙太奇切换画面——

特写：一份税务报纸的新闻标题：暴雨冲不垮的信念

视频："汇聚奋进力量　争做最美税务人"先进典型宣讲会

余正方正在视频会议上讲话……

字幕：西峰税务所。收看视频会议现场……

字幕：南岸区税务分局。收看视频会议现场……

字幕：美原镇税务所。收看视频会议现场……

字幕：凤凰县税务局……

余正方：有了健康的身体，才能为工作作出持久性的贡献。为了工作而损害健康并不可取，而且我们要坚决反对……乔潇潇同志是年轻税务人的代表，税务系统像她这样的税务人不知凡几，他们才是税收现代化建设的中坚力量……

90. 内景　乔潇潇的病房　日

乔潇潇嚷着要出院：我身体已经完全好啦！

护士甲：刘大夫说好了才可以出院，你说不管用。

乔潇潇：病房里憋得慌，我去外面散步总可以吧！

护士甲：走廊的尽头有个露台可以活动。

乔潇潇高兴地：太好啦！

91. 内景　乔潇潇家—客厅　夜

乔潇潇走进家门，扑倒在客厅沙发上。

乔潇潇：哎，终于出院了，回家喽！（她抱住玩具兔）你想我了吗？

乔父与乔母跟在她后面进了门。

乔母：潇潇，想吃啥，妈给你做。

乔潇潇：几天没动，胖了3斤呢。

乔父似有心事：胖点好。

乔潇潇：我可不想胖。

乔潇潇坐起来，看着父母愁眉不展的样子：你俩有心事？

乔父看着乔母：潇潇，你小弟他……

乔母：潇潇刚出院，别给她添堵。

乔潇潇：小弟怎么啦？

乔父：没怎么……就是最近厂子资金周转出了点问题。

乔母指了指乔父：你呀！……

乔潇潇忙拿起电话，拨打起来……

电话通了，潇潇按了免提，她弟弟叽里咕噜说着闽南话。

乔潇潇：你先别着急，问下财务，增值税增量留抵税额最近连续六个月有多少？

弟弟：现在增量留抵税额已经快60万元了……

乔潇潇：你现在赶快去税务局申请增量留抵退税，按照要求提供资料和信息……

弟弟：之前这边税务局的也联系过我，我想来想去还是别退了，厂子这情况，还是留着以后缴税用吧。我再想想别的办法。

乔潇潇：你呀，平时挺灵光的，咋这会儿转不过来弯了呢？国家出台减税降费政策，就是要为企业纾困解难，要提振市场主体信心的。正是因为厂子情况不好，才要用这笔钱救急，先解决眼下的资金问题，把难关渡过去，厂子运营好了，销售额上去了，还怕以后没钱缴税？

弟弟、乔父（异口同声）：能行吗？

乔潇潇：能行！一家人，还不相信我？我可是专业的！

92. 内景 减税降费办公室 日

每个人像往常一样忙碌着。

梁主任走进办公室：占用大家一点时间……接到上级通知，《税收文学》正在开展"减税降费"征文活动，文体不限，希望大家踊跃投稿。成双……

余成双从桌子底下露出头来：我在这呢！……电脑坏了，修一修。

梁主任：征文，听到没有？你不是会写诗吗？写一首减税降费的诗歌，回头交给我看看。

梁主任：（又看向乔潇潇）乔潇潇写一篇散文，有困难吗？

乔潇潇：我写个总结还凑合。

梁主任：写一篇吧，这段时间发生了这么多事，你应该最有心得。

93. 外景 仙境景区——大门口 日

辛勤奋与顾昕然站在景区大门口的草坪边。

辛勤奋指指点点，神情激动地：就这么办！我去找景区领导说。

顾昕然：听起来有点创意。不过，蹦极都不让干，估计景区不会同意。

辛勤奋：现在的人出门玩，谁愿意住在方方正正的房子里，谁不想吊在半空中，或者住在陡峭的悬崖上。

顾昕然：有道理！不过，有"恐高症"的肯定不行，老人小孩也不在其列。

辛勤奋：吊在悬崖上，体会的就是这个"悬"字。有人还想上树去住，当一回猴子，体会的是一个"摇"字。上雪山、钻地洞、下深水，啥花样都有，啥体验都新鲜。咱不过就是搭个帐篷，给游客提供野外生活的体验而已。

顾昕然：我支持你！……你去跟他们谈。

辛勤奋：我马上去找耿主任，你回去等胜利的消息吧！

辛勤奋向景区管理处走去。

94. 内景 减税降费办公室 夜

乔潇潇在敲电脑。

电脑屏幕上显示的文章题目是："减税降费"进行时。

余成双在抓耳挠腮，他面前的纸上只写了两行字——

| 剧 本 |

减税降费意义大
优惠政策人人夸

余成双自言自语：唉，梁主任还是不了解我，我明明擅长写的是"抒情诗"。

余成双起身，悄悄地绕到乔潇潇身后，被乔潇潇发现，她关掉文档页面，打开画图程序。

余成双悄悄地站在乔潇潇的身后。乔潇潇假装没有发现，在画图的页面上操作着。

余成双看了看，吐了吐舌头，又回到自己的座位上。

乔潇潇忍不住，偷偷地笑了。页面上写着几个大字：不许偷看！

95. 内景 天仙民宿——大堂 日

辛勤奋在化妆，他把脸涂成了银色。

辛勤奋：耿主任还行。他支持搭帐篷，说是和景区的生意互促互进。别看他人老了，思想还挺新潮。不过，他说要请示一下上级，可能还需要等几天。

耿老太太从门口进来，摇着秧歌扇。

顾昕然极其热情地：耿婶，快过来坐！茶我都泡好啦。

耿老太太满脸得意，坐在高脚凳上，瞅瞅这个瞅瞅那个。

辛勤奋：您……

耿老太太：叫耿婶。

辛勤奋：耿婶，您这是又练上啦。

顾昕然端着茶水恭恭敬敬地递到耿老太太手里。

耿老太太：年轻人创业不容易，靠勤劳吃饭，靠能力吃饭，我支持！……这是我的一贯原则，也是我的风格。

辛勤奋与顾昕然异口同声地：您老说的是。

耿老太太：找景区说什么搭帐篷的事？

辛勤奋愕然：您怎么知道的？

耿老太：你俩说话我听见了，耿主任是我娘家兄弟。

辛勤奋吃惊地：啊？……您怎么不早说？

顾昕然：真没想到，您还有这层关系。

耿老太太：不过，如果不符合规定肯定没戏。

顾昕然给耿老太太续水：来……再喝点茶。

耿老太太：扭秧歌不能喝太多水，否则哪有工夫上厕所。

顾昕然：那……别喝了。

耿老太太：我说不能喝太多，又没说不能喝。

96. 内景 减税降费办公室 日

梁主任进屋：葛曼丽，拿上本子和我去见宁局长。

梁主任出门，葛曼丽跟了出去。

其他同事继续接听电话……

乔潇潇还在修改文章：……减税降费政策可以让企业释放出更大的利润空间，增强企业的活力。总之，这项贴心的税费优惠政策是政府践行以人民为中心的发展思想的生动体现。

乔潇潇自言自语：好像把散文写成报告啦。

她摇了摇头。

同事甲：我再退税3户，4509户就全部OK啦！

97. 内景 乔潇潇家——客厅 夜

乔母：也不知潇潇今晚回来不？

乔父：说不准，我给她打个电话吧！

乔母：她不让随便给她打电话。

乔父：我有重要事跟她说。

就在此时，乔潇潇匆匆地进屋。

乔潇潇：妈，我有一本散文书放哪啦？

乔母：你在书柜里找找。

乔父：潇潇，我给你说点事。

乔潇潇：啥事？

乔父：股票今天挣了260元，是我自己选的，没再听那些专家的。

乔潇潇：没赔就好……咦，我记得书放在床头上，哪去了？

乔父跟在潇潇的后面：小弟让我告诉你，税务局速度特别快，退税已经到账了，资金问题解决了一大半。

乔潇潇：我说的没错吧？

乔父：对，税务局还给他出了一份等级证明，说你小弟是A级，拿到银行，还能给贷款呢。

乔潇潇：是纳税信用等级。

乔父高兴地：总之问题全解决啦。

乔母拿着一本书走过来：潇潇，是这本？

乔潇潇拿过来一看：就是这本！……爸，你给小弟回个电话，说按时纳税，守法经营，坚定信心。

她开门离去。

乔父：唉，这孩子……

98. 外景 仙境风景区——大门外 日

景区大门外。偌大的草坪上搭起绿色、黄色、白色、蓝色等彩色的帐篷。

辛勤奋装扮成吃裤带面的艺人站在草坪上。

顾昕然满脸微笑地与蹦友们正在朝帐篷里搬运着住宿的用品。

蹦友甲：这么忙，奋哥还装"僵尸"？

顾昕然：别管他！他就这么点爱好……今晚咱们必须布置好，明晚有客人入住。共12个帐篷，每个帐篷每晚2000元，已经全部预定出去了……狸猫，你说这些人是不是疯了？放着舒适的民宿不住，偏爱住帐篷。

蹦友甲：在别人眼里，酷爱蹦极的我们也不走寻常路。

99. 内景 天留区税务局——图书室 日

乔潇潇站在书架旁，梁主任和十几个同事坐在对面听她朗诵。

她手里拿着打印稿，文章题目是《草木皆花》。

乔潇潇声情并茂地：每当瞭望原野，我们都会被生命婆婆的一草一木所感动，就像被税务干部的朴实辛勤感动一样……

闪回：全国税务系统在贯彻减税降费政策中涌现出来的部分先进单位。

乔潇潇继续朗诵：……税务人也具有草木之心，具有顽强的生命力和随处扎根开花的勃勃生机……

闪回：全国税务系统先进人物工作视频。

乔潇潇继续朗诵：……遥想陕甘宁边区时期的税务人员，像草木一样扎根贫瘠，守望黄土……

闪回：边区时期税务人员征收视频。

乔潇潇：……不论走到哪里，山边掏一个土窑，就是检查站；城门洞堵住一边，就是税务所；石窟里与腐棺同眠，悬崖上伴草木相栖……

闪回：革命根据地税务人员艰苦生活

| 剧 本 |

视频。

乔潇潇：……我们税务人养成了草木的性情和涵养，胸怀宽广，饱含爱心，播撒希望，让税收的季节衔华佩实，常春长青……

闪回：天留区税务局减税降费现场会（余成双、刘立民、葛曼丽、梁主任、余正方和同志们全部出现）。

乔潇潇：……这就是我给《税收文学》的投稿，大家帮我把把关。

梁主任带头鼓掌。

其他同事随之也热烈地鼓掌。

100. 外景 陕甘宁边区——税务总局旧址 日

天留区税务局减税降费办公室的全体同志，在陕甘宁边区税务总局旧址纪念馆开展主题党日活动。

大家整齐地站在窑洞前，向党旗举手宣誓。

梁主任领誓：执行党的决定，严守党的纪律。

全体同志声音洪亮：执行党的决定，严守党的纪律。

前排站着乔潇潇、余成双、刘立民、葛曼丽等人。

第二排是其他同事。

梁主任领誓：对党忠诚，积极工作。

全体同志：对党忠诚，积极工作。

……

一群带哨的鸽子从旧址上空飞过。

101. 外景 陕甘宁边区——税务总局旧址 日

在旧址参观游览时，余成双赶上乔潇潇，湿着双手，捧着一盒干净透亮的红枣，塞给她一枚。

乔潇潇含笑接住，塞进嘴里。

两人相互说笑着向前走去……

淡出

音乐起

推出演职员表

一组彩蛋

印刷机正在工作，印好的《草木皆花》内页从收纸口飞出。

辛勤奋、顾昕然（满脸笑容）举着一面锦旗走进减税降费办公室，乔潇潇等人迎了上去。

锦旗上写的是：尽职尽责落实减税降费 迎风冒雨送来政策红利

梁主任捧着"减税降费"优秀单位奖牌进了办公室，乔潇潇、余成双、刘立民等年轻人顿时欢呼，办公室成了欢乐的海洋。

（全剧终）

林喜乐，陕西省作家协会会员，现工作于国家税务总局陕西省税务局税收科学研究所。

|散 文|

井冈山上忆初心

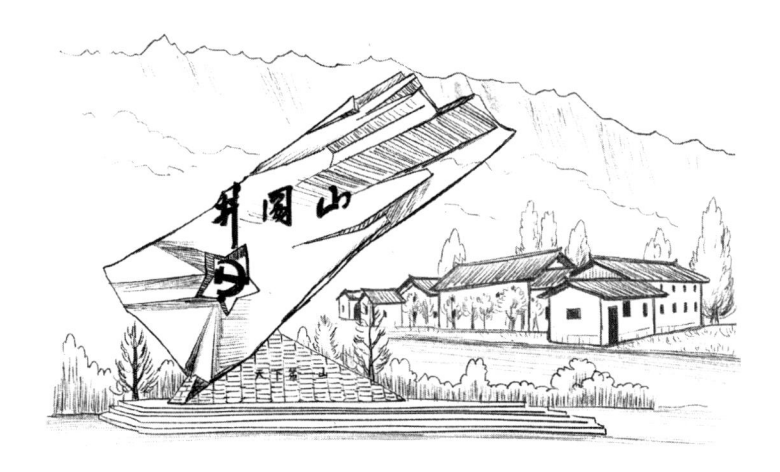

李永海

一

小时候,曾坐在简陋的教室里,和同学们一起朗读《井冈翠竹》,听老师动情地讲《朱德的扁担》,也曾兴奋地搬着小板凳跑去看露天电影《杜鹃山》,把《映山红》的歌词抄在笔记本上……仰慕已久的井冈山,仿佛有惊人的魔力,时常令我心驰神往。

终于,我怀着无比崇敬的心情,从千里之外的大别山来到魂牵梦萦的井冈山,吸吮着遍地芳草流云的气息,仿佛去赴一场生命深处的千年之约。井冈山,我来了!

雨后的井冈山一片烟波浩渺。蒙蒙的细雨,氤氲的雾气,恰似一幅空灵飘渺的山水画卷,为这一红色圣地平添了几许韵致。

当天下午,我和朋友冒雨先后来到井冈山革命博物馆、井冈山斗争全景画馆。一张张旧影、一件件旧物,再现了红军在重

| 散 文 |

重包围中浴火重生的历史。重温那段铁血奋战历程,仿佛穿越在历史的烟云中,尤其站在长112.7米、高18米的全景画轴前,井冈山斗争时期的风起云涌与五百里秀丽风光完美融合。从"三湾改编"、大井练兵、茨坪安家,到井冈山会师、八角楼灯光、龙源口大捷,再到黄洋界保卫战、挺进赣南闽西,我仿佛听到奋勇激战的枪炮声、震荡山河的冲锋号声、朱毛会师的欢呼声,我仿佛看到鲜艳的红旗在山顶猎猎招展。

  风儿轻轻吹,井冈山细雨缠绵。我们缓步进入井冈山革命烈士陵园。该陵园整体建筑包括陵园门庭、纪念堂、碑林、雕像园、纪念碑五大部分。在纪念堂,我们向长眠在这里的先烈们敬献了花圈,并深深地三鞠躬。在毛泽东同志题写的"死难烈士万岁"汉白玉墙壁前,我们面对党旗,举起右拳,重温入党誓词。

  讲解员向我们介绍,自1927年10月至1930年2月,两年零四个月的时间里,井冈山革命根据地共有4.8万多名红军将士献出了年轻的生命,而在纪念碑上留下姓名的只有15744人。当年,敌人占领井冈山后,实行了惨无人道的烧杀政策,疯狂地叫嚣"石头要过刀,茅草要过火,人要换种"。在血雨腥风中,五大哨口之内的房屋全部被烧毁,茨坪、大井有三分之二的群众被杀害,可谓"村中留残墙,坡上走虎狼;山中猴子哭,田边锈水淌。"多年后,在革命先烈抛头颅、洒热血的地方,我看到竹笋鼓足了劲冲破泥土,杜鹃花竞相开放灿若云霞。

  陵园中间是长长的一段台阶路,台阶两边是高大的柏树,显得庄重而肃穆。穿过碑林,在雕像园短暂停留,然后拾级而上,尽头便是纪念碑,上面刻有邓小平同志亲笔题写的碑名——"井冈山革命烈士纪念碑"。纪念碑由基座、碑座和主碑三部分组成,占地1200平方米。主碑的基座部分采用"将军红"大理石砌成,主碑用镀钛的不锈钢制作,高达27米,含义为1927年毛泽东等老一辈无产阶级革命家在井冈山创建了中国第一个农村革命根据地。主碑造型突出"山"的形状,象征着井冈山;远看又像一团燃烧的火焰,寓意"星星之火,可以燎原";近观如林立的钢枪,寓意"枪杆子里面出政权"。纪念碑前还设计建造了一尊"母亲"雕像,寓意井冈山是中国革命的摇篮。这雕像,是峥嵘岁月的凝结,是大美井冈山的底色。

  山河岁月,星火照千秋。我们在纪念碑前瞻仰,高矗的纪念碑如同烈士们甘于奉献、勇往直前的精神一般,指引着前来瞻仰的后人。

二

  来到井冈山,不止一次听到这样一句话:"井冈山两件宝,历史红,山林好。"

  "山以革命而高,地以人杰而大"。井冈山是革命的山、战斗的山,也是英雄的山、光荣的山。红色铁流融汇井冈山之后,井冈山的生命力得到了焕发,"星星之火"不仅燃遍了神州,也凝聚成不朽的井冈山革命精神。

  雨歇转晴,阳光透过将散的薄云洒下缕缕金线,我们抓紧时间赶往茅坪。

  风清物畅,天高云淡,更显井冈山群峰傲岸。四周山色斑斓多姿,掩映在其间的农舍也高挂红五星。从茨坪到茅坪30多公里,中巴车在片片翠绿中回环盘绕,凭窗眺望,从路边到遥远的山根下,视野所及,全是高高低低迤逦无尽的田野。

  沿着革命先辈的足迹,我们来到了茅坪,

在谢氏慎公祠后面，有一栋土砖结构的两层楼房，楼上有一个八角形天窗，当地群众称之为八角楼，是全国重点文物保护单位。

井冈山斗争时期，茅坪是井冈山革命根据地党、政、军领导机关所在地和湘赣边界工农武装割据斗争的指挥中心，也是红军的后方留守处，医院、被服厂、修械所等后勤机构均设立于此。这里召开了湘赣边界党的第一次、第二次代表大会。毛泽东、朱德、陈毅、谭震林等曾在这里办公和居住。

"八角晚窗幽，凭何人筹策开先，拨亮明灯驱黑夜？"来到茅坪毛主席旧居，那间黄土屋内陈旧的桌子上摆着一盏青油灯。穿过历史的烟云，我似乎看到，伟人正在微弱的灯光下，为中国革命的命运而沉思。这是只有一根灯芯的青油灯。按当时的规定，连、营、团部晚上办公时可用一盏三根灯芯的灯。当时，身为红四军军委书记、红四军党代表的毛泽东，当然也可以点三根灯芯。可在那环境艰苦物质匮乏的时期，毛泽东带头厉行节约，坚持只点一根灯芯。在艰苦的革命岁月里，毛泽东深入调查，把马克思主义普遍真理与中国革命实际相结合，进行红色政权理论的研究，就在这一根灯芯的青油灯下，写下了《中国的红色政权为什么能够存在？》和《井冈山的斗争》等光辉著作。

"天上的北斗星最明亮，茅坪河的水啊闪银光。井冈山的人哎抬头望哎，八角楼的灯光哎照四方……"歌声从不远处传来，我凝神细听，情不自禁跟着哼唱。

不知不觉间，空中的雨云全都消散了。湛蓝的天色显露出来，山也明了，天更蓝了，树更绿了。在通往龙江书院、会师纪念馆的路上，行人多了起来。

红色三湾，青峦叠翠。一座镰刀锤头旗帜挟裹着钢枪的纪念碑，高高地矗立于群山之巅。1927年9月，红土地上硝烟四起、血雨腥风、火种频传，举世闻名的"三湾改编"诞生，造就了一支"党指挥枪"的新型人民军队，点燃了工农武装割据的"星星之火"。

经过会师广场，来到"会师园"——不同凡响的龙江书院。

龙江书院久负盛名，它位于井冈山龙市镇，始建于1840年，是当时湘赣两省相邻三县客籍居民的最高学府。1927年10月，毛泽东率领秋收起义部队经过"三湾改编"来到井冈山，在全党率先开始将工作重心由城市向农村进行战略性转移，开始了创建井冈山革命根据地的伟大斗争。11月下旬，工农革命军在龙江书院举办了第一期军官教导队，教导队的学员有不少成了后来人民解放军的高级将领，龙江书院因而被誉为我军军政院校的摇篮，也是国防大学的"根"。

我猜想着会师的那一天，嘹亮的军号吹响了整个井冈山，会师的队伍战旗猎猎，战士们的脸上洋溢着笑容。历史又怎能忘记呢？1928年4月28日，朱德、陈毅等率南昌起义保存下来的部队和湘南农军万余人，在龙江河畔与毛泽东率领的工农革命军胜利会师。在龙江书院门前的状元桥上，毛泽东与朱德的手紧紧握在了一起。后人有诗云：两双手握成合力，虎略龙韬，围困下重何所惧；一座山化作丰碑，松鸣竹啸，风云九秩迹堪寻。

三

深山碧水旌旗舞，凝望罗霄脉岭黄。井冈山山高林密，沟壑纵横，层峦叠嶂，地势险峻。其中部为崇山峻岭，两侧为低山丘陵，从山下往上望，巍巍井冈山就如一座巨大的城

| 散 文 |

堡,双马石、桐木岭、朱砂冲、八面山、黄洋界五大哨口是进入"城堡"必经的"城关",把守此地,有"一夫当关,万夫莫开"之势。

我们向黄洋界战斗旧址进发。黄洋界位于茨坪西北面17公里处,海拔1343米,这里不仅悬崖陡峭、山势巍峨,而且是云的海洋、雾的世界,素有"云中公园"之称。

"黄洋界上炮声隆,报道敌军宵遁。"1928年8月,趁毛泽东率领红军大部队移师湘南未归之际,湘赣两省敌军探明井冈山根据地兵力空虚,便纠集4个团的兵力,分两路合围进攻黄洋界,妄图一举摧毁井冈山革命根据地。8月30日,红军以不足一营的兵力,击溃了敌军的疯狂进攻,取得了黄洋界保卫战的胜利,保住了中国共产党领导创造的第一个农村革命根据地,保住了红色的革命火种,再次创造了我军历史上以少胜多的战绩。毛泽东回师井冈山途中喜闻胜利,欣然挥毫写下了气壮山河的《西江月·井冈山》:"山下旌旗在望,山头鼓角相闻。敌军围困万千重,我自岿然不动……"

多年后再次品读《西江月·井冈山》,伟人写词的情景,以及那些脚穿草鞋斗志昂扬、英勇战斗的红军将士便浮现在我眼前,让人情不自禁激情澎湃,豪情满怀。正所谓"无边境界渺尘寰,非峙山高,敢气吞云海;一战声名垂国史,固凭天险,更胜在人心。"

寒来暑往,岁月更替,战争的炮火早已停息。昔日的战壕日久天长,大部分已被黄土填平。只见哨口阵地上陈列着一门迫击炮,我邀请身边的朋友给我和这门"立下赫赫战功"的迫击炮合影留念。

战壕仍在,旧屋留存,先辈们在这里周旋抗敌,度过了多少个漫长的日日夜夜。斗争残迹弹孔累累,挑粮小路蜿蜒而上,四周悬崖峭壁令人心惊肉跳。战士们在这片井冈热土播撒着无悔的青春与抗争的激情,创造了一个又一个奇迹,坚定的信仰激励着他们向胜利一步一步迈进。

漫漫小道,掩映在漫山遍野的苍松翠竹间,人行其中,犹如穿行在岁月深处。怀着深深的敬仰,我们重走这段朱毛挑粮小道,试图亲身体验当年井冈山革命道路的曲折艰辛。草木清香弥漫,尽管我已经汗流浃背,却丝毫不觉得疲惫。这一行走,也让我更加珍惜现在的幸福生活。

我一路走一路回头,眼睛不自觉地湿润了。

时间飞逝,山风掠过山顶树梢将炊烟晨雾搅成黛青色,阳光钻过层层叠叠的密林洒落。我们来到了群山环抱中的小井。在小井红军医院旧址不远百米,有一座红军烈士墓,坐落在小井村的河边,河水日夜不停地鸣咽……这里原是一片稻田。1928年12月,湘赣两省的国民党反动派发动了第三次"会剿"。1929年1月,敌军在当地一名无业游民的带领下,窜到了小井村。当时,正在医院里养伤的130多名重伤员因来不及转移,全部被拉到院外的稻田里,敌人对他们严刑拷打探寻红军主力去向,这些伤病员无一人招供,最后全部惨遭杀害。藏在山上的老表冒着生命危险,将烈士的尸体含泪掩埋。

在小井红军烈士墓前,我们向长眠在这里的烈士献上深深的哀思。这些红军烈士中,年纪最小的只有14岁,至今知道名字的只有十多个……他们为理想而来,为信仰而战,留下了一曲曲荡气回肠的英雄赞歌。

青山巍巍埋忠骨,白云悠悠照后人。伫立烈士墓前,思绪感慨万千。鲜花献英灵,墓前的一朵朵白花随微风轻颤，放下了我们的怀念，却放不下我们的敬畏。

四

在井冈山的日子，我一直在历史与现实时空之间来回交错，反复体验着温暖和感动。风吹过，杜鹃花开得殷红如血。

杜鹃山峰峦叠嶂，峪壑幽深，溪流澄碧，林木葱郁，古木参天，四围竹林甚茂，松杉滴翠，树出石隙，浓荫障天。人行其间，在古老悠远的宁静中显出一派自然的欣欣向荣。山岭连绵、谷地相间，虽地形各有起伏，但山势相对较缓，又有步梯石阶相连，伴着鸟啼清风，攀登起来倒也轻松惬意。

杜鹃山又称为笔架山，是革命样板戏《杜鹃山》的故事背景地。漫步山间，一阵山雨过后，一条彩虹跃然峡谷。风推云移，让杜鹃山这片浩瀚无垠的山峦更添风致。一路走来，踏着落花，置身花影，满目灿烂，心也如花般粲然而开。

午间匆匆而过，离开杜鹃山，我们乘车来到了五指峰——井冈山主峰。五指峰又称为财山，是第四套人民币100元的背景图，这一称呼也寄托了百姓的美好愿望。

极目远眺，群山簇拥中，五指峰峭然屹立。夕阳已斜，一抹橘色的光在山顶上跳跃，将五指峰映衬得格外肃穆。放眼望去，山势雄险的风采好比伟人战将们气吞如虎的胆识与气魄，峰峦起伏的姿态仿佛写意着革命走向成功的曲折之路。

沿着铺满落叶的蜿蜒曲径，寻觅枝叶间映射下的斑驳光影，寻觅岁月遗留下的那些曾经，让清凉的风儿，涤去久住的心灵尘埃。

在茨坪漫步，走进天街，我被那浓浓的生活气息所吸引。刹那间，那种久违的叫作"家"的味道漫过全身。我知道，这个地方是要静下心来感受的。

天街里布满了各类特色小店，旅游旺季时，只能接踵而行。行人或驻足休憩，来往不绝。轻轻触摸着他们凭智慧和汗水润泽的精妙工艺品，我仿佛在轻触浩瀚中华传统文化不断前行的辙印。简简单单的生活用品包含着细密的心意，艺术就是这样揉碎了，融入了世间，拌进了生活，而脆生生软融融的赣南语言让人们的心一下子温馨起来。

"红米饭，南瓜汤，秋茄子，味好香，餐餐吃得精打光。干稻草，软又黄，金丝被儿盖身上，不怕北风和大雪，暖暖和和入梦乡。"回到住处，酣然入睡，一夜无梦。

五

次日，我徜徉在山中，听山风低吟，任思绪蔓延。习近平总书记在2016年2月于江西考察时指出，井冈山精神，最重要的方面就是坚定信念、艰苦奋斗，实事求是、敢闯新路，依靠群众、勇于胜利。作为新时代的税务人，此时此刻，实实在在踩在井冈山的红色大地上，感受来自这片圣地的魅力。红色的火种用杜鹃啼血的故事喂养我，先烈的泪与血流进我的脉管。在我心里，井冈山早已不仅仅是一座山，它成了一种符号、一种象征、一种信仰。

踏着先辈的足迹，扛起火红的旗帜，井冈山这片红色之土，处处涌动着绿色发展的火热激情，谱写着齐心促跨越、合力奔小康的时代序曲。

曾经，这里的绿水青山是广阔战场，无数革命先辈在这里浴血战斗、英勇献身；如今，老区发展的希望在这里，底气在这里，潜力也在这里。井冈山老区群众主攻狗牯脑茶、

散 文

金橘、板鸭、油茶、毛竹、井冈蜜柚等六大富民产业，按照"一户一亩茶、一亩果、一亩油茶、一亩毛竹，加入一个新兴产业合作组织"的"五个一"产业规划，不断增强脱贫户"造血"功能。时光的年轮里写满奋斗的足迹，红色浸润的沃土洋溢着父老乡亲们创业的豪情，井冈山人在赣西南大地上铺展开了波澜壮阔的崭新画卷。他们不忘初心，步履不停，曾经的绿水青山，正在发展中绽放新颜。

红色足迹，永照初心。在孕育了红色税收的井冈山，身为一名税务工作者，井冈山红色税收博物馆怎能不让我心生向往啊。2017年，在井冈山革命根据地创建90周年之际，由江西省税务局在井冈山设立的井冈山红色税收博物馆建成并开放。漫步其间，场馆由前厅、序厅和主题厅三部分组成，主题厅分为井冈星火、峥嵘税月、薪火相传三个厅，共有藏品2000余件，重点展出320余件。

井冈山红色税收博物馆记录了自井冈山革命斗争时期起至今的税收史。迈入红色税收博物馆，在井冈星火厅，我们一览中国共产党人早期的税收思想、井冈山革命根据地的经济发展和税收尝试；在峥嵘税月厅，瞻仰苏区时期税务机构、制度、征管、贡献和部分典型事迹；在薪火相传厅，体会新中国税收的创建和发展。馆内陈列着1928年12月湘赣边界工农兵政府颁布的《井冈山土地法》，该法共九条，约1500字，其中的第七条规定了征收土地税的情形，规定了税率及税收减免等内容。条文中关于免税和不同征收比例的规定，体现了不同等状况区别对待的税收公平原则。值得一提的是，这是中国共产党第一次以法的形式明确土地税的征收及标准，为后来中央苏区税收制度建设和各个革命根据地税收工作提供了宝贵经验。

置身于井冈山红色税收博物馆，我汲取着深厚的精神营养，初心炽热、澄澈。一个个感人肺腑的税收故事、一幅幅生动凝重的历史图片……在我心中留下了深深的震撼和历史的回响。红色税收文物，叙述的是国事税史，彰显的是百年风起云涌，传递的是家国税情，也让我感受到了心灵的净化。这次井冈山之行对我来说是寻根之旅、补钙之行，是不忘来时路的精神洗礼。革命先辈们用鲜血和生命换来了我们今天的和平安宁生活，我们替他们看到了这样一个强盛的中国。万里征程风正劲，千钧重任再扬帆。我们已经踏上强国建设、民族复兴的新征程。伴随新征程的，是世界之变、时代之变、历史之变以前所未有的方式展开，是世情、国情、党情的深刻变化。新时代新征程不会一路高歌猛进，每一阶段都会有暗礁险滩横亘于前，浴血奋战，是先烈们的峥嵘岁月。初心印税徽，是我们作为税务人的庄严承诺。轻风拂过，几多感慨里，有我割舍不下的情怀。

竹林青翠，又见新绿。情丝蹁跹，山高水长。峰峦之上，那些洁白的云朵飘来飘去。站在井冈山这片红土地上，初心在岁月深处升华！愈是展望，愈是让人心潮涌动；愈是奋斗，愈是让人热血澎湃。税务人的初心和使命赓续绵延，志存高远、信念如磐，以奋斗为底色、以汗水为雨露，敢为人先、勇于创新，用新的拼搏和奋斗为兴税强国写下生动注脚！

李永海，中国作家协会会员，现工作于国家税务总局固始县税务局。

| 散 文 |

那一束光

■ 曹文军

有人曾做过这样的一项实验,将志愿者关进黑屋,观察人在失去视觉后的变化,如果能在黑屋里待一天一夜,就会得到奖赏。屋子里一片漆黑,纵然有一双明亮的眼睛,也看不到一丝光。有人认为自己睡眠不足正好去补觉,也有人认为工作太累正好放松一下……结果很难有人坚持下来。

当晨光熹微,天边的云层通明透亮,新的一天即将开始;当日悬中天,处处明亮光芒万丈;当黄昏来临,漫天的霞光绚烂动人;当夜幕降临,天空满是会眨眼的星星,那万家灯火,更是指引着无数夜行人匆匆回家的脚步……这看似平常的景观,其实是我们每个人毕生的追逐。

一

小时候的冬季非常冷,屋后的小河上常常结一层厚厚的冰。那时没有玩具,乡下孩子便用碎瓦片奋力摔向冰面,比谁的瓦片滑得远。瓦片跳跃、滑动,发出清脆的声音,阳光照在冰面

散 文

上，泛着五彩的光。身着臃肿的棉袄棉裤，我们玩得热火朝天。安静下来后，顿感身上一阵回冷。此时，我会钻到背风朝阳的草堆里，任背后的北风呼啸，捧一本连环画，便顿觉温暖如春。我最爱看的是《杨家将》《岳飞传》等历史小说，书中的英雄人物栩栩如生，让幼小的我满心崇拜，保家卫国那是怎样的情怀啊？！

当我沉浸在历史长河中，太阳缓缓西下，暖气渐渐散去，手中的连环画不知翻过多少遍，英雄人物的一言一行我都如数家珍。印象最深的是《闪闪的红星》，书中少年潘冬子勇敢乐观的革命精神令我敬佩不已，那火红的五角星更是在以后的人生道路上给予了我勇气、力量和信心。

记得那天我正在看书，忽然听到东侧渠道边上一片人声嘈杂，只听有人打听我家住在哪儿。

"就是小河南边第一间！"

"什么事啊，你们学校敲锣打鼓出动？"乡邻们在大渠道边上七嘴八舌。

"他家三小子考了双百分，我们上门送喜报！"

"语文数学都考了一百分？乖乖隆地咚！"

我竖起耳朵听，脑袋嗡的一下，做梦也没想到自己能考双百分，更没想到学校竟然敲锣打鼓地送喜报上门。我吓得赶紧掸去头上的草屑，拖着不合脚的棉鞋，钻进河边枯黄的芦竹丛中。耳边似乎传来母亲的呼唤，但我不敢动，像战士一样潜伏在里面，透过密密的芦竹间隙窥视着外面。

屋门前熙熙攘攘，那情景像过春节似的，舞龙唱凤般热闹。我不禁想起母亲带我到大队党支部开困难家庭证明的情景，当大队书记将鲜红的印章盖上去时，我的心随之哆嗦了一下，这张证明意味着我一元五角钱的学费能够减免一半。那年我九岁，因贫困辍学在家，整个生产队仅此一户。我捧着这张证明如获至宝，端详那枚红色印章中心的镰刀和锤头，当时我虽然不明白其中的真正含义，但我知道，是党支部让我踏进了学校的大门，红红的印章点燃了我对党懵懂而深切的向往，心中涌起一丝丝甜蜜。

所幸我的姐姐和两个哥哥早已上学了。他们有时也教我，我也会翻看他们的课本，就这样，我虽没上过学，却也识了不少字，懂得简单的加减算法。但期末考双百还是出乎我的意料，而且是班级唯一的一名，不知当时学校出于什么想法要如此隆重地宣布。这件事，对于一个一年级的小学生来说刻骨铭心，以至于在后来多年的求学生涯中，它像一束寒冬里温暖的阳光，支撑着我不断迎难而上，迈过了一道又一道艰辛的坡坎。

二

"九十春光斗日光，山城斜路杏花香。"一条弯弯曲曲的小河穿过村庄，两岸是茂盛的芦苇和桑槐楝榆树。小河西连先锋河，东接团结河，河水清澈，是一村人生活用水的来源。当然，里面数不清的鱼虾更是让人眼馋，往往成为农家桌上的佳肴。

夏天的小河是孩子们的天堂。天气闷热，那时家中连电风扇也没有，只能靠一把蒲扇摇来摇去，带来一点微风。对孩子来说，最惬意的事就是跳进河里，打水仗、摸河蚌、捉鱼虾，直到西边晚霞满天，孩子们才光着屁股钻出水面，到岸上穿起大裤头恋恋不舍地回家。

沿河边一条小路通到前进小学，我裤兜里藏着一只熟鸡蛋，那是离家上学前，母亲偷偷塞在我口袋里的。她悄悄地说："今天是你十岁生日，煮了一个鸡蛋，不要声张！"其时家庭贫穷，我家是名副其实的"超支户"，四个子女全靠父母在生产队里劳动得工分。每到年底，父母的工分尚不及补上分的口粮，别人家春节都有粮结余，而我家则要向生产队预借明年的粮才能过年。我们生产队以种小麦、大麦、玉米、花生、山芋、胡萝卜为主，因为缺水，水稻种得很少，以至于我十岁以前从没在家里吃过一顿完完全全的白米饭。家里无论煮粥煮饭，总有永远也掺不完的玉米、山芋、胡萝卜等。为防止小孩子们光捞米吃，父母将山芋胡萝卜切碎了放进去，根本没有挑选的余地。"饿"是那个时代最明显的特征。

　　走在河边小路上，小心翼翼地剥开尚有余温的鸡蛋，那白白嫩嫩的蛋白明晃晃的，我一小口一小口地咬，还要不时地四处张望，一遇到熟人，赶紧将鸡蛋塞进口袋。要知道，家中的鸡蛋一般用来换点零花钱，偶尔亲戚到了才舍得炖个蛋吃。我慢慢享受着这只鸡蛋，直到人已行至小学操场，教室就在眼前，才横下心来，将剩余的鸡蛋全部塞进嘴里。那个蛋黄颜色诱人，香得醉人，以至于一下午的课我都听得如痴如醉，心中总是漾着一丝丝幸福，口腔中反复回味着那只鸡蛋的余香。

　　放学回家，我们姐弟分工明确，姐姐洗衣服，大哥挑水浇菜，二哥烧火做饭，我剥蚕豆、收拾桌椅。那天晚上不但有茴香炒蚕豆，母亲还用铁锅摊了小面饼，撒上韭菜花。当天光渐渐变暗时，我们一家人便围坐在门外的长桌边，一边喝着大麦糁子粥，一边吃着小面饼和蚕豆。母亲在桌上说："今天老三过生日，家里就这条件，晚上小面饼尽管吃，不够我再去做！"我有点兴奋，虽然过生日没有请客，但外婆和姨娘每个人都给我捎了块面料，让我做衬衫，这将意味着我第一次有自己的新衣服。家中孩子多的都知道这首民谣："新老大，旧老二，补补缝缝有老三！"我的衣服基本是哥哥们穿不上给我的，即使到了春节，我也是穿他们的旧衣服。计划经济年代，做衣服买布要布票，买煤油点灯要油票，煮菜放糖要糖票……而我家基本上靠养两头大肥猪来解决家庭开支。父亲有时会将家里做的山芋粉丝拿到集市去卖，好歹能换几个钱，而我们四个孩子的学费则是家庭一笔沉重的负担。虽然如此，学校依然是我快乐的天堂。在小学，我加入了少先队，懂得了少先队是党创立和领导的中国少年儿童群团组织，是建设社会主义和共产主义的预备队。每天上学必戴的红领巾如一团火苗，始终温暖着少年的心。小学五年，我一度成为学校少先队的小队长、中队长直至大队长，曾经因为贫困自卑的我昂起头、挺起胸，感受到组织带来的无上荣光。

　　时至夏至，清风徐来，夜空中繁星点点，一家人围桌边吃边聊，而那一晚我更是吃得太多。收拾完碗筷后，我们开始在煤油灯下写作业、复习功课。一盏小小的煤油灯，姐弟四人分坐四角。我的作业最少，所以睡得也早。当我迷迷糊糊睡着时，突然胃中一阵翻涌，一偏头，晚上吃的全吐了出来。二哥惊叫起来："快来，老三吐了！"母亲闻声从房内急跑出来，彼时，凉席上、地上、蚊帐上皆有呕吐物。我忙坐起来，羞愧万分。"你这是吃撑了！"母亲一边清理一边责怪我，我呆呆地坐在那儿，不知所措，姐姐哥哥们忙帮着清理。我来到室外重新洗漱，整个村庄已经熟睡，门前的楝树花纷纷扬扬地飘下来，落到我身上。这样的生日永远定格在了十岁的那一夜。

三

少时，最难忘的还有那一片水杉林，就在跃进河桥的北侧。每一棵水杉的腰杆都是笔挺的，那么精神，像一个个哨兵。清晨的水杉叶片还留有晶莹的露珠，叽叽喳喳的鸟雀声打破了杉林的宁静。水杉林是我初中三年上学的必经之路，我总爱沿着一条斜斜的小路穿过去，一走进林中，清新气息便扑面而来。迈着轻快的步伐，我大口大口呼吸着新鲜的负氧离子，向目的地走去。

初一到初二，中午我基本上都是回家吃饭，全靠两条腿走路，家庭条件好一点的同学已经能骑上自行车了。党的政策如春风吹遍神州大地，家庭联产承包责任制迅速推广，饥饿问题已经解决，家中再也不会出现小学时"超支"分不到口粮的情形。

我所在的大冯中学离家虽然只有三四华里，但我每天步行来回要四趟。遇上刮风下雨，即使打雨伞或穿雨衣，到了学校，鞋子和裤脚已经湿透，大半天只能在湿冷中度过。初三上学期时，由于中考渐近，中午我便在食堂吃饭，每天带一个铝饭盒，自己淘米放水送到食堂，铝饭盒上都刻上各自的名字。有的同学自己带菜，更多的是到食堂打菜。食堂的菜盛在一个大木桶里，食堂师傅往往给来得早的打得多一点，来得晚的便将勺子歪一下少打一点，主要怕不够分。吃饱饭不成问题，但根本谈不上营养。那时我青春期正长身体，饭量大，体重却不到100斤。

初中三年，我品学兼优，每年都被评为"三好学生"。初二那年，我加入了中国共产主义青年团，并被评为"优秀团员"。此时，物质上已不觉得太苦，只是无形的学习压力扑面而来。因班上突然转来了几个留级生，我在班级的排名一下子掉到了七八名，这让一直独占鳌头的我倍感压力。我不甘落后，拼命靠勤奋来弥补，五更早起晨读，晚上挑灯夜战，虽是初二，俨然好像是备战中考。成功总是垂青肯努力的人，到了初三，留级生已经被我远远地甩在了后面。那时我才知道，原来勤奋可以弥补很多差距，心中顿时涌起了自信，但自信很快又被另一番景象所震撼！

初三下学期，学习愈发紧张，我便向父母提出住宿的要求，免得早晚来回奔波。家中的条件已颇为改善，除了夏季收麦、秋季收稻两个季节集中忙农活，其余时间已将劳动力解放出来。姐姐远嫁上海松江，大哥到泰州城北油漆社做漆匠，家中给他买了辆自行车，那是全家最值钱的交通工具。

周六晚上，我会回家拿米和咸菜。一天，我捧着一本书边走边读，快到水杉林时，忽闻路东一木门"吱呀"打开，一个少女出来倒水。黄昏时分，夕阳的余晖洒落下来，初夏的季节里已有麦穗的熟香。火红的石榴花下，少女上身穿白色短袖，下身是粉红色的短裤，皮肤白皙，如一朵水莲花亭亭玉立，她正是教我们政治的申老师的女儿。因学生在校全都穿长袖长裤，从没见过她短袖短裤的打扮，多年以后我才知道那是洗澡后穿的衣服，称为睡衣。彼时申老师家是城镇户口，在二十世纪八十年代中期，城镇户口和农村户口有着天壤之别。透过栅栏，我看到院内摆着一张小桌，七八碟菜已放在桌上，菜的香味飘然而至，最醒目的是两瓶汽水，原来生活还可以这样精致而又丰富多彩！想想自己一周才能回去洗一次澡、换一次外套，每天都吃着食堂没有油水的大桶菜，我低下头来，自惭形秽。她似乎注意到我，目光向我这边望了过来，我飞也似的逃离了路口，箭一般窜进了水杉林。余晖透过树叶的间隙，洒下点点光斑，我恍然如梦，心绪久久难以平息。

四

法国梧桐树枝干虬曲，叶片宽大，给琅琅书声的校园平添了一份绿意，高中三年时光我是在苏陈中学度过的。因离家较远，又要上晚自修，住校自然成了首选。每周六晚上回家，周日下午返校，有时还要背一袋米。俗话说远路无轻担，即使一袋米只有三四十斤，但一路背到学校也是一份苦差事。母亲看了心疼，每月固定让哥哥骑自行车驮一袋米送到学校，这样我只需带换洗衣服及日常用品就行了。

高中时，恰逢党的十四大召开，大会确定我国经济体制改革的目标是建立社会主义市场经济体制，各行各业生机勃勃，一部分先富起来的人又纷纷带动他人致富。父亲这时已不担任生产队长，在大冯废品收购站跑业务做生意。只上到小学三年级的父亲虽然文化水平不高，却显示出对收购废旧金属惊人的天赋。他很快从门外汉变成了行家里手，能准确分辨出铬铁、锡铁、锰铁、硅铁等，将回收来的废金属分门别类地挑选出来，并累积到一定数量后再出售。而这些特殊金属的价格是原来收购价的几倍。如此一来，父亲在废旧金属行业便有了小小的名气，许多刚入行的都拜他为师，现在有些企业老总当年都曾跟在他后面做过生意。

家庭收入已经不仅仅靠种田了，父亲用挣来的钱买砖买瓦在生产队率先盖起二层楼房。二哥中考失利，跟大哥一起去了城北油漆社做漆匠，父亲便把唯一的希望寄托在我身上。他不善言辞，但常对我说的一句话让我记忆深刻："你要争口气，三把刀不能一把也不快啊！"我知道，父亲一生要强，做生产队长时，硬是把穷得叮当响的生产队带出了样儿，还获得了江苏省革命委员会颁发的奖状。那奖状上鲜红的印章亮得耀目，以至于我小时候常常远远地注视，不敢近前用手抚摸。

到高二文理分科时，学校从老师到学生普遍重理轻文，社会上流行着"学好数理化，走遍天下都不怕"的"至理名言"，但我还是毅然选择了文科。高二是文理科的分水岭，也是最重要的学习时期，它让我欣喜也让我绝望。第一学期期末考试，我获得了班级第一名的好成绩，令同学们刮目相看。但第二学期的数学模拟考试，满分120分的卷子，我只考了70多分。那次用省姜堰中学的试卷，试卷上那一道道红色的叉，像一把把刀割在我心上。我一遍遍地分析错题的原因，一遍遍地责怪自己不争气。下了晚自修后，我到操场上练单杠双杠，又逼自己围着操场跑了五圈，一边跑一边流泪。跑完了，也哭完了，我仰面躺在草地上，满天的星星在苍穹中一闪一闪的。星光不负赶路人，我鼓励自己振作起来，从哪里跌倒就从哪里爬起。为此，我采取"攻堡垒法"，一个知识点、一个难点地攻克，在高考数学试题较难的情况下取得了100分的好成绩（满分为120分）。

为缓解压力过大导致的神经衰弱，我坚持每天晨跑，利用课余时间打球、练单双杠，既锻炼了身体、缓解了压力，又提高了学习效率。高考前，在母校和梁徐中学的联合预考中，我取得了文科第一名的好成绩。用老师的话说："一只脚已经跨进了大学的门槛。"那次哭泣着的奔跑并没有打垮我，反而使我更加坚强，如愿考上大学，圆了大学梦。

五

大学的快乐时光总是很短暂，毕业后，那是1991年夏季，我分配到泰县税务局港口税务所。那时，两个哥哥均已结婚生子，父亲的废旧金属生意日渐红火，家中又盖了一幢二层的楼房，大哥二哥也不再做漆匠，而是帮助父亲料理废旧金属生意，日子越过越有奔头。

港口是一个古镇，典型的里下河地区，水网密布，交通工具以船为主，这让从小生活在上河高沙土地区的我颇不适应。单位新分了一辆凤凰牌自行车，只在港口大街上尚有些用武之地，一到村里，尽是土路不说，还有砖桥、木桥和铁桥等各式各样的桥，自行车很难骑。最要命的是，下河的泥土黏性十足，如果碰上雨天或冬天中午冻土融化时，泥浆会塞满自行车的链条，自行车便成为行程上的累赘。我在家乡穿惯了球鞋，而在这里，一般都穿雨靴。有时一脚踩下去，下一脚提起来的可能只有脚，鞋陷在泥里，令人尴尬万分。

在港口收个体营业税时，从最小的糖烟酒杂货店，到规模较大的土窑个体户，我走遍了全镇村庄的角角落落。收税不仅是力气活，还是门技术活，需要上门讲政策，并做大量的思想工作。那时，许多个体户分不清费和税，也不清楚自己究竟要缴多少，需要税务人员一遍遍地耐心解释，有时收一家税要上门好几趟。初时乘船颇有些不习惯，总感觉天旋地转，生怕一个不小心掉进河里，想不通当地人如何能在船沿边健步如飞。白天收税，晚上回到所里，在煤油灯下将白天收的钱一笔笔整理出来，确保税款分毫不差。二十世纪九十年代初，乡镇用电无法保证，停电是常有的事，常有人笑称，晚饭时"瞎灯瞎火"，半夜醒来灯火辉煌。白天忙碌充实，夜晚孤独冷清，伴着微弱的灯光，我徜徉在文学的世界里，用温暖的文字抚平浓郁的乡愁。

又是一个春天，有一位老人，在中国的南海边写下诗篇。

"南方谈话"之后，改革开放的脚步使里下河地区的经济得到快速发展，交通也大有改善。以前回家，我要坐船到泰州扬桥口下，然后步行到车站，乘公共汽车到苏陈茶庵桥下，再步行一段土路到家。调到里华税务所工作时，里华已经开通了至姜堰的公共汽车，每天两班，上午、下午各一班，错过了时间是无法乘车的。记得一个冬日的周末，由于手头工作要紧，我加班到下午四五点钟，错过了公共汽车班次，于是便搭了一辆送客的幸福250摩托车。一路风沙吹得灰头土脸，冷得直打哆嗦。到家时，天已黑得伸手不见五指，家里人正围桌吃饭。当我捧起母亲做的热腾腾的面条时，顿感浑身由内而外地暖和起来，回家的路再远再冷也算不了什么了。

一次收税返回途中，正逢雨天，我骑着摩托车沿乡村小路回税务所，雨后的石子路泥泞湿滑，摩托车的轮子搅进许多泥。迎面驶来一辆汽车，我赶紧调转车头避让，不想连人带车重重地摔倒在地上，汽车则一溜烟地跑远了。我艰难地推开压在身上的摩托车，赶紧去捡装有税票的挎包，看到包完好无损我心就踏实了。强忍着疼痛回到所里，清洗时才发现，脸上、胳膊上血肉模糊，大腿部传来一阵灼痛。原来摩托车倒地时滚烫的排气管压在了腿上，烫伤了小腿。为了不耽误税票汇总，我拖着一条伤腿，完成清点、结账，才去医院处理伤情。同事关切地问，年轻的我也只是一笑而过："只要不破相、不残疾就行！"倒是父母得知这件事后，心疼、责怪不已。也是这一年，我加入了中国共产党，成为一名光荣的共产党员。自此以后，我学习更加认真，工作更加敬业，后来三十年的从税生涯中，多次被评为"优秀党员"和"党员先锋岗"，获得省局、市局、县局的嘉奖，并荣立两次"三等功"。

铁打的营盘流水的兵，在乡镇工作轮岗是常事，宿舍随单位搬，到哪儿工作就住到哪儿。后来，为了女儿在泰州上学，我将在姜堰80多平米的房改房卖掉，在泰州城里买了一套新房。当我拿到新房钥匙时，不禁感慨万分，多少年前羡慕城里人，如今，我的子女也可以到城里居住读书，妻子也到市区上班，一家人终得团聚。香江花园小区里的草坪绿油油的，假山喷泉营造出一方景观，周围高楼鳞次栉比，无不透露出城市的繁华。沧海桑田啊！坐在小区的石凳上，给女儿讲故事、玩捉迷藏，她那明亮的大眼睛好奇地盯着我，不断提出一个又一个天真的问题。那样的午后，阳光透过树影倾泻下来，充满了宁静和温馨。

再后来，我们房子又从小户型换成大户型，摩托车也换成了汽车。父亲年龄渐大，退休安享晚年，大哥和二哥也在城里买了房子安居乐业，这一切放在多少年前简直不可思议，幸福的生活来之不易！

时光荏苒，岁月的长河不紧不慢地流淌。如今的里下河地区除了水路外，大部分地区都有便捷的砂石路，下村收税可以不再坐小船了，交通工具越来越先进。办税大厅也开始用计算机开票，税款也不再收取现金，而是可以直接缴税到银行，纯手工收税的年代步入了信息化时代。一晃，我在乡镇工作已经十五年，后通过竞争上岗调到了县城姜堰，在局机关度过了四年快节奏的办公室生涯，随之调到泰州市局机关，工作四年后又重返基层一线。生活平淡如水，我在岗位上兢兢业业，随着征管体制改革的步伐加快，敲打键盘税款就能顺利入库，与之前乡镇人工收税相比，可谓是天壤之别。

岁月不居，时节如流，党带领我们进入了小康社会，昂首阔步迈进新时代，美好的生活总是不期而至。

虽然时光一去不复返，但作为对遗忘的抵抗，我写下了无数朴实的文字想留住过去、现在和将来，也包括此文。

无论在任何时候，也不管走多远的路，前方总有那一束光，在向我招手。我知道，要永远跟党走，在追梦的路上继续向前奔跑！

曹文军，现工作于国家税务总局泰州市海陵区税务局。

|散 文|

高原上的村庄

■ 李祥林

秋深了,渭北高原上的孤独小村悄悄更换了一种旷远、静谧的背景。在这样一个古老的小村,青瓦屋脊高于大地上的霜色,整齐的柴垛高于屋脊,而比柴垛高的,是那些落光了叶子的沧桑大树,繁密的枝条像是哪家的女人从地里回来时被风吹乱的头发,无法整理。那么,比树高的是什么呢?是炊烟,炊烟是农人放牧在蓝天的羊群的走向。农人一年的活计到秋天基本该画上句号了,他们就只希望炊烟一个劲儿地往上长,炊烟歪歪斜斜、毫无顾忌地游走在瓦蓝瓦蓝的天上,他们的心才会感到踏实和温暖。

在这样一个遥远的小村,炊烟是一只向高处的手臂,伸进了人们仰望的目光。像一种召唤,总是在静寂无声的时候沉沉响起。同时传来的还有一把在黄昏拉响的二胡,二胡声里的凄清往往要比村庄的炊烟还要高。这样的山势,这样的树木和房屋,这样单纯的光线,只能配这样的二胡声。村庄太小了,二胡的声音跑着跑着,就顺着炊烟的走向一路撒开了腿。人的一生太短了,一首曲子还没有拉到一半,拉二胡的人已经在村口的石磨上从少年坐成了须发飘然的老者，老者声粗气短了，已经拉不动岁月的声音，他就握着弦管，坐成了一尊雕塑，一处风景，坐成了村口的一部分。

村口的另一部分是一条覆着浮土的小路，像是一根脐带插入了小村的腹地。小路弯弯扭扭、曲曲折折地连接着农人的田地、屋舍，山间的树林和泉水。路的另一头通向了渺茫的远方，那里属于另一个世界，充斥着楼房、钞票和汽车，而所有这些，都与这个小小的村庄无关。与村庄有关的，是玉米，就从田地里走出来，通过这条小路找回各自的主人，然后将自己金黄金黄地挂在树杈上；是羊只，就把吃饱的嗝打在路上，把粪屙在主人新垒好的圈里；是一只鸡，它的打鸣只负责每天的钟点，它下的蛋只献给村庄里喜庆的日子；是游子，也是由这条黄土小路领着他认出自己的老母，双膝跪下，涕泪零落。然而这一条路总是留不住脚印，路上的一切踪迹总是被风撒下的黄土细心地覆盖了。

秋深了，大地在秋雨中保养着墒情，秋风在山坡上试着脚力。一些不知名的鸟儿，它们的翅膀驮着浓浓的秋意，在村庄的上空无声地滑过。

小村深处，厚积的落叶散发着浓郁的霉味，阳光从树梢间漏进来，是网状的，三棱镜一样变幻着色泽不一的光斑。每家门前的柴垛都垒得高大臃肿，麦草，玉米秸，树梢子，它们像主人家的几只大牲畜，忠实地蹲在宅院前后，将在冬天为小村提供源源不断的温暖。院落和房屋则掩映在柴垛的深处，有的人家用瓷砖贴了，有的粉刷成了雪白色，也有紧巴的人家，院落和屋顶上的苔藓已经被霜气杀成了黑色。

但每家门前翻晒的牲畜粪却一样多，这家的驴粪蛋晨霜没化，阳光下还熠熠地闪着光，那家新摊开的一片，正热腾腾地冒着气呢。在寒风吹彻的小村，一头驴子的大粪可以让几面大炕整整一个冬天烧得无比滚烫。

秋意还在继续加深，小村被淡淡的云烟氤氲拥裹着，静静地泊在渭北高原的一隅，被时间的翅膀缓缓地拍打着，一步一步走向深秋更深处。

李祥林，甘肃省作家协会会员，现工作于国家税务总局甘肃省税务局。

| 散 文 |

荻花舞秋风

■ 宫凤华

"浔阳江头夜送客,枫叶荻花秋瑟瑟。"这是白居易《琵琶行》中写荻花的千古名句。"荻花风起秋波冷,独拥檀心窥晓镜。"荻花尽管春日萌发,夏日茁壮,却在暮秋深情绽放,直至霜冷凋零,自在而笃定。

"蒹葭苍苍,白露为霜。""蒹"就是荻,"葭"就是芦。自古以来,芦和荻就为人们所喜爱。荻花,形状像芦苇,地下茎蔓延,叶子长形,紫色花穗,生长在水边,茎可编席箔,以其独特的情态和气息,成为秋天经典的物象,成为秋天的咏叹调。

荻,以柔为美。从茎到花,纤细而文雅。秋天的天空彰显着一份深秋的明澈。晚秋的风,吹出一份清明和凉爽。风吹过,丛生的荻迎风摇曳。荻花初开时,花透着淡淡的紫红色,随着时间推移,到了深秋,所有的荻花便白如雪花。尤其是在晚秋,萧瑟的秋风中摇曳着空灵的荻花,就好像一首流畅的小夜曲,舒缓又不失典雅。

花盛季节，花开如荼，映水而放，远远望去，如星河云集，玄远而飘逸，发幽思之想。远远望去，美妙的簇簇荻花拥连成片，随轻风起舞，犹如夏日的麦浪，柔美如丝绸般滑腻。阳光折射下起伏的曲线令人陶醉和沉溺。

黄昏凄美，荻花，映着灿黄的秋阳，那些细细的茸毛，像层光晕，看起来有点儿神圣且富有诗意。摇摆的花穗好似少女的秀发，飘逸自如。风起时又像海浪弯腰屈颈，再伸展双臂拥抱眼前的风景，一层层，跌宕沉浮，势如大浪淘沙，卷起千层思绪。

荻花与世无争，从不炫耀自我，淡定而居。荻花，花穗下垂，呈烟花状四面分散，荻花的白是花白，像暮霭降下之前微茫的天色，有些苍凉，又有说不出来的温暖亲切，犹如家中长者两鬓的白发，让人想伸出手去抚摸，想把脸轻轻贴上去。芦荻的茎为中空，花开顶端，荻花开后总是很谦虚地弯下腰，像在喃喃私语。我喜欢她的灵动与优雅、低调与内敛、大气与豪爽。

荻花的花期很长，种子随着风飘舞、旋转到任何地方。荻花从不矫情，以强韧的生命力无所不在地生长，哪怕是萧瑟的寒冬，四野凋零，它依旧保持着最后的尊严，遗世独立，昂扬中蕴含一种静穆大气。

踟蹰秋野，秋风瑟瑟，使人不免生出岁月荒芜、人生寂寞清冷的感慨。偶瞥一片洁白荻花，心头温热，似看到心之所系、遥远又亲密的故园。

秋日闲暇，再一次穿越荻花丛，抚弄一下如絮的荻花，仿佛听见童年的欢笑声萦绕于耳。摇曳的荻花在秋风中洗涤着夏日的尘埃，着一袭素白，握一柄长剑，舞出别样风情，舞出斑斓流年。

"秋风忽起溪滩白，零落岸边芦荻花。"看春华秋实，荻花在岁月中摇着流年的梦。深秋晚风中凝望雪白荻花，我觉得每个生命都是独特的存在，每一个认真活着的生命都值得尊重和仰视。

宫凤华，江苏省作家协会会员，现工作于国家税务总局泰州市海陵区税务局。

|诗 歌|

晒 秋[①]

■ 黄万生

我想为钟爱的税收晒一次秋
把税收政策的红利
映照在每一张笑脸上
把秋天装扮得喜悦动人

我想为亲爱的百姓晒一次秋
把幸福生活的梦想
铺洒在中华大地的每一寸热土上
为秋天披上一件温暖的大衣

我想为热爱的祖国晒一次秋
把七十四年的筚路蓝缕
凝聚成中华儿女奔涌的激流
让每一个秋天生机盎然

我想为敬爱的党晒一次秋
把党的二十大描绘的宏伟蓝图
铺在中国梦的红地毯上
让民族复兴的号角声在前行的路上经久不息

黄万生，现工作于国家税务总局大余县税务局。

[①] 晒秋，将收获的五谷杂粮瓜果在房前屋后晾晒，既是为了储藏过冬，也是为了展露丰收的喜悦，传递着对来年五谷丰登的美好祈愿。

人民万岁

■ 吴欣苓

不朽的岁月中锻造旷世最伟大的雕塑
你们站得最低也最坚韧，像植物朴素的根
在战争与灾难中寻找希望
这些阳光下的生命，生命中的歌者
除了岁月，只有你们一言不发地为历史疗治伤口

当历史变幻的烟云湮没伟人枭雄的功过评说
战乱的长刀首先划开你们的皮肉，流出鲜血
你们却忍耐着苦难的煎熬，坐在和平的羽翼上点石成金
用心评判功过，续写微光成炬的传奇
在灵魂的殿堂建制世界的光明，博爱的家园
用劳动的大手撒播智慧的种籽
人民，这片国土上挥汗如雨的水手
把生活的大船划向距离最近的黄金海岸

你们，像大地上连天的碧草不事修饰
你们，在达官要人、明星贵族、市侩恶棍的另一边
是秋天的庄稼拥有温情的土地，是另一边
最诚恳和最平实的人，走自己的道路
人民，粮食、布匹、纸张的制造者
民歌、宗教、传说和历史的创造者

社火、民谣、神话和不朽爱情的渊薮，正气的据有者
在生活、历史和时间的每一片雪地上留下脚印
你们是伟人的坚实臂膀，是黑暗里指引前行的火把
你们的歌吟长啸是民族的魂魄是落地的社稷
你们心底沉埋的是能载舟亦能覆舟的潮汛
像帝王膜拜泥土，膜拜一块宽厚的大地
像干旱里渴望成熟的谷物承认水、承认农夫
史实告诉世人，喊出人民万岁的伟人永远不倒
走在人民当中便会与热土永远相拥
伟人英杰执掌江山，人民支撑江山
这纯粹的理念驱使几代伟人高呼：人民万岁

人民万岁！这是对人民光辉的命名，真挚的礼赞
人民，哪怕历史经过一千次沧桑 岁月经受一万次大火
这个与阳光、大地同在的名字永远不朽

吴欣苓，黑龙江省作家协会会员，现工作于国家税务总局讷河市税务局。

|诗 歌|

你不能说我的身后空无一物

■ 宗 明

你不能说我的脚下空无一物，
你是否听见
所支撑我的，
来自苍茫大地的叹息声中长存的悠悠亘古。

叹息声融入歌里，
铿锵前奏写在风中，
画满秋末枫叶的纹路。
依稀看到的，
是沧海桑田的巨变，
是山河岁月的更迭，
是筚路蓝缕以启山林的他们，
以及迈向新时代的我们。

在人民的呼唤中，
响彻着红船起航燎破黎明的号角声，
无数个光阴，
起伏的大河，映照着历史壮阔的背影。
他们从历史中走来，
我们向历史里走去，
他们，以及我们，
在未来，都将成为历史本身。

我们
是蔚蓝税务长河的摇桨人。
大河中沧浪摇曳，
高空的急流下，
弛缓着无数光影间的岁月驳痕。
我们
将要用胸膛中欲涌而出的赤忱税魂，
借着主题教育的浪涌，
谱写新时代党和人民之歌。

大地的古铜沧桑
与稻谷的金黄连成一色。
落日熔金，风卷着欢笑高歌掠过原野，
阵阵麦浪淹没在远方的黄昏中。
田舍人家、炊烟袅袅，
城镇厂矿、乐业安居，
就是高唱人民之歌最朴实的意义。

你看这宇宙，
是山河如聚、金川云锁、马蹄声碎，万里长征路。
你看这岁月，
百年风雨，遥看去，是漫漫征途。
你听站在你面前的无数青年人许下的庄严承诺，
纵万载岁月，初心如故。

当我们面对大河，
当我们垂垂老矣，
当我们融入泥土。
我们还拥有，
我们曾经热爱的事业，
我们曾经理想的世界。
我们在生前未曾虚度光阴，
我们在死后无愧人民。

所以
你不能说我的身后空无一物，
我身后，
是大地、河流、风与日出，
是国家、人民的高大形象！

宗明，现工作于国家税务总局佛山市南海区税务局。

| 诗 歌

税月故事

■ 黄昭文

一样的蓝色梦想
一样的青春激昂
不一样的故事
有别样的歌唱

你用脚丈量　人生的尺度
跋涉的能量　以温暖的方式
让热情携带爱的光芒融洽心灵　于是
一角一分写满真诚
滚烫着走进国库

我用笔抒写　税月的故事
文字的模样　以正直的标准
让真情蘸满心的乐音唱响赞歌　于是
一字一句洋溢敬仰
荣耀着载入史册

你用情诠释　政策的关怀
服务的效果　以温度的形式
让优惠浸润蜜的芳香抵达心扉　于是
一分一角冒着热度
愉悦着直达企业

我用心讴歌　服务的真诚
为民的高度　以一诺千金的标准
让便利乘上心的航班速达到户　于是
一问一答奏响和音
激越着传唱四方

社会主义税收取之于民用之于民
一头连着民心
一头系着党心

惠民利民的关切　滴灌百姓幸福希望
血肉铸就的铁肩　站成山的丰姿
力量磅礴而出
从此共和国的血脉
山河沸腾　绵延不息

为国聚财　为民收税
一头为民族谋复兴添砖加瓦
一头为人民谋幸福集腋成裘
税务人的故事闪耀辉光
蓝色的理想呀　以雄鹰的姿态
与天宇共翱翔
执着的追求呀　以种子的名义
与大地共成长
赤子的眷恋呀　以感恩的深情
与祖国共远航
于是
时光如诗
税月如歌

别问我们为什么
崇敬蓝色的理想
坚守金色的税月
只因我们
深沉地　爱着
同一片高天　同一方厚土
深沉地　爱着
亲爱的母亲　可爱的祖国

　　黄昭文，现工作于国家税务总局黔东南苗族侗族自治州税务局。

|报告文学|

路是一首未尽的歌
——国家税务总局新疆维吾尔自治区税务局主题教育调查研究工作纪实

■ 罗 涛 任婷婷 任艳琴

当你踏上这片土地,目之所及是什么?是宝石一样湛蓝的天空,云朵追着风儿跑;是辽阔高远的草甸,稀稀落落的牛羊缀于其间吃草;是巍巍高耸的雪山,晶莹得像不真实的布景;是绵绵不绝的沙海,橙红色的太阳把沙丘织成锦缎……

车轮不知疲倦地转动,像行进在油画中的世界一般。他们是谁?他们要去哪儿?自学习贯彻习近平新时代中国特色社会主义思想主题教育开展以来,国家税务总局新疆维吾尔自治区税务局研究制定了《全区税务系统

大兴调查研究的实施方案》，37个调研组带着清单奔赴各地，深挖纳税人缴费人急难愁盼。

蔷薇小径暗香来

天刚蒙蒙亮，阿卜迪麦麦提·奥布力就摸索着起床了。

窸窸窣窣的穿衣声惊动了他的妻子吐尔苏古丽·艾合麦提，只见她翻了个身，坐起来，拿起手机看了一下时间。

"这么早，你起来干啥？"

"今天新疆税务局的调研组要来和田，我琢磨着去找找他们，把最近收集的周边村里老百姓办税缴费不方便的事情，给他们反映反映。你再睡一会儿吧。"阿卜迪麦麦提·奥布力一边系着外衣的扣子，一边回答着妻子的问话。

阿卜迪麦麦提·奥布力是全国人大代表、和田地区墨玉县托胡拉乡布古其村党支部书记、村委会主任。在2019年上任至今将近4年的时间里，他带着乡亲们修缮庭院、搭建葡萄长廊，还打造了20亩西梅生态园。

水晶帘动微风起，满架蔷薇一院香。进入五月后，野蔷薇的花蕊轻轻颤动，香气悠远静美，随着风掠过核桃树的树梢、玫瑰花的花瓣，远远瞧见石榴树翠绿的树冠中缀着密密麻麻鲜艳的"红灯笼"，便又跳跃着拥抱那一团团石榴花去了。

清晨的阳光给路旁一簇簇开得正艳的花儿朵儿镶上了金边，走出院门的阿卜迪麦麦提·奥布力看到这一幕，内心更是畅快起来。他深吸一口气，迈开大步，径直往村委会的方向走去。

"眼看着石榴、核桃、西梅就要挂果了，今年风调雨顺，一定有好收成。"

"到了秋天，家家户户载着成筐的果子从村子运出去，回来时腰包鼓鼓的。那场景，别提多喜人了！"

"可是，一提起开发票，村民都很头疼。村里离县城远，办税很不方便。如果遇到沙尘天气，那就更难了。"

"除了布古其村、喀尔赛镇、于田县等边远地区也都存在办税缴费路途远、成本高的问题。"

…………

到办公室后，阿卜迪麦麦提·奥布力没顾上倒水，就将抽屉里的笔记本拿出来，开始梳理准备向新疆税务局第四调研组反映的问题。

"既然大家选我做人大代表，我就有责任把老百姓的需求和心声及时反映到相关部门。"阿卜迪麦麦提·奥布力心想。

哐啷，哐啷……突然传来的声响，惊扰了阿卜迪麦麦提·奥布力，他赶紧放下手中的笔，起身朝窗外看去。只见远处的蓝天已被灰蒙蒙的一片压过来，不断推进、变大、变宽，空气里弥漫着一股呛人的土腥味。

"不好，沙尘暴来了。"阿卜迪麦麦提·奥布力一边说，一边赶紧去关门窗。

巨大的沙墙遮天蔽日，整个村子瞬时被沙尘吞掉了。阿卜迪麦麦提·奥布力眉头紧锁，心下思虑，算时间，调研组应该正在来村里的路上，不知道遇到沙尘天，他们会不会有危险。

"5月4日10时20分，墨玉县气象台将沙尘暴黄色预警升级为沙尘暴橙色预警，预计4—5日，墨玉县将出现强沙尘暴天气，最小能见度将降至500米以下，请注意防范……"

听到车载广播发布的沙尘暴预警时，新疆税务局第四调研组已在去往墨玉县托胡

| 报告文学 |

拉乡布古其村的路上了。几乎是同时，一行人看向窗外，沙尘暴正从车的正前方碾压而来，下层是黑色，上层有阳光照耀是黄色，道路两旁婆娑的杨柳树被吹得东倒西歪。一时间，天地间混沌一片。

和田地区位于塔克拉玛干大沙漠南部，四季多风沙，每年沙尘天气达220天以上，其中浓浮尘（沙尘暴）天气在60天左右。裹挟在沙尘中的车缓慢向前蠕动，飞起来的石子敲打在玻璃上、车体上，噼里啪啦作响。

"风沙太大，要不等风沙过了再去吧。"司机担心地问。

"村民们还等着呢，继续走，慢一点，控制好车速。"新疆维吾尔自治区税务局党委委员、副局长、第四调研组组长闫勇嘱咐。

"阿书记吗？我们是新疆税务局第四调研组的，在路上遇到了沙尘暴，到村里的时间会晚一点，劳烦您多等我们一会儿。"正急得来回踱步的阿卜迪麦麦提·奥布力接到了调研组联系员吕玉海的电话。

肆虐了一上午的沙尘暴，或许是累了，渐渐缓和了狂躁的坏脾气，躲在坳子里喘着粗气。

下午4时30分，一辆几乎看不出原本颜色的车缓缓驶进了布古其村。

几个灰头土脸的人一边下车，一边说："以前只听说沙尘暴很恐怖，瞬间天昏地暗，今天算是领教了。"

"哎呀，不是坐在车里吗，我的嘴里怎么还都是沙子。"调研组成员曹翔说。

听到院子里的说话声，阿卜迪麦麦提·奥布力和村民代表赶紧迎了出来："是新疆税务局的同志吗？遇到沙尘暴，这一路上辛苦了！午饭吃了没有？"

"你是人大代表阿卜迪麦麦提同志吧？见到你可不容易呀！还要经过沙尘暴的考验。"闫勇用开玩笑的语气说。

阿卜迪麦麦提·奥布力听了，哈哈一笑，伸出手和闫勇握了握："我们和田流传着一句俗语，和田人民苦，一天半斤土，白天吃不够，晚上接着补。快先到会议室坐坐吧。"

"沙尘暴说来就来，领导们也看到了，村民们去一趟县城不容易，有时候被风刮得寸步难行。"

"我家是种石榴的，在石榴成熟上市的季节，劳力已经很紧张了，可收款的时候还要给买家开发票，三天两头就得跑一趟办税服务厅。"

"近几年，咱们村发展起来的种植产业不少，石榴、核桃、葡萄、山药、卷心菜、玫瑰花等产量都很好。买家呢，大部分是散户。金额虽不多，但开发票的份数很多，开一份就得跑一趟不是？"

村民代表你一言我一语地说着，调研组的干部一边啃着馕，一边仔细倾听、认真记录。

"税务局这几年提倡网上办税，老乡们开发票不用跑办税服务厅，电脑、手机都能办，你们这儿的税务局没有宣传和辅导吗？"闫勇问。

"您说的我们知道，税务局的干部来村里宣传过很多次。可有的村民年纪大了、有的不会用电脑和智能手机，大家也怕自己操作会出错，还是老习惯，去办税服务厅办业务，大伙儿心里踏实。"阿卜迪麦麦提·奥布力解释道。

"问题我们都认真记录了，请放心，我们会想办法解决好大家的办税缴费难题。"闫勇说完，将手里剩的最后一口馕放进嘴里，然后端起桌上的茶碗喝了一口水，茶碗底下沉淀着一层薄薄的细沙。

晚饭时分，布古其村的调研结束了，调研组婉拒了村里共进晚餐的邀请，匆匆赶往下一个调研点——喀尔赛镇。

喀尔赛镇地处墨玉县城北部，距离墨玉县城33公里，下辖38个行政村，有5万多人口，不仅是墨玉县重要的产粮区和牧业区，而且这里的手工地毯、手工核桃玛仁糖、手工木器制品也日渐红火。还有那些地处沙漠腹地的其他偏远乡镇，整齐的房屋、干净的街道、绵延不断的葡萄长廊，一辆辆货车驰骋在柏油公路上，一座座村庄换新颜展新貌，小产业更是呈现出欣欣向荣的局面。

调研组一行走着、看着、听着，每个人的眼睛都闪着亮光，是马儿恋草原、苍鹰念天空、骆驼向往旅程的那种目光，欢喜着新时代发展取得的累累硕果，欣慰着税费优惠政策助力经济发展的成效，也为如何更好为不能完全理解、掌握新科技成果的人群提供便利服务谋举措、想办法。

"我们新疆好地方啊，天山南北好牧场，戈壁沙滩变良田，积雪融化灌农庄……"如每一个平常的早晨一样，葡萄长廊投下斑驳的树影，早市上空飘荡着烤包子的香气和此起彼伏的吆喝，还有悠长的歌声。

"咔嗒——"门关上了，香气拉着歌儿的手又飘到小广场上去了。会议室里，调研组正在和国家税务总局和田地区税务局、国家税务总局墨玉县税务局、国家税务总局于田县税务局相关干部召开座谈会。

"随着社会智能化发展，许多人因为无法快速适应，在办税缴费时处处受挫。我们要在智能办税高速发展的快节奏下为这部分群体保留'慢速度'，让税费服务更加多样、更有温度。"闫勇的开场白直点问题关键。

"村民们习惯在窗口办理税费业务，那咱就给村民就近设立服务窗口。"

"农村信用社是全疆网点最多、覆盖面最广、触角最深的金融机构，我们是否可以和农信社合作？"

"还有党群服务中心，近年来，各级党群服务中心建设突出共享理念，功能越来越全面，这和我们'民本服务'定位不谋而合。"

你一言，我一语，建设思路在交流和探讨中逐渐清晰。调研组决定在"办税缴费难"问题较为典型的墨玉县喀尔赛镇和托胡拉乡布古其村、于田县达里雅布依乡进行试点，采取"乡镇信用社+党群中心+税务局"辅助办税模式予以解决。成立领导小组，闫勇任组长。组建工作专班，制订实施方案，迅速推进后续各项工作。

墨玉县喀尔赛镇周围有3个乡镇约13万人口，考虑到农村信用合作联社覆盖范围广的特点，税务部门与墨玉县农信社达成共建协议，在喀尔赛镇农信社设立办税服务延伸点。而距离于田县100余公里的达里雅布依乡由于人口少、距离远，未设立农信社，税务部门就积极协调当地党委、政府，在党群服务中心增设了办税缴费服务延伸点。

"库拉衣力克（维吾尔语：方便）！"7月22日，在装修一新的达里雅布依乡党群服务中心办税服务延伸点，办税群众纷纷竖起了大拇指。

达里雅布依乡金胡杨通信店老板玉孙·买提热依木按照工作人员的辅导，几分钟就办理好了发票代开业务。他说："以前代开发票总要跑办税服务厅，来回就得200多公里。现在有办税缴费服务延伸点了，不出村就能开发票，太好了！"

| 报告文学 |

心情激动的玉孙·买提热依木围着和田地区税务局办税缴费服务延伸点提供的智能化移动终端、多功能打印机等硬件设备转了一圈又一圈。他把家门口就能办理税费业务的消息带回村里后，村民们心里乐开了花，结伴来到税务部门组织的免费办税缴费操作培训班学习。

试点工作持续推进、服务保障制度机制继续完善、评估试点效果适时监测……调研结束回到乌鲁木齐后，调研组成员又积极协调拓展与乡镇党委政府、邮政、电力、电信等部门的合作，自上而下搭建起"税政企"合作网络，探索出更符合当地特点的便民办税缴费举措。

"真没想到我反映的问题这么快就解决了！税务部门急民所急、为民分忧的工作精神令人敬佩和感动。"阿卜迪麦麦提·奥布力在藤蔓花架下和村民们再次说起这件事的时候，野蔷薇层层叶片间露出了颗颗红色的果实。

野蔷薇不言不语，柔美缱绻，淡淡的清香流泻在阡陌庭院里，静静聆听着关于行走的故事。主题教育开展之初，新疆税务局坚持把"学思想"摆在首位、贯穿始终，深入落实税务总局王军局长坚持政治导向驱动，把"笃学真信"贯穿始终的要求，着力在思想上正本清源、固本培元。随着学习广度、深度的双向拓展，结合"问需求、解难题、优服务"专项行动，第一时间拟定优化了《全区税务系统大兴调查研究的实施方案》，调查研究的"路线图"跃然纸上。

说到做到，心到脚到。全局上下迅速行动，党委班子成员和机关各部门带着财务管理、政策落实"最后一公里"、健全基层直联直报直响快速响应机制、大数据平台应用、外部数据共享、税警关银跨部门协作、纪检工作区域协作体系建设、数字人事"1+9"制度体系执行等41个重点选题奔赴全疆各地。改革发展之路无止境，调查研究之路亦无止境。新疆税务局调研的脚步已然从容、笃定地遍布天山南北各个角落，如你所料，行走，仍在继续。

兵团大地春风起

这里是世界上离海最远的地方，有着大陆深处极致的梦幻。当拂面的春风变得越来越温暖，渐入初夏的新疆婀娜起来，远处是皑皑雪山，近处却是花开一片，云彩吆喝着风儿，潺潺小溪里流淌出一首悠扬的歌，牧羊人随歌向前。

20世纪50年代，生在井冈山、长在南泥湾的10万驻疆战士脱下军装，遵循"不与民争利"的原则，毅然扎根在风头水尾、沙漠边境，成为保卫、建设新疆的一支重要力量——新疆生产建设兵团。

长河落日、大漠朝霞，作为党政军企合一的特殊组织，兵团承担着国家赋予的屯垦戍边历史使命。近70年来，这支不列入军队编制、不穿军装、不增加国家和人民负担的屯垦戍边队伍一边搞生产建设，一边保家卫国，在天山南北的戈壁荒漠和人烟稀少、环境恶劣的边境沿线开荒造田，建成了一个个农牧团场和一座座新型城镇，把亘古戈壁荒漠改造成生态绿洲，逐步建立起工业体系，各项社会事业取得长足发展，为推动新疆发展、增进民族团结、维护社会稳定、巩固国家边防作出了不可磨灭的历史贡献。

新疆税务局办公室墙上的挂历上，"6月8日"这一天用红笔画了一个圈，静静期待它不同以往的特别之处。时钟发出"嗒嗒"的声音，仿佛有讲不完的故事。当整点的"当当"声响起时，亮白的阳光糅了些金色的繁华穿窗而入，一束细细的光从一丛笔杆的缝隙中溜过，停在桌上的一本书上，书皮上"铸剑为犁"四个字明亮起来。

新疆的清晨，9点后才会陆续热闹起来，但阳光早已等待多时。晨练的老人、上学的孩子、买菜的行人以及刚出炉馕饼的香气一起穿梭在晨光里，明亮而美好。

"毛主席的战士最听党的话，哪里辛苦哪儿安家。"新疆维吾尔自治区税务局党委书记、局长、第一调研组组长孙书润的脑海回荡着这首歌，仿佛看见慢悠悠的火车载着满满一车歌声还有一群眼睛里闪着激动的青年奔赴新疆大地的各个角落。前往国家税务总局呼图壁县税务局的车平稳行进，调研组没有给任何人打招呼，他们要到纳税服务和征收管理一线实地看一看。

随着兵团财政体制改革的推进，如何立足实际，更好地服务兵团纳税人，成为新疆税务部门面临的新考验和新挑战。今年4月主题教育开展以来，调研组将目光瞄向了破解兵团财政体制改革税收服务难题，此行便要到新疆生产建设兵团第六师五家渠市、第八师石河子市、第一师阿拉尔市、第二师铁门关市、第十二师所在地乌鲁木齐市等地及周边县市开展调查研究。

在呼图壁县税务局办税服务厅，各项业务井然有序地进行着。

买卖提·阿吾提急匆匆地跑向取号机，不等叫号，便轻车熟路地坐在了2号窗口。

"开发票，着急。"

调研组被这一幕吸引，趁买卖提·阿吾提办理业务的空当，孙书润走过去问："您办理的是什么业务？办税缴费过程方便吗？"

"开发票。说实话，不是很方便。"买卖提·阿吾提抹了一把脸上的汗珠，不等喘匀了气，接着说，"正好给您说道说道。我在芳草湖农场经营了一家牛羊肉批发点，做牛羊肉批发生意已经十多年了。据说改革后，我们有些业务要跑到90多公里外的五家渠税务局去办，这少说得花上半天时间。90多公里，太远了！"他竹筒倒豆子般一口气将心中的顾虑全吐露了出来。

"我店里生意好，可就我一个人忙前忙后，今天来办税，店里就得关门，一天下来少说要损失1000元左右，对我们个体户来说可不是小数目。不来办税吧，又不符合国家规定。"买卖提·阿吾提的声音又提高了两度。

"一天1000元的损失，不要说您头痛，换作是我，我也会头痛。"听了买卖提·阿吾提的话，孙书润安慰道，"老乡，别急，您再细讲讲，咋不用电子税务局办理业务呢？"

"我年纪大了，不会用那个，要说学，得从打字学起。大厅这个小同志业务办得又快又好，来找她，我放心也省心，就是太远太远了。"

坐在柜台里的陈兴蓉整理完手头的资料，起身道："孙局长好。"

"类似的情况多吗？"孙书润问。

"兵团财政体制改革后，这将是普遍问题，虽然自去年7月1日起在全疆范围推行了6大类120项服务类高频税收业务的'全疆通办'，但仍有新领票、税控盘解锁、更正往期申报等管理类业务还需到所属税务机关的办税服务厅'面对面'办理，有的纳税人缴费人习惯了在大厅办理业务，所以为办业务跑一二百公里也是有的。"陈兴蓉如实回答。

新疆生产建设兵团第六师东起中蒙边

| 报告文学 |

境的北塔山，西临玛纳斯河，南倚天山，北入古尔班通古特沙漠，成片状散布在昌吉回族自治州、阿勒泰地区和五家渠市3个地州市境内，东线最远的团场距离师部五家渠市420多公里，西线牧场距离五家渠市直线距离130多公里。

孙书润全程陪同买卖提·阿吾提办理完业务后，从手提包里拿出笔记本，递给买卖提·阿吾提一支笔，说："老乡，您把姓名和联系方式留下来，您放心，这个问题我们立刻研究、尽快解决。"

听到这话，买卖提·阿吾提先是一愣，紧接着眉头舒展了，连忙点头道谢。"是我该谢您，给我们反映了这么关键的问题！"孙书润和买卖提·阿吾提的手紧紧握在一起。

朵朵白云在通透的蓝天上闲庭信步，买卖提·阿吾提走出办税服务厅，脚步也似云朵般轻盈了许多，心里平添了一份欢愉，他确信那热忱的眼神是真的、温厚的掌心是真的、斩钉截铁的承诺也是真的。他坚信，自己办税一定会越来越便捷。

看着买卖提·阿吾提轻松的背影，孙书润心头沉甸甸的。随后，他以一线办税人员的身份坐在办税服务窗口，为前来办理业务的纳税人缴费人"零距离"服务。"请问您对大厅业务办理流程还满意吗？""办税过程中存不存在来回跑的问题？"每办理完一笔业务，孙书润都会询问对方的感受和意见建议。

从服务兵团纳税人缴费人的县市税务局到新疆生产建设兵团第八师石河子市、第一师阿拉尔市，再到第二师铁门关市、第十二师，下团场、进车间、访职工，一番调研下来，印证了买卖提·阿吾提反映的问题。

紧邻克拉玛依市乌尔禾区的新疆生产建设兵团第七师一三七团的600余户纳税人，兵团财政体制改革后需要到200多公里外的所属地税务机关国家税务总局胡杨河税务局办理，而新疆生产建设兵团第一师阿拉尔市辖区东西相距281公里，南北相距180公里，一团至六团片区虽邻近阿克苏地区周边县市，但囿于辖区划分，纳税人缴费人只得"舍近求远"……调研组一行人的调研笔记换了一本又一本。

返程途中，看着车窗外迅速后退的景象，调研组一行神情严肃。新疆生产建设兵团下设14个师（其中包含1个建筑工程师），185个农牧团场（其中包含11个建筑工程团），分布在新疆维吾尔自治区14个地州市内。范围之大、分散之广，如何快速将调研成果转化为破解难题的"良方妙药"，把纳税人缴费人面临的困难解决在发生之前？兵团财政体制改革关键一步——"就近办税缴费"该如何破题？

兵团辖区20多万户市场主体，一部分享受到了智能办税缴费的成果，高高兴兴地奔走在"高速网路"上。还有一部分条件达不到，依然为了某个数据、某张发票、某项业务奔波在漫漫长路上……

地平线上，橘红色的夕阳散发着蜜色糖浆似的余晖，给大地刷上了一层柔美的色调，大家你一言我一语，构想着兵团财政体制改革背景下"税费服务升级"的愿景。

车子载着"戈壁明珠"的朝气蓬勃、大漠胡杨的坚韧不屈、孔雀河的风雅神韵行驶在蜿蜒的公路上，到达新疆税务局门口的时候，有人随身带着的《铸剑为犁》一书也已翻到了最后一页。

刚下车，调研组便迫不及待地拉着行李箱扎进办公室，仿佛路途中"头脑风暴"激发出的灵感会随时溜走似的。

第二天一早，调研组将整理好的调研资料、可行性分析报告和征求意见表一一送到机关各处室。下午刚一上班，会议准时开始。

"兵团财政体制改革打破了原有税收征管格局，兵团辖区的纳税人缴费人所属税务机关发生了变化，现有的服务举措不能满足兵团纳税人缴费人的办税缴费需求，办税缴费路途远、成本高，他们正满怀期待地等待我们的答复。"主持人介绍了调研情况，参会人员纷纷发言，剖析兵团纳税人缴费人急难愁盼产生的根源，进而商讨出了解决方案：在前无经验、外无参照的情况下，点面兼顾找准改进优化服务的切入点，因地制宜探索税收管理服务与兵团改革深度融合、高效联动新路径。结合《新疆生产建设兵团税费保障办法》，强化税收协同共治，深入推进"便民办税春风行动"，在团场财政所设立办税窗口，就近成立办税缴费服务点，让税务干部"走出去"，到团场、到纳税人缴费人身边现场办公。

五月芳菲未尽，国家税务总局五家渠税务局就在该师东西两线的奇台农场、芳草湖农场分别挂牌成立了可辐射周边7个农牧团场及边境牧场的办税缴费服务点。"胡杨河税务局专窗"、"阿拉尔兵地融合小税窗口"、"星税云"集约办税指挥中心、"智慧办税圈"……一个个便民服务的窗口、一项项便民服务的措施相继出台。"就近办""一次办"再度扩围，服务全天候、业务全覆盖、场景全智能的"一站式"办税缴费服务模式迅速搭建起来……

接到调研组的回访电话，买卖提·阿吾提喜上眉梢："家门口有了办税缴费服务点，我再也不用为办税缴费的事头痛了，给你们点赞！"

梦萦古道西风暖

说起丝绸之路，人们的脑海中总会浮现出黄沙滚滚、驼铃声声、羌笛悠悠、大漠孤烟的画面，古老的丝绸之路以这样经典的镜头定格在历史的记忆深处。

你听，丝路驼铃，由远及近，由近而远，披星戴月的驼队奏响西行的凯歌，这歌荡漾在雪山上、沙漠中、戈壁边，载着后来人穿梭在闪耀着历史光芒的时空隧道。如今，随着"一带一路"倡议不断深入推进，这条曾以驼队为主要运输工具的古丝绸之路，依托集铁路、公路、航空于一体的现代立体交通网络，再次迸发出生机与活力，新疆作为丝绸之路经济带核心区的枢纽地位日益显现。

时间回溯到今年5月25日上午，满载出口到中亚国家的百货商品的集装箱货车，正有序排队等待查验出卡口。在乌鲁木齐保税展示交易中心，有来自30个国家和地区的跨境电商保税进口商品供消费者扫码选购。第一调研组一行人走进乌鲁木齐综保区跨境电商公共服务平台时，工作人员正忙着打包顾客下单的跨境电商保税进口商品……

"最近发货量怎么样？"

听到询问，止低头给顾客包装产品的张小小愣了一下，抬起头："还不错。今天早晨我看了《乌鲁木齐晚报》的一篇报道，今年前5个月，我们综保区进出口额134.4亿元，在全国161个有统计数据的海关特殊监管区域中排名第55位呢。"张小小说。

"这位同志是新疆税务局第一调研组的。"乌鲁木齐经济技术开发区（头屯河区）委书记周晨介绍说。

| 报告文学 |

正在购物的一位女士走了过来："您好，我是保税区新疆新康农业发展有限公司的总经理戚晨晨。能邀请你们到我们企业看看吗？"

"可以呀！"在戚晨晨的引导下，调研组来到新疆新康农业发展有限公司的生产车间，两条生产线正全速运转，一个个番茄经过加工变成一瓶瓶、一袋袋番茄酱产品。

"目前公司生产的产品包含特色番茄、特色辣椒和蔬菜罐头三大类百余个规格，公司产品70%出口到哈萨克斯坦、吉尔吉斯斯坦、塔吉克斯坦等国家。"戚晨晨一边带着调研组参观企业生产线，一边介绍企业经营发展情况。

"税费优惠政策都了解吗？办税缴费过程中有什么难点堵点？"

"政策都了解，一有新政策，税务局的干部就上门来辅导，业务办理方面有疑问的，打个电话就能解决，非常方便。请您来我的企业看看，是想再次表示感谢。"

"感谢？"

"是的，您知道，作为出口企业，资金、物流运输是生存发展的命脉。之前受新冠疫情影响，企业一度陷入艰难境地，税务部门精细化的服务举措与精准化的税费优惠政策让我很感动。自2020年以来，我们公司共办理出口退税658.52万元，都在2个工作日内就办理完毕，享受其他各类税费优惠政策131.63万元。这些'真金白银'的政策红利为公司注入了'强心剂'。随着疫情形势好转，一切又欣欣向荣起来，公司能有今天的发展，离不开各项惠企政策的支持，也离不开乌鲁木齐市委及经开区（头屯河区）发改委、税务局等部门的帮助。"

"支持企业发展是我们的分内之事，能有今天的成果，更离不开你们自己的努力。""你们打造的'新康'品牌不仅是中国驰名商标，也是哈萨克斯坦等中亚国家和俄罗斯的名牌产品呢！"调研组成员纷纷称赞道。

结束对新疆新康农业发展有限公司的现场调研后，调研组来到了保税区企业的圆桌对话会上。

"去年7月12日习近平总书记亲临乌鲁木齐国际陆港区作出重要指示，经开区（头屯河区）按照自治区党委建设八大产业集群的决策部署，围绕实体经济、枢纽经济、数字经济三大经济脉络，形成了冶金、装备制造、新材料、商贸物流、数字经济五大产业集群。今年1—4月，经开区（头屯河区）规模以上工业增加值42.1亿元，增速10.2%。乌鲁木齐国际陆港区开行中欧（中亚）班列385列。综合保税区今年新增注册企业25家，预计实现进出口贸易值100亿元……"周晨介绍着该区的经济发展情况。

"上游生产资料价格怎么样？下游产品的市场前景如何？""从哪里进口？进口价格是多少？挣钱吗？""研发费用投入大吗？占利润的百分之多少？""出口退税业务办理顺畅吗？退税款几天能到账？""'一带一路'相关政策都了解吗？""'税务管家'服务态度怎么样？效果好不好？"调研组带着问题来、奔着对策去，把大家谈到的改进想法、提出的解决思路一一认真记录下来。

围绕受益"一带一路"政策及税费服务和支持，金风科技股份有限公司新疆总部公司、新疆三宝实业集团有限公司等企业代表频繁互动。

"作为最早走出国门的风电企业之一，金风的发展离不开科技的进步，离不开税费政策的扶持。面对'走出去'遇到的各项困难，税务部门给予了我们大力支持，特别是国家近年来推出的一系列减税降费政策措施，为企业发展提升了'风能'，加大了'风速'，自2020年至2023年4月末，金风累计收到出口退税7.13亿元，累计申报免抵退出口销售额49.5亿元，'真金白银'的支持让企业在'一带一路'谱出了坚挺笔直的风机乐章。"金风科技股份有限公司新疆总部公司副总经理韩胜超由衷地说。

多年来，金风科技股份有限公司新疆总部公司积极响应"一带一路"建设，倡导"以本土化推进国际化"，不仅在美洲、澳洲、欧洲等重点目标市场取得多项突破，也在非洲、亚洲等新兴市场积极布局，出口机组覆盖的国别中有60%是"一带一路"共建国家。

"和金风一样，我们也是'一带一路'政策和税费优惠政策的受益者。自2015年差点被哈萨克斯坦税务机关征收50万美元的税款后，每年我们都及时开具中国税收居民身份证明，还积极参加税务部门举办的国际税收业务相关培训。近年来，税务部门专业服务团队更是送政策上门，手把手辅导，帮助解决涉税争议，让我们'走出去'的信心更足。"新疆三宝实业集团有限公司副总经理曹卫东接着说道。

会议室里的氛围恰到好处，聊近闻、谈远景、话商机，大家互相寒暄着，笑容满面，像许久不见的老朋友。

"今年是'一带一路'倡议提出十周年，十年来，我们新疆的企业乘着'一带一路'的东风，紧紧抓住实施更大规模减税降费、组合式税费支持政策及国家赋予开发区的各类优惠政策等一系列发展机遇，成为推动新疆经济社会发展不可或缺的重要力量。走出国门、走向世界，广阔天地任你们驰骋，无论走到哪里，无论走得多远，家乡始终是你们的后盾，税务部门永远会作为'娘家人'默默守护。"一束束热切的目光聚焦到调研组每个人身上，这些注视里饱含的信任和期盼让他们心中升起翻腾的热浪。

盛夏光年，风景正酣，太阳斜照在枝头、草原野花摇曳、田园瓜果飘香、巴扎热闹非凡……新疆的七月呈现出它最丰美的样子。

沿着塔克拉玛干沙漠南下，极目远眺，苍茫深远的黄沙与天际相连，迎风面沙坡似水，背风面流沙如泻。再穿过昆仑山、南天山的崇山峻岭，万山扑面，斑斓的巨石沟壑像大河奔涌，便到了身处祖国版图最西端的乌恰县。

乌恰县位于帕米尔高原东部，98%的土地是山地、戈壁和荒滩，老一辈的乌恰人常用"一年一场风，从春刮到冬，风吹石头跑，四季穿棉袄，天上无飞鸟，地上不长草，氧气吃不饱"来形容当地恶劣的自然环境。而这里，是古代丝绸之路的西部重镇，也是东联西出、西进东销的中转站。

今年7月4日，调研组来到了乌恰县，来到了新疆紫金有色金属有限公司。公司成立于2018年，系紫金矿业集团股份有限公司响应国家"一带一路"倡议，在克孜勒苏柯尔克孜自治州乌恰县成立的全资权属企业，也是国内为数不多的无废、低碳锌冶炼企业。

"公司目前拥有国家专利15项，1个省级工程技术中心正处于筹建期。2022年获自治区总工会五小优秀成果奖83项，五小示范性成果奖1项，劳模引领创新成果奖9项，关键核心技术创造性优秀成果三等奖1项。"在企业文化展厅内，新疆紫金有色金属有限公司总经理车贤介绍说。

| 报告文学 |

"在办税缴费方面,有没有什么困难?当地税务局的服务能否满足你们的需求?你可要说实话。"调研组问得直接。

车贤笑了笑,继而真诚地说:"我在全国各地都工作过,克州的服务意识和服务态度是我从未见过的,税务部门更是以'保姆式'服务为我们提供了全方位的支持,在这里,不存在难办的事。"

迎着这位"85后"青年企业家坚定诚恳的目光,孙书润点点头:"有任何问题都可以随时和我们联系,税务部门将一如既往做好以紫金为代表的优质实体企业的服务工作,真正帮助企业用好税费优惠政策,助力企业做大做强、行稳致远。"

"我们对企业在新疆高速发展信心十足,也一定会积极以企业力量回馈社会,积极深度融入新疆'绿色矿业产业集群'建设,和乌恰、和克州、和新疆共生共荣。"车贤信心满满地说。

"一带一路"倡议正在绘制一幅跨越万水千山、联通五湖四海的恢弘画卷,新疆作为我国陆上丝绸之路经济带核心区和我国向西开放的桥头堡,资源优势、区位优势、政策优势突出,发展潜力巨大。深入贯彻习近平总书记重要指示精神,发挥好税收职能作用,推动"一带一路"建设取得更大成效,服务新疆经济高质量发展,新疆税务局责任重大。

"一盘棋"统筹,"调"出实招,集智聚力谋破题之策。新疆税务局紧盯调研中发现的问题、征求到的意见,将"零碎材料"归纳整理,并进行专题讨论和交流,征管和科技发展处、纳税服务处等部门联动,点面兼顾找准改进优化服务的切入点。

"《2022年新疆税务局纳税人满意度整改台账》正式投入使用,确保对标对表,逐项整改销号。"新疆税务局纳税服务处处长、"问需求、解难题、优服务"工作组组长王卫江在晨会上布置下一步工作。

为进一步提升系统上下联动整改实效,新疆税务局据此发布了《关于纳税人满意度提升工作方案》,针对调查过程中发现的5大类问题,制定了54项具体整改措施,并配套推出了一系列保障措施,明确了自治区、地(州、市)、区县税务局及分局(所)的满意度提升工作任务清单,四级联动、一抓到底的整改模式如一根粗粝的麻绳正拧着各股的力量。

当王卫江将《关于纳税人满意度提升工作方案》送到第三税务分局(税收大数据和风险管理局)局长鞠远明手中时,鞠远明才把眼睛从电脑屏幕上密密麻麻的数据中拔出来。

"信息化时代,数据为王。提升纳税人缴费人满意度,还得仰仗你们部门多多助力!"说话间,王卫江给鞠远明的水杯里填满了水。

鞠远明扶了扶眼镜,双手抱拳,笑着回复:"不遗余力!"

税务部门掌握着海量的税收数据,在运用数字化智能化手段认识发展规律、畅通经济循环、助力行政决策等方面有先天优势和深厚基础。主题教育开展过程中,新疆税务局还就进一步深化税收征管改革,不断提升税收治理效能,持续推进"供、要、管、用"税收大数据体系建设等进行了深入调研。

税收数据的海洋里,一个个数字连点成线、织线成网,牵起了一桩又一桩美好的"姻缘"。在托克逊县风园果业有限公司,一箱箱打包好的红枣整齐排列,等待装车运往河北、山东等地；新疆新世纪面粉有限公司生产的面粉装袋将被运往北京、四川、福建等地……遥遥相隔的两地，如今被"全国纳税人供应链查询"系统紧紧联系在了一起。

"税务局运用大数据帮我们把前几年因疫情中断的供应链、资金链全部打通了！没想到我们企业的面粉能搭乘着火车，走向全国各地人民的餐桌。"新疆新世纪面粉有限公司财务经理鲁疆激动地说。

在落实退税减税、"银税互动"等政策措施基础上，调研组盯上了税收大数据，运用增值税发票等税收数据，筛选确定原材料短缺或产品销路不畅的企业，逐户对接了解企业面临的购销困难和实际需求，以大数据为"媒"，运用"全国纳税人供应链查询"系统，促成供需匹配的企业自行自愿按照市场化原则实现"购产供销"对接。

从春光携芳菲，到夏日披繁茂，新疆税务局主题教育调研的脚步走过无边无垠的草原、走过高低起伏的山脉、走过波光粼粼的湖水、走过连绵壮美的沙海……在首批覆盖了全区8个地州市税务局、10个区县税务局、43个税源管理科（所）的调研中，相继走访地方党政领导、"两代表一委员"及相关单位、部门382次，组织税企、干部座谈290场次，收集意见建议265条。制定《新疆税务局机关大兴调查研究成果转化运用实施办法（试行）》，推动调研成果尽快高质量转化落地，形成调研报告41篇、转化具体举措136条、转化运用调研成果160项。

韶光不负税务蓝，初心不忘党旗红。在冰川雪岭与戈壁瀚海共生、沙漠与绿洲相邻的这方热土上，税务人如点点星光，洒满西域的角角落落，共同谱写着助力高质量发展的乐章，悠扬的歌声带着西域的壮美沿着天山山脉与丝绸古道一路飞扬，被传播到很远的地方。

罗涛，现工作于国家税务总局新疆维吾尔自治区税务局。任婷婷，现工作于国家税务总局塔城地区税务局。任艳琴，现工作于国家税务总局克拉玛依市税务局。

| 报告文学 |

从枪林弹雨中走来的脊梁
——记老红军、桑植县税务干部彭俊明同志

■ 余晓华

7年前一个多云的秋日,在湖南省桑植县人民医院病房,96岁的老红军战士彭俊明同志静静地睡着了,永远睡着了。

他的逝世,牵动了整个桑植县,整个张家界市,许多工人、农民、干部、解放军战士、学生从各地赶来,深情地向他告别!他的面容安详,人们肃穆而立,这位曾被誉为新中国税务干部"活化石"的中国共产党优秀党员、中国工农红军老红军战士,终于可以歇一歇了。

彭俊明同志有着不平凡的一生,他秉持对党的初心,传承伟大的红军精神,用自己的一生进行了三次伟大的"万里长征"。

枪林弹雨长征路

在彭俊明的记忆里,红二、六军团从桑植出发,没开大会,只开干部会。11月19日出发时,天快黑了,没有灯光,没有火把,星光很暗,摸着走。走小溪、走土地垭、过教字垭,天亮时,走到大庸老鸦口。老鸦口的对面是龙溪口,前面传来了密集的枪声,那是国民党李觉的部队前来阻击。

枪林弹雨就这样拉开了序幕!

彭俊明的一生,与中国共产党、中国军队,紧密相连,牵手百年,不离不弃。

1921年2月，彭俊明出生在桑植县澧源镇汪家坪。

1921年7月，中国共产党在嘉兴南湖红船诞生。

1927年8月，中国共产党领导的人民军队在江西南昌诞生。

彭俊明的父亲彭南桥，武艺过人，因受不了当地恶霸的欺压，参加了红军，当了红军独立团团长。彭俊明的母亲汪金莲，平时在县城卖醋萝卜，炸油粑粑，夜里做些针线货，做布鞋卖，维持家里的生计。

有一回，街痞们把彭俊明妈妈炸的油粑粑吃了，不给一分钱，还掀翻了炸油粑粑的锅。12岁的彭俊明知道了，要去找痞子们算账。妈妈拉着儿子，你搞不赢的！彭俊明说，我放火烧他们的屋。使不得！母亲惊呼。

彭俊明没有报复，而是翻山越岭，来到永顺塔卧，找到红军团长父亲，我要当兵，参加红军！父亲说：你要问王政委。独立团王政委问彭俊明，能干什么？彭俊明回答：我能站岗，我能喂马，只要让我当红军，干什么都行！1933年10月，12岁的彭俊明正式参加了红军。

彭俊明机灵。有一回，独立团的王政委把一封信交到彭俊明手上，要他给红六军团政委王震送去。翻山越岭，终于来到红六军团的驻地，卫兵们要把信接过去转交王震，他们就吵起来了。交给你，不行！交给我。我要亲手交到王震政委手里！王震政委从院子内走出来，接到信看了，拍着彭俊明的肩说：谢谢，这信好重要！关系到红军的性命！

彭俊明最初在侦察连当通信兵，长征出发前被编入军部管理科，管理科10多个人，负责军部接待客人的工作。出发的时候，彭俊明身上背着干粮和母亲做的一双布鞋，脚上穿着草鞋。

长征的路上枪林弹雨。在行军中，经常与敌人接火打仗，天上的飞机不断地轰炸追赶。大多是白天休息，晚上赶路，一个晚上走七八十里。敌人飞机一来，号兵就吹防空号：飞机来了！飞机来了！于是，大家迅速找地方隐蔽。

危险时时都有。在云南祥云，一个光秃秃的山包上，敌人的飞机来了，大家迅速隐蔽。山上只有一棵大枞树，彭俊明和两名战友飞快地躲在树下。这时恰恰有几匹没有牵走的马打起架来。敌人发觉，丢下炮弹，树下3人被炸得摔出一丈多远。彭俊明醒来，赶紧摸身上，没有血；可是，有个战友受伤了，有个战友满身血糊糊的，长眠在这块土地上了……

金沙江江水好急好急。

金沙江江面好宽好宽。

彭俊明站在江边，发现一只小灰骡子。一打听，是6师参谋长的，过江时死不下水，就丢下了它。

可惜呀！彭俊明眉头一皱，计上心来，把它的绳子拴在大骡子的尾巴上，大骡子过去了，小骡子也就过了江。

做完这些事，天快黑了。5师师长贺炳炎大声喊道，你这小东西，怎么还没过去？

于是，彭俊明就上了贺师长的牛皮筏子过了金沙江。

在贺炳炎师长的安排下，彭俊明把那匹骡子送到6师参谋长手中。

过雪山是刻骨铭心的。在云南的时候，部队号召，大家身上要带足辣椒、茶叶，过雪山时防寒提神。上到雪山顶上后，好冷好冷，雪下得昏天暗地，好大的冰柱。前面传话，不要东看西看，怕晕，一晕倒了，就起不来了！走，千万不能停下来，一停就再也起不来了，永远长眠在这雪山上了！

哈巴雪山，位于云南省香格里拉市，山顶终年冰封雪冻。山高耸入云，高达5396米。红二、六军团就是用信念、用勇气、用意志、用坚忍翻越雪山，书写人间奇迹，把冲锋的号角化成了新中国孩子琅琅的书声！我们不能忘记，我们的红军站着是顶天立地的战士，是英雄好汉；倒下了，就是指引部队前进的路标！红二、六军团有100多人站在哈巴雪山，成了天地之间永恒的风景！

他们的雕像昭示着历史！

他们的精神昭示着未来！

1936年7月1日，部队到达甘孜，与红四方面军会合，增添了32军，随即，合编为红二方面军。

1936年10月22日，红一方面军、红二方面军、红四方面军三大主力部队在甘肃会宁的将台堡、老君堡胜利会师，完成举世闻名的二万五千里长征！

这时，彭俊明15岁。

隐功拒官铸税魂

桑植儿女跟着共产党、跟着贺老总，前赴后继，英勇杀敌，走过了万里长征，奔赴了抗日前线，打胜了解放战争，获得了全中国解放。

远去了战火硝烟，迎来了鲜花笑脸。我们的红军战士彭俊明，党和国家给了他崇高的荣誉，中共中央、国务院、中央军委授予他纪念中国人民抗日战争胜利60周年纪念章、中国人民抗日战争胜利70周年纪念章及中国工农红军长征胜利80周年纪念章，这是给予为共和国独立、自由、和平，在各个时期英勇奋斗的奋斗者最高的肯定，这是共和国的意志，这是共和国的荣誉！按照规定，他享受正师级的待遇。

1952年3月，经部队批准，彭俊明从重庆二野警卫团，打起背包回到家乡桑植的马桑树下。他用血染的红布，把军功章、荣誉证书包了一层又一层，放在楠木箱底深深地珍藏。

这个时候，他31岁。

县委、县政府给他官位，去当上河溪乡的副乡长，彭俊明婉言拒绝；县委、县政府给他权力，去当县财税局的领导，彭俊明仍然推辞。彭俊明说，现在国家政府还穷，需要努力搞经济建设，我要到最基层的地方去工作。

于是，他被安排到陈家河镇当一名普普通通的税收征管员。

于是，他以极大的热情投入祖国的经济建设，进行他生命中的第二次"长征"！

还是红军的风采。

还是战士的模样。

脱下军装，换上税装，身份变了，初心没变。他是从长征路上走来的共和国最早的税务干部，是新中国税务干部的"活化石"。

换了战场，没换初心；换了战场，没换坚忍；换了战场，他没换血性。他坚信没有克服不了的困难，没有攻不破的碉堡。

在弯弯的山道上，在青青的马桑树下，彭俊明身着税装，挎着挎包，装着笔记本、钢笔、圆珠笔、税票单，走千家、进万户，为国家聚财，为人民造福。渴了，捧一口山泉水喝；累了，在马桑树下坐一会儿，打个盹。他又回到马桑树下，聆听着那熟悉的《马桑树儿打灯台》的歌声：

马桑树儿打灯台

写封书信与姐带

郎去当兵姐在家

我三五两年不得来

你个儿移花别处栽……

这首传唱近百年的桑植革命民歌激励湘鄂边、湘鄂西、湘鄂川黔人民跟着贺老总南征北战,奋勇杀敌。

他又回到了那枪林弹雨的战斗岁月……

1935年4月12日,贺龙领导的红二、六军团,在桑植陈家河活捉了敌人58师172旅旅长李延龄,消灭了2000多敌人。通过审讯,得知敌人58师在桑植往永顺转移的途中,14日,在永顺的桃子溪消灭了敌58师师部和2个团及1个山炮营,缴获了2门钢炮。这钢炮被战士们卸下后分别背着,走过了万里长征,现被陈列在中国军事博物馆和桑植贺龙纪念馆。

这就是红军历史上著名的陈家河大捷,3天打了两个大胜仗,是中国工农红军辉煌的战绩!

捉到了!捉到了!彭俊明欢呼起来!

捉到什么了!过路的人问。

敌人!

彭俊明喊着醒了。他从陈家河大捷中醒来。

1958年3月,彭俊明举起右手,庄重地在鲜红的党旗下宣誓,加入中国共产党。

两袖拂清风,金银塞不进。1976年,有个公社企业办主任找到彭俊明,送一套企业自制的炊具和100斤粮票,要求减免2个月的税款。"税是国家的,我无权减免!"上门来的人只好把礼品带走了。

隔行如隔山,学习不畏难。1978年,陈家河税务所参加全县税务知识竞赛获团体第一名,57岁的彭俊明获得89分,为全县个人第一名!

辉煌的岁月,曾经的功名,彭俊明深深地隐藏,从不挂在嘴上,直到县民政局登记红军老战士,直到中国人民解放军两位高级将领王震和萧克写来了信,说明彭俊明是参加过万里长征的红军,大家才惊呆地仰望、感叹!如果不是红军需要登记,彭俊明也许会永远地隐功藏名!

榜样的力量是无穷的。在彭俊明的带领和影响下,桑植县、慈利县、永定区、武陵源区一批为国聚财、无私奉献的税务干部在张家界市的土地上续写着荣光和辉煌,建设美丽的张家界!

红军精神代代传

花谢了又开,春去了又来。彭俊明离休了。

在机关、在学校、在部队、在营房、礼堂、在广场……彭俊明又穿起红军服装,唱起了红色歌谣。为了初心,为了后代,彭俊明开始进行第三次"长征"。

他脚步匆匆,在中国工农红军第二方面军长征出发地刘家坪长征纪念碑下,在贺龙纪念馆里,在桑植一中,在桑植一小,在桑植四中,在贺龙中学,在澧源中学,在张家界航院,在吉首大学,在吉首大学张家界学院,在桑植县武装部,在张家界市军分区……,他神情庄重,专注从容,他又回到那热血沸腾的时光、那战火纷飞的岁月,他讲述着故事,他唱起了《要当红军不怕杀》的歌谣。

我曾经写过一首歌叫《红旗的传说》,由军旅作曲家孟庆云作曲,女高音歌唱家王莉首唱。在桑植民歌广场,当1万多名党员、干部群众共同高歌,巨大的党旗、国旗在广场上方徐徐展开,在众人的托举和接力传递之下,党旗、国旗如红色浪潮奔流,歌声悲壮震撼、奋进……

故乡的山水中流淌着一个传说
枪林弹雨从他的身上穿过
他化作一面血染的红旗

| 报告文学 |

镰刀和锤头就在他的心窝

故乡的山水中铭刻着一个传说
革命先烈他们为了什么
为了老百姓的幸福生活
他们用生命换来了崭新的中国

壮士壮志气壮山河
英雄的故事代代传说
共和国那面飘扬的五星红旗
那是红军精神永远跳动的脉搏

故事讲的是1929年10月，红军与国民党军队作战，红军团长、1926年入党的共产党员贺桂如，在危急关头，身着白衫衣，端着冲锋枪高呼：冲啊！7颗子弹穿过了他的胸膛，鲜血染红了他的全身，他化成了一面血染的红旗！

彭俊明永远忘不了他的亲人，他的首长贺桂如的事迹感动了他，影响了他，造就了他，站着、走着、睡着、躺着，贺桂如的身影挥之不去，贺桂如的声音时时在脑际回响！

彭俊明哭了，眼泪流不完，擦不尽……

彭俊明进行的第三次"长征"，也像是一次带着希望的播种。凡是听过彭俊明报告的，他们的世界观、人生观、价值观，都发生了巨大的变化。他的话语又像是春风细雨洒在干涸的土地上，滋润着一颗颗干枯的心。受到他演讲的感染，许多听者端正了学习的目的，找到了工作的动力。一封封信，从雪域高原的哨所里，从大江南北的校园里，飞到了桑植彭俊明爷爷的手中。看到他们的成长，彭俊明心里乐了！

红军的精神、革命的种子、希望的幼苗，祖国的花朵遍布天涯海角！

人近百岁不算老，九十过后仍年轻。彭俊明老了，走不动了，就把讲堂设在自己的家中，戴着红领巾的孩子依偎在他的身旁，他把革命的故事，长征的故事，一个一个地讲……他1978年离休，37年来，每年作大小报告60多场，共有2200多场。

彭俊明12岁参加红军，14岁参加万里长征，31岁参加税务工作，他活了96岁，他为党工作了84年。

我们仰望着他，我们崇敬着他，问他工作为什么不知疲倦。

他告诉我们：每一阵山风吹来，仿佛都是战友呼唤的声音；每一片翠绿的树叶，仿佛都是战友期盼的眼睛。他永远都在叩问：过去当兵为什么？现在革命干什么？共产党员应该怎么做？

万水千山不忘来时的路，
沧海桑田不变最初的心！

2016年9月20日，彭俊明走了，永远离开了我们！

我想起了一个哲学家的话：人生命的长度在于他经历了多少，生命的宽度在于他感受过多少，生命的厚度在于他奉献了多少。

我要执着地增添一句：生命的高度在于他照亮了多少。

彭俊明的精神，彭俊明的事迹，永远在我们心中鲜活着、激荡着。

我还想起了鲁迅先生的话：我们自古以来，就有埋头苦干的人，有拼命硬干的人，有为民请命的人，有舍身求法的人，这就是中国的脊梁。

余晓华，中国音乐著作版权协会会员、湖南省张家界市桑植县委宣传部原副部长，已退休。

"品读经典好书 汲取奋进力量"征文评选获奖名单

为积极响应"品读经典好书 建设书香税务"倡议，推动形成浓郁的书香税务氛围，为奋进新征程、建功新时代注入强大精神力量，国家税务总局税收宣传中心、中国税务出版社于2022年联合开展了"品读经典好书 汲取奋进力量"征文活动。

此次活动共收到全国税务系统来稿280篇，按照初评—复评—终评的流程，《探路者 开路者 择路者》等35篇作品脱颖而出。部分获奖作品在《税收文学》（2023年第3辑）刊登。

经结果公示，获奖名单如下（各奖项作品顺序以征文启事阅读推荐类别先后为序）：

一等奖（5名）

篇名	作者	单位
探路者 开路者 择路者	李淞	国家税务总局厦门市湖里区税务局
红军不怕远征难	王静	国家税务总局新余市税务局
诗词红楼	朱毓璐	国家税务总局新余市税务局
蓝天试剑 丹心税魂 ——读《试飞英雄》有感	洪京阳	国家税务总局北京经济技术开发区税务局
新时代下税史文化的继承与发展 ——浅评嘉兴税事读本《禾税史话》	蒋月明	国家税务总局海宁市税务局

二等奖（10名）

篇名	作者	单位
总书记从这里走来 ——《习近平在正定》读后感	马泽方	国家税务总局北京市税务局
艰难困苦 玉汝于成 ——读《梁家河》有感	江毓璇	国家税务总局上海市静安区税务局
《习近平的七年知青岁月》的五个启示	黄炉婷	国家税务总局成都市双流区税务局
"重走"长征路	汤怡然	国家税务总局和县税务局
穿越时空的信仰 ——读《红色家书——革命烈士书信选编》有感	陈凯雄	国家税务总局河北雄安新区税务局稽查局
始于新生 ——读《中国共产党简史》有感	陈茜	国家税务总局峨边彝族自治县税务局
读乡土中国，寻自身本色	刘泽安	国家税务总局上海市闵行区税务局第四税务所
呼唤生命的光芒 ——读余华的《活着》有感	王小晶	国家税务总局江西省税务局（已退休）
先忧后乐清风愿 从来治世民为天 ——《大明王朝1566》读后感	王志远	国家税务总局固原经济技术开发区税务局
打开与历史对话的最大可能	孔令莲	国家税务总局永靖县税务局

三等奖（20名）

篇名	作者	单位
笃行致远启征程　吾辈扬鞭自奋蹄 ——读《论党的青年工作》有感	吴美楹	国家税务总局北京经济技术开发区税务局
创造梦中那个新天地 ——读《习近平谈治国理政》有感	任欣宇	国家税务总局五大连池市税务局
在基层锻炼中成长 ——读《习近平的七年知青岁月》	金思达	国家税务总局黄石市税务局
学梁家河"大学问"　做新时代税务人	王玥琦	国家税务总局北京市大兴区税务局
悠悠《游子吟》，尽括"三春晖" ——《习近平的七年知青岁月》里的脉脉温情	邓　琦	国家税务总局北京经济技术开发区税务局
品读红色历史　汲取信仰力量	邵慧玲	国家税务总局密山市税务局
中国人都应该读《毛泽东选集》	刘祥明	国家税务总局黑河市爱辉区税务局
英雄，永远不会缺席	黄万生	国家税务总局大余县税务局
上海——面朝大海，春暖花开	蒋荣蜜	国家税务总局上海市松江区税务局第十一税务所
世纪风云主沉浮　时代浪头遏飞舟 ——读《百年党史——决定中国命运的关键抉择》有感	马梦皎	国家税务总局乐山市市中区税务局
赓续红色力量　做"热气"新青年 《红岩》读后有感	赵婧晔	国家税务总局峨边彝族自治县税务局
尊严是打出来的 ——读《决战朝鲜》有感	栗　强	国家税务总局昆明市税务局
以青春之我，创造青春之中国 ——读《李大钊传》有感	彭雨菲	国家税务总局上海市嘉定区税务局
发扬"三牛"精神，争做"三好"干部 ——读《中国共产党简史》心得体会	徐凤丽 王娉婷	国家税务总局成都市双流区税务局
平凡的世界　平凡的人生	陈小宁	国家税务总局北京市顺义区税务局
百姓谁不爱好官？把泪焦桐成雨 ——读《做焦裕禄式的好干部》有感	沈秋媛	国家税务总局大庆高新技术产业开发区税务局
以青春之名传承红色薪火 ——《虎㨗》读后感	苏轶雯	国家税务总局上海市税务局第二稽查局
平凡的世界，不平凡的人生 ——我与《平凡的世界》	李小波	国家税务总局襄阳高新技术产业开发区税务局
以青春之名　奏命运之歌	蒋一一	国家税务总局长兴县税务局
愿能活成你的"愿" ——读《张桂梅》有感	何春柳	国家税务总局红河哈尼族彝族自治州税务局

| 阅 读 |

探路者 开路者 择路者

■ 李淞

《为什么是中国》

金一南著／北京联合出版公司出版

晚清到民国的历史，常常让人不忍卒读、不敢细看。每一个领略过汉唐盛世气魄的中国人，大概内心都难以接受，曾经经济总量占世界第一、人口占世界三分之一的泱泱中华，会被仅仅一万五千人的英军入侵；拥有海战利器"定远""镇远"两艘铁甲舰的北洋水师，会在武器装备占优的甲午战争中全军覆没；堂陛森严的北京城，竟会被不到两万人的八国联军在短短十天之内攻陷……而清廷从最开始"大张挞伐，一决雌雄"的豪言宣战，转变成"永息干戈，共敦和好"的割地求和。"国不知有民，民不知有国"，封建时代的家天下，兴是一姓之兴，亡也一家之亡，当政者敷弄了局，偷安旦夕，视民如草芥，未尝为天下计，民众当然也没有"天下为公"的信念和"万众一心"的团结。

| 阅 读 |

金观涛和刘青峰在研究中国近代史的时候写道，只要从睡梦中醒来，黑夜本身是不足畏惧的。只是当时没有人知道，噩梦何时会停止，国人何时会觉醒。今天我们看前人走过的路，都是开了全知视角，我们知道抗战会胜利，革命会成功，中国共产党会带领中华人民重新站起来。但在当时的中国，外患强敌，内忧伏莽，局势日非，人心日离。日本统治者认为三个月就可灭亡中国，汪精卫认为抗战会败，不如谋求妥协，蒋介石也在庐山讲话中多次提到中国是"弱国"。今天我们的中国梦，是实现中华民族的伟大复兴，建设富强、民主、文明、和谐的社会主义现代化国家。而百年前同胞们的中国梦，是希望不打仗、无苛税，租界以外也有中国人可安居乐业的一方净土；是希望国人不吸鸦片、不吞红丸，在国外不被轻视；是希望武官不怕死，文官不贪钱，政府能统一全国。出生在和平年代、成长在新时代的我们，大约无法切身体会，山河破碎之下，那种国已不国的无依感、饮泣吞声的无力感和彷徨歧途的无措感。

学党史的时候，我读到了中国人民解放军国防大学教授金一南的著作《为什么是中国》。吞吐了百年岁月，这卷书生动展现了中华民族从站起来到富起来、强起来的伟大飞跃。把历史写得清楚又不失精彩实属不易，《为什么是中国》就兼顾了两者。很多人写党史的时候，总是习惯把更多的笔墨用于那些以少胜多的战役、用兵如神的传奇和势如破竹的胜利上，《为什么是中国》则更多地呈现了历史事件背后那些少有人知的迂回和曲折。作者在书中提到两件事：一是当年毛泽东把队伍拉到井冈山，虽然在今天看来，建立井冈山根据地为中国革命探索出了农村包围城市、武装夺取政权的正确道路，但当时毛泽东却被处分了，消息传到井冈山时甚至变成"开除党籍"；二是南昌起义两个月后，原来两万多人的队伍只剩下八百人，许多师长、团长、党代表纷纷逃走，队伍面临一哄而散的危机，而朱德、陈毅和粟裕，当年都站在仅剩八百人的队伍里面。

后来我们常说中国共产党诞生于中华民族的危亡之际，挽狂澜于既倒，扶大厦之将倾。但是在1921年，中国共产党在上海石库门成立之时，没有人能预见到这个政党的成立会给中国社会带来翻天覆地的变化。当时中国有二百多个政治团体和党派，再多一个似乎也微不足道，更何况那时候共产国际只是想培植一支牵制北洋军阀政府的力量。当时只道是寻常的一天，以至于后来没有人能记住建党的确切日期是哪一天。金一南教授在《为什么是中国》中感慨道：中国共产党成立当年，一批没有资源、没有名望的人走上中国历史舞台，年纪轻轻就干大事，年纪轻轻就丢性命。他们不是为了自己的名誉、地位而拼搏，而是为了救国救民而拼搏。

既然没有什么不战屈敌的躺赢，也没有什么一招制敌的爽感，更没有什么一呼百应的支援，那为什么是中国走向了胜利，走向了复兴？金一南教授抛出了一个历史之问，并把答案藏在书中，藏在那段筚路蓝缕的奋斗史中。

为什么是中国？

因为在天下不靖之时，有人以己饥己溺之心，施被发缨冠之救，虽前途未卜，却以知其不可而为之的勇气，主动扛起澄清玉宇的重任，为中国探路。哪怕带着一支鞍马劳顿、精疲力竭的队伍，尚不知道能否在井冈山栖身，却仍在考虑中国革命如何走向胜利，并最终摸索出一条前无古人的革命之路。

因为有人横刀挺身，立马河山，以个人身家性命成就安定国基大业，为革命开路。他们没有去想将来能不能授勋封爵，能不能衣锦还乡，甚至不知道能不能活到胜利的那一天，却仍然穿着破旧的军装，冲向战火，冲向硝烟，锉骨黄尘，一个又一个地消失在历史的帷幕后面，甚至没有留下姓名。

因为有人消灭封建土地制度，为劳苦大众铲除剥削压迫，废除苛捐杂税，努力改善群众的生活，让劳动人民的孩子也能受到免费的教育，所以人民选择了红色道路，老人、孩子和妇女们心甘情愿跟着他们辗转两万多里。群众全力以赴支援前方，用担架用小车为淮海战役运粮食送弹药，用渔船用木筏在渡江战役中助百万雄师渡过大江。人民群众成为推动中国革命的巨大力量，"造成了陷敌于灭顶之灾的汪洋大海，造成了弥补武器等等缺陷的补救条件，造成了克服一切战争困难的前提。"

梁启超说过：一个人或一群人的伟大活动，可以使历史起很大变化。创业非容易，升平守分难，今天我们依然面对着不公正的舆论、不合理的秩序和不平等的世界，因此更不能贪图和沉湎于安逸稳定，对风险与变局不警惕、不重视、不作为，更需要勇于探路、敢于开路、善于择路，因为古今中外，从来没有探囊取物般的必然胜利，当年"幢幢华裔，将即为奴"，若无为众人抱薪、重建乾坤之人，今天的我们何以安身何以立足？

今天，我们仍要做探路者，志不求易事不避难。"吾辈做事，只要合理，即格外险阻，亦复何惧"，新时代新征程不会一路高歌猛进，每一阶段都会有暗礁险滩横亘于前，时有踌躇失望，时有弹射苛评，只须记住人间万事出艰辛，做难事必有所得，要知难而不改途，不管成功与失败，都是铺垫，都是提高。

今天，我们仍要做开路者，路虽漫漫行则可达。从党的十九大到党的二十大，处在"两个一百年"奋斗目标的历史交汇期，我们拥有对美好生活的向往，便不能当"徒有羡鱼情"的旁观者，就像毛主席说的，"出去了，即使被打回来，也说明是局内人，不出去，连入局的可能性都没有"。善于挑战，迎接机遇，方可抢抓时机占先机，应对变局开好局。

今天，我们仍要做择路者，不忘初心不负理想。"不以私自累，不以利烦虑，择天下之至道，行天下之正路"，守住初心，进不屈道，记住理想，行不摧志，走好中国特色社会主义道路，走好引领国家进步、增进人民福祉的必由之路，走好实现中华民族伟大复兴的康庄大路！

李淞，现工作于国家税务总局厦门市湖里区税务局。

| 阅 读 |

红军不怕远征难

■ 王 静

《长征》 王树增著／人民文学出版社出版

> 读王树增《长征》，气血上涌，不吐不快。然笔力所限，不能描其万一。
> ——题记

红军，究竟是一支怎样的队伍呢？

这是一支富有的队伍。

商贩们遇着红军总是满心欢喜，因为这些客人买起东西来大方爽快，从不讨价还价。无论是一支部队还是一名战士，他们似乎总能从兜里掏出钱来：为断后烧桥，赔付老乡1000大洋；开价420大洋的羊群，500大洋买下；释放一名陕军俘虏，附赠大洋2元、烟土2两；即使是取食一头萝卜，也会放一枚铜圆于土中。

这也是一支贫穷的队伍。

他们枪支不全，衣衫褴褛，从不奢望能有一餐足以果腹的食物。翻越雪山前，前卫部队四团只有两串辣椒煮成的两大锅辣椒水，一人一碗。一套列宁服、一支钢笔、一个笔记本、一只搪瓷水杯和一双筷子，就是官兵们所能得到的最高物质奖励——飞夺泸定桥的22名突击队勇士，便以无所畏惧的勇气拥有了它们。

这是一支平等的队伍。

川军曾因一副对联[①]牵连了数十条人命："红军中，官、兵、夫，起居饮食一样；白军内，将、校、尉，阶级薪饷不同。"不错，红军官兵是同样的红星、蓝衣，同样的八角帽红袖章。朱德说："当红军没有钱，官兵都没有钱。有一桌酒席大家一起吃，有一个南瓜大家也一起吃。"前往安顺场渡江的急行军，每人要扛两根毛竹，毛泽东扛四根。

这也是一支偏心的队伍。

后有追兵，前面是狭窄的山崖口——守着最后一名战士通过的，是患疟疾发高烧的中央政治局委员、红六军团军政委员会主席任弼时；站在烂泥里一整夜，指挥部队前行的是周恩来；草地里断粮了，彭德怀将坐骑杀掉，自己不吃，全部分下去，还嘱咐好肉给战士，干部们要分，就分一点下水和杂碎；渡金沙江时，红军每天只吃青豆，却每顿饭都为雇来的船工们杀猪。

这是一支爱惜性命的队伍。

因胯骨被打碎未能随军长征的陈毅，拄着棍子突围成功，在荒山

[①] 1935年5月，中央红军长征行至会理。驻守该地的川军刘元瑭部阻击红军，在请求增援中，接回此前被红军俘虏的官兵。不久，军中便开始流传这副对联。刘元瑭得知后，将这十几个官兵全部杀死。

里过了几年野人生活；小文书邓仕俊因枪伤滞留草地，他一点一点地向前爬，被救时瘦到令人落泪；惨烈的甘溪战斗中，小战士黄欣背着奄奄一息的方理明政委，涉水钻林三天三夜终于逃出生天；黑夜、大雨、山洪暴发，长途奔袭的官兵们用绑腿带互相连接，以防落水或掉队。

这也是一支视死如归的队伍。

干部们永远冲在战斗单位的最前面，并事先指定牺牲后的代理指挥员；黑夜里的突袭行动，攀爬中有战士滚落悬崖，竟能不发一声；为了不拖累大家，那些倒下的同志用草将脸盖上，试图装死骗过收容队；每一颗粮食都给了战士，而整个炊事班，却因粒米未进9人尽殁；每一场战役的敢死队、突击队，报名永远是争先恐后。

当这支队伍，哦不——长征并不是一支队伍，从A地走向B地而已。这支队伍如同散落的棋子分布各处，在不同的时间、从不同的地点出发，突破十倍于己的敌人围追堵截，走向未知的远方。

目的地？不知道。怎么走？也不知道。什么时候能停下来？还是不知道。

此去凶险万分，生死难料。

各队之间常有失联之虞，因此他们渴望与战友会合，甚至不惜冒险等待；然而徘徊停留却引来敌人重兵集结，只得继续辗转作战；悲喜交加地会合了，竟又无可奈何地分道扬镳！

现在回头去看当时的行军路线图，它们交叉、纠缠、打结、绕圈，尽管箭头最终都坚定地指向了那一大片红色的陕北根据地，但每迈出一步，都无法预知明天和意外哪一个先来；每前进一寸，都咬紧牙关，付出了极大的代价。

有的基本上全军覆没：第七、第八军团，还有方志敏率领的第十军团——他没能看到亲笔描绘的"可爱的中国"，洒过热血的土地上，只余可爱的花朵寄托着他的英魂。

有幸逃出生天的，身受的煎熬并不比死亡容易：

饥饿，寒冷，在一旦停步就会睡个昏天黑地的极度疲惫中仍要奋力奔跑；

枪林，弹雨，四面合围的敌人潮水般涌来也要用最后一丝力量砍杀肉搏；

他们在乱石交错的悬崖上攀爬，用人梯连接着翻上笔直的峭壁，从敌人意想不到的头顶冲杀下来；

他们空悬在万丈深渊上，顺着剧烈摇晃的、被子弹打得火星迸溅的铁索无畏冲击，竟无一人伤亡。

敌凭天险固守，我有天降神兵。

仅书中提到的攀崖行动，就有十余处之多。娄山关、千佛山、铁丝沟、腊子口……哪一处不是拔天倚地、刀劈斧削？他们用米袋子系成绳，带上长竿子、铁钩子，叼着匕首，背着手榴弹，抠着石壁缝隙，一次又一次，逾越天险。

他们是英雄。

不怕苦，不怕累，不怕死，还不怕痛。

刘伯承的右眼手术，70多刀"小意思"；徐海东子弹卡在腿骨里，硬生生拽出来；贺龙脚板裂口血流不止，用火柴烧焦皮肉再前行；开水煮过的一条大锯，锯下了贺炳炎的右胳膊；杨秀山左眼弹片取出时，咬烂了一条毛巾；刮腐肉，锯碎骨，数十年后身体里还残留着历史的弹片……光看描述就让人腿肚子打战，而他们当时居然都没！有！麻！药！

他们的忍耐力超乎想象，他们的意志力坚不可摧，他们的战斗力令敌军闻风丧胆，他们的凝聚力让敌首妒羡不已，尽管绝大部分时间都是各自为战，但他们展现的精神内核完全一致。

"红军里面有神仙！"这话是刘伯承说的。当时乌江上架起了浮桥——这开天辟地头一回的场面成了当地人口耳相传的真实神话。

这支由英雄组成的神仙队伍，其实也是会笑会哭的凡人——

他们会笑：

遵义县城里进行的篮球友谊赛上，年过半百的朱德笑眯眯地奔跑；

女红军们在自己的草鞋前头缀上一个娇艳夺目的红绒球时，嘴角噙着微笑；

剧团有一出讽刺老蒋的活报剧，扮演自己的罗瑞卿一开口，地下的官兵们就笑作一团；

打下一座城得以休息时，战士们洗澡、理发、聚餐，这里夹一筷子那里吃一口，到处都是欢乐的笑声。

他们会哭：

痛失生死与共的战友，悲愤难忍，伏地号啕；

骨肉分离，一句"是个阿婆，人还面善"，就能让泪水决堤；

看见亲切的镰刀锤头，叫一声"同志"，便禁不住双泪长流；

当各自经历了无数曲折与磨难，终于坐在一起，吃着新鲜的羊肉，喝着当地的土酒，他们热泪滚滚。

当他们坚信自己是伟大事业的奋斗者，当他们决心为着同一个理想出生入死，当官兵如同一人，如身之使臂，臂之使指，凡人便成了顶天立地的巨人。

这巨人生长于大地，力量源源不绝。

翻山越岭，当地人带路抄捷径；

驻扎休整，同吃、同住、同劳动；

渡河，百姓们自发砍木造船，还将船打扮得漂漂亮亮；

攻城，百姓们打开大门欢迎，路边摆满了香案和点心。

玉米地旁，支起的行军锅里只有滚水和玉米叶子，是老大妈泪光闪闪地端来一大盆热腾腾的玉米；

暴风雨中，荷枪实弹的士兵们静悄悄站在屋檐下，是小镇居民拿出食物和热水，热忱邀请招待；

贫苦的人们踊跃参军如水赴壑，战士们仰着头唱歌、写标语的样子，百姓们看在眼里，爱在心里。

红军就是自己人。

他们互帮互助，互敬互爱；他们一块儿在土炕上吃饭，一起唱歌，一起看戏，一起激情万丈，一起前仆后继，一起为血染的大地呜咽，一起将汹涌而出的怒火迸发！

这些来自人民，经过锤炼锻造从而坚硬无比的钢铁战士们，热爱着人民，为人民而战，与人民血肉相连，是人民的子弟兵——人民怎能不拥护，怎能不爱戴，怎能不以最大的热情、最纯净的心，为他们唱出由衷的赞歌！

……啊！红军，红军！
今朝离去，何日再回？

幸福的太阳，
从高山上升起来了！
乌云一样的痛苦，
被丢到山那边去了！
你不要以为山高，
有翻山的一匹骏马。
你不要以为没有人同情我们，
有搭救我们的恩人来了！

王静，现工作于国家税务总局新余市税务局。

| 阅 读 |

新时代下税史文化的继承与发展
——浅评嘉兴税事读本《禾税史话》

■ 蒋月明

《禾税史话》
国家税务总局嘉兴市税务局编写组编/中国税务出版社出版

华夏税史,浩瀚纷呈,既有税收思想与观念,又有税收制度及管理;既关乎帝王将相、上流权贵,又触及底层黎民百姓;既涉及政治,又涉及经济,还涉及社会、文化诸方面。前人殚精竭虑、上下求索,后人效之以法、付之实践,由此而积攒起来的取之不尽、用之不竭的税史宝库,在中华民族五千年文明的历史长河里,俨然成为我国多元文化中独树一帜的一种存在。

嘉兴地处吴根越角、美丽富饶的江南,历来是各朝赋税重地。嘉兴又是红船启航地,我国长三角经济圈的中心地带。作为经略一方税收事务的主管部门,如何为国聚财、为地方经济稳步健康发展注入新鲜血液,如何打造出更好的行业文化品牌,已然成当务之急。

为弘扬税史文化,国家税务总局嘉兴市税务局充分利用地方历史悠久、自古经济繁盛、完整经历中国历史上数次重大税收改革之优势,更好地从历朝历代的税收故事中,汲取那些

| 阅　读 |

可作为新时期税收工作镜鉴的经验，成立编写组，搜集、整理、笔录上起先秦，下讫中华人民共和国成立前的嘉兴税史片段，编纂成册，并冠以《禾税史话》之名，记录嘉兴税务征程，致敬中国税收事业。

全书以25万字、百余幅珍贵图片和300多页面的篇幅，围绕华夏税收的演进，详细记录了嘉兴地区自夏商周以降的贡、助、彻徭役地租制，及各个时期的税制变革。纵观嘉兴税史，可以明了而又完整地触摸到我国古代税收制度和管理转变的轨迹。该书脉络清晰，行文流畅，蕴含古韵，使得每一章节颇具咀嚼之味；超脱于呆板的史实、流连于生动的故事，又让每一则税事充满了活性。一种浸润于字里行间的美感倏然而出，阅后不禁心中为之一振。而内容之丰富、考据之翔实、文学性与教益性密切结合，给阅读者以深层冲击，也为书籍增添了厚重。开篇部分及尔后穿插的传说、趣闻等精神寓言，更有哲学探究的深度诉求。书中所写的虽都是税事、"税人"，却已升华为一个烛照人心、引人思考的命题。这其中，有作为国家坚实税基的士农工商，有访民疾苦、勇于探索的仁人志士，也有总揽全局、谋划天下的能臣贤相。打开文本的界面，呈现给我们的是一代代禾税先贤与民同忧、敢为人先的感人场景，他们不避艰险之嘉言懿行，激励着新时代的税务人力行不懈，勇猛精进。

一、农耕文明中税史文化应运而生

我国有着数千年的农耕文明，古往今来，"农耕中国"一直被认为是对中国传统基层社会的精辟概括，"农耕性"成为中国文化最重要的特性。我国著名社会学和人类学家费孝通先生认为，文化"有它自己的规律，它有它自己的基因……就像生物学里面要研究种子，要研究遗传因子，文化里面也要研究这个种子"。我们研究禾税之史，首先要认识其基因和种子，这基因和种子便是太湖流域的江南农耕文明。

稻作之光，禾税之源。嘉兴自古祥瑞，野稻不播自生，借此亦名"禾兴"。"禾"字古形，似谷穗下垂，初泛指粮食，后专指水稻。从"禾"之字，可分两类：其一指称作物，如秧、稻、穗；其二指称行为，如种、租、税。

春秋战国，群雄逐鹿，军资靡费，仅凭助、彻的税入，已不足供国用之需。据《左传》记载，鲁国在宣公十五年（公元前594年）规定，不论公田、私田，一律按亩征税，是为"初税亩"；后楚、郑、晋、秦等国也先后施行了土地、赋税的改革，以实物地租取代劳役地租。"税，租也，从禾兑声"（《说文解字》），为实物税之义，故此时为华夏税之肇始。而早在7000年前，定居在嘉兴马家浜、罗家角等草茂雨沛水乡泽国之地的先民，通过一代代人的辛勤耕耘，率先见证了稻作文明的曙光，在为后世奠定"鱼米之乡"基础的同时，也在历史的画板上依稀勾勒出税的最初印痕。

自春秋列国始，"税"即与农业息息相关，尽管朝代几经更迭，税种数度变换，以征收稻谷为主的实物税收，纵贯千年，遍及万里。即便迟至1998年，嘉兴所在的浙江省农业税征收政策，仍实行"实物征收、货币结算"的办法。故而，稻作即是税收之源，税史文化也由是而生，绵延达数千年。

嘉兴揽江河湖海之胜、地之肥沃，自古风云际会，历代皆为天下仓廪府库。先秦以来，伴随生产力的发展，一代代嘉兴先民，在这片富庶的热土上繁衍生息。厚重悠远的经略耕耘，为承载税事演进奠定了坚实的经济基础；绵延不绝的有效治理，为淬炼税制变迁夯实了必要的政治基石；纵贯古今的史志记载，为留存税史精华提供了难能可贵的文化元素。而嘉兴税务立此兴盛之地，深知税事之大，关乎民之生息、国之存系，遂更不敢轻忘为国聚财初心，全情心系嘉禾大地，这也是编写《禾税史话》这册书籍的要旨所在。

二、继承与批判

《禾税史话》一书承载着过往，是一部书写嘉兴税史的厚重的百科全书。翔实的史料、生动的图文注解，极大丰富了该书内涵，也有助于人们对税收实质的认知和观瞻。

"税"能载舟，亦能覆舟。纵观数千年税史，税收的演进无不因时而生、因势而变、因人而有所侧重，可以说一部税收史也是一部国家的兴衰史。税收与经济发展、社会进步、人民生活和文化自信休戚相关，税收治理的成效精准地反映出执政者的施政睿智。翻开《禾税史话》，我们可以很清楚地看到，在嘉兴这片热土上，有开凿运河、润泽沃野而由税兴起的盛世，也有那些因徭役剥削、赋税繁重加速了朝代沦亡的离乱。

《禾税史话》从以税辅政的角度，为我们呈现历代施政者身上所具有的品格、气节、智慧和担当，有些至今仍熠熠生辉。这并非是为了拉长故事的影子所为，而是巧妙地把握住了关键节点，也是文本效果最充盈的补足。

譬如，文本中提及的春秋吴越争战，范蠡向越王提出"十年生聚，十年教训"的谋略。其"缓刑薄罚，省其赋敛"（《吴越春秋·卷八·勾践归国外传》）的效果，在十几年后固然得到证实，只二次伐吴，就使强敌亡国。又如，曾是白居易恩师的唐代著名诗人顾况任盐税官多年，在他的任内对税事颇有建树，使嘉兴的盐税总量成为全国十大盐监之首（《新唐书·食货志》）。他以一篇《嘉兴监记》的散文，盛赞同行们的艰辛和勤勉，且被收录进《全唐文》。中唐后，土地兼并日趋严重，源自魏晋的租庸调制已无法施行。时任同中书门下平章事的嘉兴人陆贽，针对国用不足、百姓困苦的现实，撰写《均节赋税恤百姓六条》，文达万言，直指"两税法"弊端。作为中唐贤相，陆贽关于时政的奏议传诵古今，苏轼称其有王佐才，文辩智术堪比张良、贾谊，其"少损者所以招大益，暂薄者所以成永厚"的薄赋敛、稳税源思想，对后世影响深远。

唐、宋及以前各朝的官吏治税理念尚且如此，那么，明、清两朝的官吏又是如何减赋薄徭、造福百姓的呢？

文本摘其精要，以图文并茂的故事形式盛赞那些务实为民的清官能吏，尤以许汝霖为官三十年清正廉明的事迹最为精彩。"以往治河材料、工程均为包揽，故'费浮而堤不固'；许汝霖一改旧习，每天必亲自督查，不辞艰辛，以至一眼生病失明仍未敢懈怠，不到一月，河水归顺，'奏绩速而公币省'。"康熙皇帝赞誉其"可称完人矣"，更亲书"清、慎、勤"匾额相赐。

诚然，民国期间正值国家危难之时，文本不惜笔墨，充分关注到那个年代诸多仁人志士的家国情怀，如《沈泽民在鄂豫皖苏区的红色税收故事》《近代中式会计先驱徐永祚的税制改革思想》等章节，张扬出他们这一代先贤的爱国爱民之心。而民主人士沈钧儒的观点最为发人深省,他一再认为抗战建国"端赖经费之充实,与夫民力之动员",特别指出注重农村的重要性……

　　为税事竭尽心力的人物与事例不胜枚举,所有这些致力于家乡繁荣昌盛的禾税先贤们无不率先垂范、敢为人先。

　　雨果在《克伦威尔·序》中曾道:"丑就在美的旁边,畸形靠近着优美,粗俗藏在崇高的背后,恶与善共存,黑暗与光明相共。"

　　《禾税史话》之所以值得一读,它的可贵之处还在于,不避历史上曾使嘉禾税史抹黑的实情,且以无所畏惧的态度给予直面批判,对良知提出拷问,突破了单向度彰显人性之善之美的窠臼。比如南宋曾与岳飞齐名的"钱眼里坐"张俊,继之"湖上宰相"贾似道,再继之从海归的精英沦为可耻国贼的陆宗舆,他们之所以走向社会和人民的对立面,其成因、其危害性,该书都进行了深刻的揭露和剖析。正如《宋史》中早就给出的定论:"心术之殊也,远哉!"折射出治税与为人的辩证关系。正反两方面的事例充分说明,只有用正确的治税思想与理论指导税收实践,才能造福民众,促进社会进步。而这,给施政者以警喻,给读者予启迪,也恰时地给当下年轻一代税务工作者以深入思考和

警示。显然,作品对税之文化的历史观照,还具有现实所指。

　　纵观全书,自有史始,税事早已融进嘉兴这座光荣城市的生命里,嘉兴三塔、长水路、城雕"禾兴"等这些至今留存或已湮灭的地名、路标、旧址,都深情地记录了嘉兴悠久的历史和税制的变革演进,蕴藏税史璀璨的脉络图景,也都浸濡着一代代治税人的艰辛与血汗。

三、新时代背景下税史文化的璀璨曙光

　　要使作品生意成义,关键是要进入合适的叙述,即经过"升华",使之由一般性的现实材料变成"关于现实的寓言"或"精神性的命题",才会产生出"大于它自身"的意义,才会得其所哉,这便是叙述策略。

　　若想要真正获得历史叙述的纵深感与高度,绝不是靠现象的堆砌,对经验世界鸡零狗碎的捡拾,而是需要基于人文主义的精神,对现实经验和历史本身进行深度处理,将之升华为精神性的命题,方能使一部作品获得相应意义甚至超出预期。无疑,税史也是一种历史和文化概念,是税事记忆的枢纽和栖息之地,属文学范畴,又有别于其他文学,有其自身的经纬脉络。可喜的是,《禾税

史话》在这方面显然做到了，且在文学的世界里采撷了硕果。

饶为有趣的是，《禾税史话》一书撰写至中华人民共和国成立前的嘉兴税史片段后戛然而止，对尔后的税史文化并未触及，颇有意犹未尽之感。乍看是遗漏，实质是编写者的高明之处。犹如一幅中国水墨画的留白，特意为我们留下无限遐思，而这正是我们曾经触及或当下面临的实景以及以后的展望，充满憧憬，更需要冷静沉思。

人们历来强调"现实"的重要性，且以"现实主义"为圭臬，但却常常创作出平庸或虚假作品。平庸，是因为他们不懂得如何从现实中升华出意义；虚假，则是他们往往以某种自认为合理的观念，来强行扭曲或挟持"现实"。文学作为"人"学，首先是指作为精神和心理意义上的人学。在具体写作中，展示现实的状况不如探究灵魂的处境，如果只考虑人物和事件的社会现实境遇而不能深及灵魂，那么这种写法和处理就是简单和缺少力量的。而道德命题的显现，常常以外力介入的形式出现，从反思人性开始反思历史。当然，还需注重日常史料的收集整合，那些零落的素材切口虽小，但所产生的启迪与警示作用，是无论如何也不可以低估的。

税史，作为税收从业者及相关人士的精神原乡，是以历史和记忆为参照，有现实的依凭和寄托，也有遗存的旧影。而作为其文化内核的税收，是国家非常重要的施政工具，在我国社会主义建设和改革开放中，发挥着不可估量的积极作用。党的二十大对加快构建新发展格局、着力推动高质量发展作出了战略部署，鉴于此，作为在国家治理中发挥基础性、支柱性、保障性作用的税收，在"构建高水平社会主义市场经济体制"中将作出新的贡献；渊远流长的税史文化，也必将在恢宏的经济浪潮下大放异彩。

习近平总书记曾明确指出，不忘历史才能开辟未来，善于继承才能善于创新。这是鼓励、鞭策，更是期望。

展望未来，我们唯有坚定文化自信，牢牢把握税制变革理论的本源和演进路径，书写出贴近人民心声的税史文化新篇章，才能不负使命，真正回应这个时代最真切的呼唤。

蒋月明，现工作于国家税务总局海宁市税务局。

|阅 读|

诗词红楼

■ 朱毓璐

《脂砚斋批评本·红楼梦》

（清）曹雪芹著、脂砚斋评／岳麓书社出版

　　曹公批阅十载、增删五次，方成一部巍巍《红楼梦》。初读红楼，身量尚小，不过豆蔻年华。那时，看《红楼梦》，看到的是秀口华章。犹记得"偷来梨蕊三分白，借得梅花一缕魂"的巧思；"秋花惨淡秋草黄，耿耿秋灯秋夜长"的愁绪；"满纸荒唐言，一把辛酸泪。都云作者痴，谁解其中味"的嗟叹唏嘘。

　　再读红楼，年岁已长，尝过了离愁，看过了生死，愁滋味算是识得了几分。这时，看《红楼梦》，看到的是秀口华章背后的爱恨嗔痴。有人说，《红楼梦》是一部诗化的小说。在行云流水的叙述中，处处流淌着诗情，处处沁透着诗意。从《咏白海棠》到《问菊》，从《芙蓉女儿诔》到《葬花吟》，诗词便是红楼梦中人的化身，抒痴情、织痴梦，虽然逃不脱曲终人散尽，也减不得曲曲动人肠。

　　林黛玉，最具诗人气质，目下无尘，至情至性，总免不了偏爱她多一分。"孤标傲世偕谁隐，一样花开为底迟？"她的《问菊》，把菊花问得无言以对。"嫁与东风春不管，凭尔去，忍淹留！"她的柳絮词，自有一番向死而生的姿态。而林黛玉的一生哀音，化为一曲《葬花吟》，以花拟人，借花自喻，留与世人评说。"花谢花飞飞满天，红消香断有谁怜"，有景有人有事有情，一腔女儿心事跃然其中；"愿侬胁下生双翼，随花飞到天尽头"，若仅仅只是闺中小事格局也太低了些，面对风刀霜剑岁月催人，仍保有飞翔的渴望、挣脱的希冀；"未若锦囊收艳骨，一抔净土掩风流"，思绪一波三折，即使种种美好不可得，怎能与之同流，质本洁来还洁去，才是我辈应有之义。弄人的造化、无常的世事，把林黛玉的最美毁灭给世人看，她的诗词并非一味地哀怨凄恻，更有抑塞不平，更有与之一搏。

　　一个是玉带林中挂，一个是金簪雪里埋。对于林妹妹和宝姐姐，历来有不同的看法，有的尊薛而抑林，有的尊林而抑薛，甚至有邹弢与其友许伯谦因争论激烈而"几挥老拳"的故事。薛宝钗，与林黛玉是不同的，甚至可以说是对立的，一派大家闺秀，品格端方，自云守拙，似乎少了一些可爱。"珍重芳姿昼掩门，自携手瓮灌苔盆"，就连她的《咏白海棠》都去不掉一个端凝庄重。"韶华休笑本无根,好风频借力,送我上青云!"她的柳絮辞,满是向上之力,超脱了她这个年纪本应有的率性纯真。以花比人,林黛玉为芙蓉,史湘云为芍药,而薛宝钗为群芳之冠牡丹。一个"冠"字背后却是无尽的孤独,高处不胜寒,八面玲珑也罢、左右逢源也罢,却换不来一人心。其实,薛宝钗也是一个人,有她的苦闷、委屈和不可得。"念念心随归雁远,寥寥坐听晚砧痴。""莫认东篱闲采掇,粘屏聊以慰重阳。"她的《忆菊》和《画菊》,没有了一贯的稳重大气,终究流露出小女儿情态。"眼前道路无经纬,皮里春秋空黑黄",她的《螃蟹咏》更是一反常态,嬉笑怒骂,极尽讽刺。薛宝钗谨守礼、识时务,有时却也能做出世间人们最爱的模样,她的诗词承载了偶尔的不羁和心底深处隐隐的真情。

大观园中,史湘云称得上是须眉气象出以脂粉精神。年少失怙,寄人篱下,仍一派霁月光风,趁兴时大块吃肉,忘形时挥拳拇战,喝醉酒后躺在青石板凳上睡上一觉也未尝不可。醉眠芍药茵,口内犹作睡语说酒令"泉香而酒洌,玉盏盛来琥珀光,直饮到梅梢月上,醉扶归,却为宜会亲友。"一个醉而说酒令,让人得以一窥史湘云的魏晋名士风骨,以才情为底,以放浪为形,纵是须眉也当自拙。湘云之洒脱,并不是一种出世的孤傲,而是一种入世的情趣,女扮男装,填词作诗,喝酒猜拳,乐哉快哉!得了新鲜鹿肉,找一好地儿,与众人割腥啖膻,自称"是真名士自风流",吃下去的是腥膻,回来的却是锦心绣口。在芦雪庵争联即景诗中大杀四方,以出句12次18句夺了个魁首,其中"石楼闲睡鹤"又是一番"自风流"景象,我自睡去,怕什么惊涛骇浪,她本就是那只鹤,"寒塘渡鹤影"前先睡个心满意足。史湘云是特别的,既有女子娇憨,也有名士风流,红楼前八十回中真真是不为女儿皮囊所累,她的诗词不比宝黛量多,却自成一派魏晋风流。

红楼,是女儿国,也是诗词会。王熙凤不识字、不会诗,在联句时也开了个好头,"一夜北风紧";香菱平日过得甚是不遂,也禁不住拜黛玉学诗,梦中终所得"博得嫦娥应借问,缘何不使永团圆";李纨守寡,心如槁木死灰,也给自己取了个"稻香老农"的雅号;更不说贾探春忽然雅兴大发,提议结社写诗,才有了海棠诗社,才有了众女子的《咏白海棠》;薛宝琴跟随父亲走访各地,拣了十个地方古迹,一人独作怀古诗十首。女儿们的才情在这诗词中,女儿们的心事在这诗词中,女儿们的命运也在这诗词中。贾宝玉说:"女儿是水做的骨肉,男人是泥做的骨肉。"而红楼女儿兴许是诗做的骨肉,是作诗人,也是诗中人。

细品红楼,诗词近百首,红楼女儿所作诗词仅其中一方,短短千字只能择其一二。一把辛酸泪,浸透了满纸荒唐言,曹公手握一卷一梦千古的红楼,徐徐铺陈,缓缓而来。化用余光中先生的《寻李白》,以敬这千红一哭、万艳同悲的《红楼梦》:

泪洒愁肠,七分酿成了女儿香,
剩下的三分化作这大千世界人间百相,
批阅十载、增删五次织就一个红楼梦长。

朱毓璐,现工作于国家税务总局新余市税务局。

| 创作漫谭 |

第一副税务肩章

■ 赵晓林

我有一件藏品，时间才二十七年，可是它早已经褪色了，有些地方还泛了白，边边角角也破损很多。我一直保存着这件宝贝，每每与它相对，我思想感情的潮水就会奔涌而出，手指敲击着键盘，那些带着灵感的文字就会快乐地来到电脑屏幕上集合排队，和我一起书写对生活的感悟。

那是我参加工作后佩戴的第一副税务肩章。

那年秋末，我第一次穿着蓝色税务制服，走在家乡的土地上。"咱芦苇村头一回出个税官，还在城里上班，真了不起！"村人们的话让我兴奋不已，十五年的读书生涯没有白熬，自己跳出农门，还在城里找到一份稳定的工作，彻彻底底改变了家族的历史啊！我要给手术后的父亲一个惊喜。

父亲佝偻着腰，正站在他开垦的稻田边。他看到我，愣了好一会儿，才慢慢走过来，仔仔细细打量我。父亲指指我的肩头，我蹲下身，他也俯下身，腿微微屈着，用锉一样的手抚摸那副肩章。他的动作很轻，很慢，好像要把肩章的每一处都抚摸到，后来终于停下来，重重拍拍我的肩。

父亲是个地地道道的农民，在他的思想里，土地是命，一时一刻也离不开。当然，在他的思想里，还有些许微弱的期望——让儿子走出得胜镇芦苇村。当父亲的期望成为现实，他浑浊的眼睛已经湿润，那里面分明有个我，一个身穿税装精神帅气的小伙子。

那年冬天，父亲还是离开了我们。以后我每次回家，都要到父亲开垦的稻田看看。父亲的叮嘱又在我的耳边响起："孩子，在城里扎根了，咱得扛起工作啊！"我感到父亲抚摸那副肩章的温度还在。

其实父亲不知道,作为一名税务干部,我没有走街串巷挨个业户收税款,没有早出晚归到企业检查账目,没有坐在办税大厅为纳税人办理涉税业务。我被分配到局办公室,大部分时间都在与文字打交道。这种大相径庭的反差,仿佛一堵厚厚的墙,隔断了我羡慕的税收岗位,为国聚财、为民收税的使命似乎离我很远很远。这种低沉的情绪困扰着我,直到有一次因为采写一篇先进典型的通讯稿,我才找到了奔跑的方向。

那篇通讯初稿被"枪毙"后,我决定按照主任的叮嘱,到现场来一次实打实的跟踪采访。当我与被采访人小李联系后,他毫不犹豫地拒绝了,寒冬腊月,咱这疙瘩天嘎嘎冷,更何况你还得起大早,还是拉倒吧。小李性格直爽,他的好心却激起我的犟脾气。采访当然如期进行,我穿上厚厚的羽绒服,戴着一副羊毛棉手套,凌晨四点和小李来到钻井蔬菜批发市场。我惊奇地发现,他戴的是那种露手指的线手套。小李和业户亲切地打招呼,撕税票,收税款,动作迅速而娴熟。他有时两只手互相搓一会儿,有时两只手在自己脸上焐一会儿。小李告诉我,戴这种手套就是冻得慌,可撕税票方便啊。我问他,这么辛苦,还没干够?他淡淡笑笑说,当然辛苦了,可总得有人干啊。借着市场远处的灯光,我看到比我矮半头的小李,他税服棉大衣上的肩章,在寒冷的冬夜闪烁着耀眼的光。跟在他身后的我,内心猛地颤动一下。小李收完税,我把自己那双早已焐热的羊毛棉手套递给他。

如今,国家实施减税降费政策,税务干部到市场收税已经成为历史,而这个采访中发现的细节,直到现在还牢牢印在我的脑海里。当时的小李年龄也就比我大四五岁,却是基层税务所的一名老兵,每天起五更爬半夜,到市场收税从来都是风雨无阻。小李感动了我,我在那篇通讯里深情地为他写下这样一段话:"即使是一片小小的绿叶,也能装下美丽的春天;即使是一滴小小的浪花,也能容纳浩渺湛蓝的海洋;即使是一缕淡淡的阳光,也能让温暖流遍生命的田园。"修改后的稿子很快就在报纸上发表了,从主任到局领导都夸我是单位的"小才子"。小李特意打电话告诉我,那段话他打印出来放在办公桌的玻璃板下,他要时常读一读。后来,我还因为那篇通讯被报社评为优秀通讯员。

真没想到,我只是用自己的笔,通过思考的梳理,做了一次奇妙的文字重新排列组合,为小李的人生境界拔了个高而已。一次偶然的妙笔生花,竟然获得这么多的"褒奖",怎么能不让我兴奋呢?税收是国家的血脉,它虽然在现实生活中是抽象和无形的,但它的的确确融入了我们的生活,时时刻刻都在为经济社会发展发挥着重要的支柱作用。为税收鼓与呼,这是税收工作多么重要的组成部分啊!我有什么理由不拿起手中的笔,为蓬勃的税收事业写下真诚的文字呢?

我在出版的短篇小说集《亲爱的炉长》后记中写过这样的话:"人这一辈子,只要能够踏踏实实做好一件事,就算成功了。"这也算是我对自己从事二十多年文字工作的有感而发吧。其实生活已经赐予你热爱她的一种方式,那你就应该用百分之百的努力表达对生活的敬意。当我与文字"日久生情"时,当我的人生收获与角色也在悄悄变化时,面对电脑上密密麻麻的文字,我总觉得它们又在启发我工作上的新思路、新点子。我发现那些与税务有关的文字是一座内涵丰富的宝藏,闪耀着五彩斑斓的光芒。那是文字凝

创作漫谭

聚起来的税务文化，彰显着税务之美。

2020年末，辽宁省税务局拍摄的税务题材微电影《坚守》在新华网首播，系统内的很多干部在朋友圈里为我点赞。当时，我接到编剧这个任务时，没有一点思路，脑海里一片空白。于是，我就像以前一样，从办公桌的抽屉里拿出参加工作后佩戴的第一副肩章，默默与它相对。它已经旧了，单位配发新肩章时，我就把它珍藏起来。税务肩章是深蓝的底色，镶嵌两条红边线。上面缀着一枚红灯笼形状的徽标，那是一双合拢的金色的手，围绕在金色的"税"字周围。细细看去，那是中国税务的简称"中税"二字。

这是我多年从事文字工作的习惯。每当我看到那副税务肩章时，就会想起父亲的叮嘱、小李那双露手指的线手套，还有那些与文字相伴的日子，我的思路顿时活跃起来，开阔起来，能在很短时间寻找到文字的灵感。那个双休日，我把自己关在房间里，按照以往加班写稿的方式，在脚下放一盆温水和一个暖水瓶，水凉了再加一点热水，这样脚舒服，腿也舒服，写起剧本来也不会感觉太累。坐久了，写久了，我就把房间想象成公园，穿着拖鞋慢悠悠遛上几圈。有时也会趴在窗前，看一会儿车水马龙的街道和灯火通明的楼区。当万家灯火已经熄灭，家家户户都进入梦乡时，我的思维却在寂静的深夜活跃着，那些从脑子里思索的东西一个字一个字呈现在电脑屏幕上。《坚守》终于完稿了，这部微电影以查处茂丰公司偷税案件为线索，讲述新老税务干部、企业高层与财务会计等在面临人生、事业抉择中，不断坚守初心，坚持做人准则的故事。我还专门在剧本里设计了一组特写：退休税务干部老丁茶几上放着税务肩章，他默默注目凝视好长一段时间，才拿起一副肩章，轻轻擦拭着。

其实，老丁擦拭的税务肩章，就是我参加工作后佩戴的第一副税务肩章。

创作《坚守》最后一节的那个午后，当我在电脑屏幕上写完税务干部老丁擦拭肩章的画外音时，心情久久不能平静。面对触发灵感的那副税务肩章，面对父亲曾经抚摸的那副税务肩章，我开始回想起自己的税务生涯，我发现自己很多时间都在思考和实践一个命题——用文字写出税务光彩，从前在写，现在在写，以后还会继续写。我热爱这份与税务有关的文字工作，因为我用自己的笔记录着火热的生活，我用自己的笔书写着多彩的事业，我用自己的笔讴歌税务人的执着。

这种坚守让我的内心里忽然生长出一种无限的自豪。不是吗？因为税收，宽阔的道路如血脉伸向四方，鳞次栉比的高楼拔地而起，美丽的公园为人们提供休闲场所，明亮的教室飘散孩子们琅琅的读书声，疫情的阴霾正在被国家有力的措施驱散……当我走在盘锦这座城市，就会感受到生活的另一种力量。那种力量汇集四面八方，它是火热的、执着的、充满激情的。我看到这种力量正化作一种精神默默延伸着，这种精神真实地记录着我们和我们的祖国壮丽辉煌的事业，记录着创造这事业的人们，他们平凡而崇高，普通而伟大。

安静的午后，退休税务干部老丁的画外音在我的耳边响起——

"人这一生都要坚守一些东西，这些东西到什么时候都不能丢。因为它要留给我们现在的生活，还要留给以后的生活。"

赵晓林，现工作于国家税务总局盘锦市税务局。

霜华为证

■ 唐辉

时隔两年,当我再次见到于晓恩,已退休的他与初识时略显不同,一身黑色短衣短裤既精神又显清瘦与踏实。正值夏末,细雨蒙蒙的庄稼地绿意如翠,到处是等待丰收的可喜景象。他说,每天走在田间地头,心里特别踏实。刚退休的时候,肩上的担子一下子卸了下来,还有点不适应,心里总记挂着之前的工作。但仔细想想,现在种地和收税一个样,容不得半点马虎,现在要把地种好。

我和于晓恩相识是因为一本书。2018年国税地税征管体制改革后,国家税务总局鞍山市税务局酝酿出一本关于税制改革中人和事的书,2020年这项计划正式启动,并邀请鞍山市作家协会合作,着手先对一些相对典型的人物进行采访。于晓恩在基层税务局工作多年,辖区税情税貌的点点滴滴都融入了他的骨子里、血液中,是国家税收政策实施的亲历者和见证者,是最有发言权和说服力的代表人物之一。因此,身为鞍山市作家协会会员的我,便与他相遇了。

| 口述税史 |

那是2020年12月14日，我和市作协另外两位同行以及市税务局负责此项计划实施的李主任一行四人同行，去采访于晓恩。临近年终岁尾，大地荒芜得只剩下残阳朔风的萧瑟。鞍山市岫岩满族自治县岫岩乡政府门前，一个身材魁梧的中年男人立于刺骨的寒风之中，摩托头盔下的脸冻得通红，笑容却带着暖意。看到我们，他满怀歉意地搓了搓手说，到他家还要走十五公里的山路。说完，便跨上摩托带路。

阳光下的盘山公路，缠绕在驼峰起伏的群山之中，如明亮而蜿蜒的河流。翻越几座山峰，眼前闪现出一马平川的大片原野。已收割完的麦地、玉米地上，错落堆放的秸秆豆腐块似的排列着，一眼望不到头。红砖彩瓦和缭绕炊烟的出现，提醒着我即将抵达目的地——振江村。

小村庄树影斜疏，如同一颗藏于深山的琥珀。炊烟以远山为底，画着仿若仙境的泼墨山水画，鳞次栉比的房舍被高低不等的砖石围墙、木栅围栏环绕着……于晓恩领着我们往村子里走，顺着蜿蜒的小路走到尽头，便到了他的家——一处平常却温馨的农家小院。

女主人张罗着搬凳子拿椅子、端茶倒水，麻利得像个旋转的陀螺。"她是村干部，妇女主任。"于晓恩向我们介绍他的爱人。午后的斜阳穿透玻璃窗，慵懒地映在凹凸不平的墙壁上，于晓恩披着一件藏青色的棉外套，开始了他的讲述。

山路是我的老朋友

"我们家是烈属。1948年，一伙土匪带着东北残余的小日本再次占领这里时，我爷爷于振江被汉奸出卖，枪杀于哨子河边。"

一句简短的开场白，让我想起刚刚经过的一条条河流。哨子河乡素以河多闻名，他生于斯，长于斯，每每经过他爷爷被枪杀的河边时，内心该会产生怎样的涟漪和波澜啊。

阳光折射到于晓恩脸上，他不得不眯缝起眼睛，好像要刻意回避那个动荡不安的年代。

"爷爷去世时，我父亲才17岁。新中国成立后，父亲先是在贫下中农管理学校工作，后来进入乡水泥站，一直干到退休。我18岁那年，也就是1980年2月，接了父亲的班到乡政府水泥站工作。1986年，我到乡财政所做了现金会计。1988年，县里以合同制干部的方式招收临时工，我考上了，进了哨子河乡政府工作。1990年，县财政局单独立项收特产税，也就是春蚕和秋蚕特产税，于是开始扩招干部，这是事业编制，很难考——我考上了，成了县财政局的一名税收管理员。"

所有人都有自己生活的折页，眼前这个男人也不例外。他将一扇人生的大门在我们面前徐徐打开时，没有人提问，每一个人都在悉心等待，像是坐在岸边细细地端详一段流水、一片漂浮的树叶，看它如何绕开鸿沟险滩，如何渡过一波三折的沟曲连环，如何屈曲往复地向前奔涌流淌。

"1992年，国家把农业税分成'农差'和'企差'两大块，我负责'农差'部分，这一干就是十年。国家于1984年实行财税分家，但鞍山县乡镇一级的分置是陆续进行的，直到1998年，鞍山各县才完全实现财税分家。我被划归到岫岩税务局。2002年到2008年期间，我负责大营子镇的特产税、农业税和市场税的征收管理。大营子镇在岫岩东边，是个南北向的狭长区域，像一轮半圆的弯月,距我家有30多公里山路,而从镇南到镇北还有60公里地。也就是说,如果到镇里最远的地方去收税,光是单程就要骑行90公里路。从参加工作到现在,近四十年,这里的山路是我的老朋友。不论刮风下雨、冰霜雪雾,我都骑着摩托行进在这条路上。到冬天,山里温度低,西北风凛冽刺骨,零下二三十度是稀松平常的事,到了零下三四十度那才真是嘎嘎的冷。漫漫长路,寂寥而艰难,累的时候我就跟老朋友说说话。我说,你得帮着我点,我要发困,你就颠颠我,要是不困,你也别闹,让我平平稳稳地骑过去。"

阳光漫射到屋顶的一边,犹如时光流动、思绪翻飞,慢慢地将冰花凝结成一行行文字。

在大营子镇工作的七年,是于晓恩感触最多、人生经历最丰富的七年,也是一个税务干部将全部青春奉献给大营子镇税收工作的七年。

于晓恩的眼眶有些湿润,好像在努力压制着什么,又好像要极力发泄出来。他顿了顿,喝了口茶,开始回忆收税时的一件件难忘经历。

"2001年到2003年间,最难的是去农户家里收羊绒税。那时,养山羊的人特别多,一个镇子大概有300多家养羊户。大羊的产绒期通常在每年的4—6月,到了6月,就要赶紧把成羊绒的羊头数全部登记入册。国家规定按羊头数收税,一头成羊收10元(不产绒的小山羊不算在内)。我咋收税呢,要是白天去,根本见不到人也数不着羊,放羊的农户晚上八九点钟才能回家。但我不能黑灯瞎火地去收税再连夜往家赶,天黑道不好走,若没收到税,不仅白忙活,还很危险。所以,我只能后半夜去,趁农户还在睡梦中,悄悄进到羊圈里先把羊数了。否则,去晚了,羊被赶到山上,不知他们能走到哪里,上百里远都有可能。养羊人为了让山羊产出高质量的羊绒,一般都会把羊赶到很偏远的荒草甸子里去,那儿水草最丰茂。赶在羊群出门前去登记、入账,是必须的。

"遇到个别不理解国家政策、拒不缴税的农户时,还要给他们做大量的思想工作,向他们讲道理,让他们明白国家的税收政策。有时磨破了嘴皮子也不一定能收上税。你跟农民讲道理,他和你耍脾气。牛顶牛,时不时地就会杠上了。唉……和你'捉迷藏'那是轻的……虽然工作不易,但咱是政府的人,我受党教育这么多年,又是烈士家属,受政府的恩惠是拿什么都还不完的。

"数羊头数时,去一次没见到人,就要去第二次、第三次,收税款时也一样。一年下来,光是一家就要跑六七趟。你们算算,全镇要跑多少趟?有一家农户,当我们在收别人家羊绒税时,他可能听见了动静,偷偷把羊赶出去了。第二天再来,还是没见着。第三次,我领了几名协税员,这次见着了,一查有50多头羊。查完了,他说没有钱。我们只能耐心地做思想工作。我说,这是税法规定的特产税,不缴是不行的。我干这份工作,是为国家收税。我不干,别人也照样干,依然要上你家查羊、收税,你也得照样缴税。所以,你不是给我个人缴税,而是给国家缴税,为国家做贡献。况且,国家为你提供山林和土地,让你的羊在丰美的草甸子上吃草奔跑,你们拍拍良心想一想,不缴税对得起国家吗?一头羊的羊绒产值效益是所缴税款的几十倍、上百倍,一头羊收10元钱,多么?经过一番思想疏导工作后,农户最终缴了税款。"

我问："假如他们就是不缴税，你们会采取某种手段强制执行吗？"于晓恩没有回避我的话题，坦诚回答。

"假如劝说也没用的话，我们也没权去他家抓羊。需要按司法程序向司法机关投诉，或者填写一份《催缴税款通知书》送达给农户，后面由司法部门处理。一般情况下，我们以劝说和引导为主。"

于晓恩用"脚底磨牙"来形容那时工作中的窘境。他不无感慨地说，那些年，骑着摩托车一天跑一二百里地，不管春夏秋冬都风雨无阻，就为了能够挨家挨户收到税款，上缴到国库。

他笑笑，像是在安慰自己说："那些年，颠簸不平的山路就是我朝夕相处的老朋友！"

看得出，他的笑是真诚的，发自内心的。

咱是政府的人

听了于晓恩的讲述，我才知道税务工作人员有着自己的委屈、艰难和不易，但是阳光照射在于晓恩一泓清水般淡定的眼眸时，我看到的是一种坦然、一份责任。

"那时的特产税有春蚕、秋蚕特产税，还有蘑菇税，就是查蘑菇盘，一盘收2角钱。种蘑菇的有三五百户，我们要到农户家一盘盘地查盘数，每家少则几百上千盘，多则三五千盘。

"那时，收农业税也挺不容易的。粮食卖得贱，又不是高产，每亩地农民平均要缴五六百元的税。虽然那时家家都不富裕，但国家建设发展需要'众人拾柴'，在年底的20号前，我们做税管员的必须将税款入库。好在从2006年开始农业税全面取消，为农民减轻了不少负担。我们税管员的工作也相对轻松了些。到了2008年，国家出台了一系列减免税政策，还给农民良种补贴、粮食直接补贴等，让农民在致富路上有了更大的信心，极大地促进了农民的生产积极性。改革开放的四十多年间，也就是从1978年到现在，国家的变化真是太大了！特别是近十年，农民种地不但不用缴税，还能得到补贴，真是让人激动啊！只要人勤快，甩开膀子好好干，都会增收致富的。"

于晓恩在41年从税生涯中，他往往还要与恶劣的环境作斗争，收税路上，因骑摩托车摔伤住进医院，已数不清有过多少次了。

"那时的路可不像现在这样一马平川，也没有这么多柏油路，很多路都是又窄又坑坑洼洼的泥沙路。尤其下过雨后，泥泞的山路一走一'哧溜'，非常滑。摔得最重的一次是在2008年，那一次，我骑摩托去收税，从半山腰的山路上直摔到了沟底，从车上飞起来后，我就昏迷了。等醒来时，发现自己已经躺在医院的病床上了。那时我先是后怕，我真是命大，在沟底能被人及时发现；再一想，是感激，淳朴的村民能把我这个一次次从他们腰包里收走税款的税管员送到医院，一定是他们理解了国家政策、理解了我。也因为那次摔伤，我离开了心系情思的大营子镇，离开了共处七年的乡亲……伤好之后，局里照顾我，把我调回了哨子河乡，分管哨子河和岭沟两个片区的征管工作。这两处地方离我家稍微近一些，骑摩托就不用那么赶时间了。

"自从国家实施减免税政策以后，税管员就不用再像以前那样天天下片区跑税收了，局内的工作相对多了些，比如做报表和台账，我是外勤、内勤的活儿一肩挑。咱是政府的人，让咱干啥，咱就尽心尽力地去做好。

这样才能对得起国家给咱的这份工作和薪水,当然,也对得起自己的良心,尽到做人的本分和义务。"

我问:"你骑摩托车去收税这些年,车油钱有补助吗?"

"都是自己出油钱。国家要发展,政府的钱要用在刀刃上,咱不能给政府增加负担不是?咱是政府的人!要替政府着想。那时,一个月的油钱平均要一千多元,一小半工资都花在路上了。而且每天还要花三五元钱吃饭,虽然局里有食堂,可我不能因为吃饭丢下工作花时间往回赶,何况收税忙的时候连吃饭都顾不上吃,更别说回局里吃了。所以,走到哪就在哪吃成了我生活工作的常态。好在那时还算年轻,身体也结实,能扛得住,又好在我爱人很支持我的工作。她没有任何怨言。"

他的爱人就在他身后的厨房听着,这时,她给他递来一张纸巾,他接过纸巾擦拭眼角。她默默地站在他身后,如同多年以来的相濡以沫,彼此为证。

霜华如故

"你真的没有丝毫怨言吗?从来没有抱怨过吗?"这是我提出的问题。

"抱怨?为啥要抱怨呢?那不是给我爷爷脸上抹黑嘛!"他"嘿嘿"地乐了,笑得很灿烂,像个不会说谎的孩童。

"我父亲常常教育我们,有事无事常在行。咱是政府的人,为国家办事,就要尽心尽力去做好。有什么可抱怨的呢?"他接着说,"为政府做事是多么光荣的事啊!也得益于老一辈的熏陶和教育,真不觉得做这些事有什么辛苦,都是正常工作嘛。"

娓娓道来,蜻蜓点水,但已拨开云雾,让这片天空鲜活、生动起来。在于晓恩身上,一直有着从他祖辈、父辈那里继承来的一种信念,让他坚守到了今天。让他始终保持初心,孜孜不倦努力工作,不愧对生他、养他的这片土地。

"讲一讲你爷爷吧,为什么这个村子叫作振江村?是以你爷爷的名字命名的吗?"

我对他前面提到的关于他爷爷的简短描述心生敬意,渴望能知道得更详细一些。

空气好像一下子凝固起来了,在本已融化的暖流上结出一层冰霜,莹莹地闪着光泽。他沉默了良久,又一次陷入深深的回忆。

"我老家在山东烟台,我听父亲说,爷爷在1945年日本投降后不久,被共产党派到东北开展土地改革和发动农民起义。那时,国共双方在东北的斗争很激烈,也很残酷。岫岩山高林密,占山为王的土匪非常猖獗,他们大多没有立场、没有信仰,被国民党反动派和日本鬼子拉拢,成为帮凶。在敌我双方对峙那段时间,土匪出卖同胞窝藏敌人,带着死硬的顽固派和拒不投降的日本鬼子伺机出来捣乱,抢掠、杀人无恶不作。国共双方抢占东北的斗争一度形成拉锯态势,当他们从暗处跳到明处时,更是嚣张、狂妄,寻找一切可能的机会进行反扑,欠下了累累血债。

"听父亲说,爷爷出事那天,他就在现场。当天,爷爷从别村做完思想宣传动员工作,到家不一会儿,就被土匪汉奸发现了,领来一队日本鬼子围住了我家院子。土匪大喊,于振江,于振江!你出来,投降吧!皇军想要和你好好谈谈!他们见我爷爷没吱声,就闯进院子,屋里屋外一阵乱搜。我奶奶抢上去拦住说丈夫不在家。父亲趁敌人不备,从后窗户逃走了,可藏在棚子上面的爷爷没

| 口述税史 |

能逃掉，被敌人发现后逮捕并枪杀了。父亲说，当时的场面很残酷，敌人一梭子一梭子的子弹打过来，墙上到处都是弹孔。

"父亲那时只知道爷爷带领农会干部打土豪、分田地，进行地下工作，爷爷他们干大事的时候，父亲会为他们做一些放哨、传递口信的外围工作。后来，父亲继承了爷爷的遗志，做了村农会会长，继续开展农民运动。新中国成立后，县政府为了纪念我爷爷于振江英勇抗击日军、与土匪作殊死斗争的英雄事迹，将村名由'泡子沿村'更改为'振江村'。"

沉默再一次笼罩下来，湮没了所有的语言。

祖辈的红色基因传承到晚辈身上，在体内产生强大的电磁冲击波，这些朴素而坚定的思想就像他现在作为一名普通的农民一样朴实无华却意义深远，以至于影响到一代代人的精神指向与高度。

那次岫岩之行，让我深受感触，也在心里埋下了一份牵挂。等第二次来到于晓恩家，我最关心的是他退休后的生活。

"你现在身体怎么样？"

"2008年那次摔伤以后，我就落下了腿疼的毛病，一到阴天下雨腿就疼。医生说，这是常年骑摩托车造成的风湿性关节炎。现在，我的眼睛也不行了，你们上次来采访时，还没这么严重。因为青光眼的缘故，如今看东西越来越模糊了，眼睛整天都红红的，每天都需要吃药、上药。"于晓恩以平静的口吻说道。

毛毛细雨从灰蒙蒙的天空飘下来，在窗玻璃上犁出一道道垄沟，远方的山峦若隐若现。

与于晓恩交谈中，我们得知，他家有7亩良田，是他爱人和孩子从村子里分得的，种的是花生、玉米和大豆。望着绿油油的庄稼地，他满是欢喜，曾经那个雷厉风行的税务干部如今已经成了真正的庄稼汉子。

凡是种下的，都是辛苦与努力；凡是收获的，皆是欣慰与福祉。

他望着窗外淅淅沥沥的雨，说："这些年，国家减税降费成果喜人，令人欢欣鼓舞。减税降费政策力度大，看到个体工商户和企业高兴，我心里甭提有多高兴了。尤其是现在办税缴费在网上、手机上点一点就能完成，骑摩托车收税的时代真是一去不复返了。2018年国税地税征管体制改革后，我之前分管的岭沟乡和哨子河乡归大营子税务所管理了，所以我又回到了大营子镇，在大营子税务所做税管员。缘分呐，我这辈子都与大营子分不开了。"他的话像调侃，又似欣慰。

"我这一待就是11年。"

上次采访他时，因为时间关系，忽略了他因摔伤岗位调整后的具体情况。而他，一直身体力行地践行着最朴素的誓言——咱是政府的人。

"退休前，我管理着六七十户小型企业，国家有新的减税降费政策我都会第一时间告诉他们。以前去企业是开票收税，现在去企业是送政策'红包'，看着纳税申报表上'应纳税额'那一栏写着'0'，他们可高兴了。再也见不到以前我去收税时，他们眼神中的那种难以掩饰的距离感。

"我退休前两年，正赶上新冠疫情，看到镇上好多企业的效益都在滑坡，还有些干脆停工了，我心里很不是滋味。人在大自然面前很渺小，渺小得如一粒尘埃。但即便如此，也不能坐以待毙。我主动请缨，加入疫情防控小分队，帮助当地政府分担一些防疫工作，也时常给企业打电话，问问他们有什么需要帮助的。当时一项项支持疫情防控和复工复产的税费政策接踵而来，'非接触式'办税缴费模式在大力推广，电子税务局的功能也更加全面了。我清晰地记得，当我给企业打电话，告诉他们可以缓缴税款、可以享受政策减免时，电话那头的一声声感谢让我特别感动，这些反馈也温暖了我，让我有更大的动力去把税费优惠政策落实好，去和疫情作斗争。那时候，虽然和纳税人见面少了，但有了共渡难关的经历，感情却更深了。

"卸下了熠熠生辉的肩章，但没卸下责任，我是政府的人，得了政府的恩惠，一辈子都不能忘。如今疫情过去了，企业又欣欣向荣起来，就像田里的秧苗，看着真喜人。闲暇时，我和爱人也做些力所能及的事，帮镇上的孤寡老人剪剪头发、扫扫地、做做饭……田里的豆子、花生成熟时，就装一些送到福利院，也会送到单位去，让大家尝尝鲜。"

是的，这个夏天的细雨洗净了一切尘埃，包括三年疫情给我们带来的苦痛与隐忍，让远方的山峦显现出更多明朗、坚硬的立体线条。

记得第一次采访时，不知不觉天就快黑了，虽还有许多问题想要问，但我们不得不走了，因为天黑开车走山路实在是太危险了。那时，村里还没有铺成柏油路面，路很窄，车只能停在村口。当时，于晓恩夫妇送我们到村口，闲聊中，我们得知他即将退休了。我问他，退休后打算做什么？他笑笑，说："种地，当农民！"

这句话就这样种在了两年后的土地上，在这片丰茂肥沃的土地上发芽、开花、结果。

于晓恩总说："你们不要写我，在我们岫岩县税务局，和我有着相同或相似经历的人还有六七个呢，他们比我做得还要好。"

是的，他不是孤立的个体，而是一群人、一个集体。一代又一代税务人，将他们的青葱岁月洒向大江南北，奉献给过去未来，凝结成晶莹纯洁的沃雪白霜。

你看，岁月明净，霜华如故。

唐辉，辽宁省作家协会会员。

征稿启事

《税收文学》是国家税务总局税收宣传中心和中国税务出版社主办的文学类连续性出版物，每季度出版一辑。

《税收文学》的创办方向和任务是紧紧围绕"讲好税务故事，锻造税务文化，弘扬税务精神，展现税务形象"做好主题策划，助力高质量推进新发展阶段税收现代化建设。

我们期待广大文学爱好者和宣传工作者深入生活、深入基层、深入税务干部职工中，用心用情用功抒写税务人的改革时代，持续推出更多讴歌党、讴歌祖国、讴歌税务人和纳税人缴费人的扛鼎之作，抒写中国税收改革新史诗、发展新史诗，共同构建税务系统的精神家园！

《税收文学》设置小说、散文、诗歌、报告文学、剧本、歌曲、创作漫谭、税月心语、人物、口述税史、收藏博览、书画长廊、摄影作品等栏目。

《税收文学》长期面向税务系统内外文学爱好者征稿。

投稿要求：

1.来稿必须遵守《著作权法》规定和文责自负的原则，作者须确保作品的合法性、原创性，保证拥有该作品（包括文字、图片等）的完整著作权，无署名争议。

2.投稿作品须为原创，请勿一稿多投。一经录用则作品的独家专有出版权利由中国税务出版社所有，中国税务出版社有权采取选编、精编的形式对投稿作品进行合集出版，有权出版该作品的信息网络版本，并通过电子书、有声读物等新媒体形式传播该作品。

3.图片作品要求画面清晰，文件不小于10MB，并附上简要文字介绍。

4.《税收文学》编辑部有权对来稿进行必要的删改。来稿须注明作者姓名、单位、所在地、联系方式，以及作品体裁、简介等相关内容。请作者自留底稿，恕不退稿。

5.相同稿件请勿多次投递。投稿邮箱：shuishouwenxue@taxation.cn。

《税收文学》编辑部